박상진

박상진

초판 1쇄   2010년 2월 16일
초판 2쇄   2011년 4월 5일
글쓴이   문선희
펴낸이   김영재
펴낸곳   책만드는집

주소   서울 마포구 합정동 428-49번지 4층 (121-887)
전화   3142-1585·6
팩스   336-8908
전자우편   chaekjip@naver.com
출판등록   1994년 1월 13일 제10-927호
ⓒ 문선희, 2010

🏵 (사)대한광복회 총사령 고헌 박상진 의사 추모사업회

ISBN 978-89-7944-325-7 (03810)

광복회 총사령 38세 우국충정의 일대기

고헌 **박상진**

글 문선희

책만드는집

"피고 박상진은 한일합방에 불만을 품고, 구한국의 국권 회복을 제창하면서 각지를 배회한 불령(不逞)의 죄로 사형을 언도한다." —일제의 판결

장례식은 철저히 통제되었고, 기마대가 동원되어 문상 온 손님들을 내쫓는 바람에 새벽 3시에야 발인할 수 있었으며 장지까지 따라간 사람은 10여 명에 불과했습니다. 그러나 박상진 의사의 죽음을 옥졸부터 나라 안의 수많은 사람이 슬퍼했으며, 영자 신문과 중국 신문에도 보도되어 무명의 인도인부터 중국 숙친왕의 아들 원헌에 이르는 수많은 외국 사람까지 애도했습니다.

박상진 의사는 일본의 무단통치에 맞서 만석지기 재산, 판사직, 자신의 생명까지 국권 회복에 바쳤습니다. 1915년 광복회를 결성하고 운영하면서 또한 자신이 몸소 행동하던 중에 1918년 체포되어 1921년 38세에 순국했습니다. 다복한 환경에서 자란 그분께서 영달과 안락을 마다함에 그치지 않고 처절하게 행동한 구국의 열정에 나는 감복하지 않을 수 없었습니다. 전기문을 써 내려가면서 다급한 역사적 상황과 그때의 참담한 의사의 심정을 오롯이 느꼈습니다. 광복회를 결성한 바로 그분을 이때까지 제대로 몰랐던 사실에 죄스러웠고, 내 가까이에 이렇게 훌륭한 분이 계심에 감사드렸습니다.

작년에는 추모사업회의 의뢰를 받아 오직 이 전기문을 쓰는 데 매달렸

습니다. 이 작업은 나에게 무척 어렵고 힘든 일이었습니다만, 그동안 사단법인 〈대한광복회 총사령 고헌 박상진 의사 추모사업회〉를 중심으로 울산광역시와 울산보훈지청이 꾸준히 추진해온 학술대회, 제반 사업, 그리고 울산 시민의 관심과 노력이 이 작업의 결실을 맺게 해주었습니다. 또한『고헌 박상진과 광복회 사람들의 이루지 못한 혁명의 꿈』(박중훈, 대한광복회 총사령 고헌 박상진 의사 추모사업회, 2009),『光復會 硏究』(이성우, 충남대학교, 2007),『朴尙鎭 資料集』(김희곤, 독립기념관 / 한국 독립운동사 연구소, 2000),『고헌 박상진 의사의 발자취를 따라서』(울산매일신문사, 2008),『울산의 충의정신』(울산의 충의정신 편찬위원회, 2005), 그 외 일제 판결문과 여러 자료가 도움이 되었습니다. 여러 자료에서 제각각 다르게 기술된 내용을 통일하고, 100년 전의 역사적인 사실을 이해하기 쉽도록 풀어 독자들에게 이해와 공감의 폭을 넓히는 데 도움이 되고자 힘썼습니다. 그러하기에 이 책에 나오는 인물들은 실제 인물이며, 기록들은 사실이라고 할 수 있습니다.

"일본 치하에 들어간 지 얼마 되었다고, 불의와 결탁하여 힘없는 백성을 괴롭히는 것도 모자라 일정에 밀고까지 하는 악인들을 내 어찌 꾸짖지 않을 수 있었겠는가?"

그렇게 부르짖고 행동했던 광복회 총사령 박상진 의사를 민족 정기의 표상으로 삼게 되기를 기원합니다.

집필하는 데 많은 도움을 주신 이병우 울산시 북구 문화원장님, 홍중곤 자문위원님, 박중훈 선생님, 김창동 양정고 교장선생님, 나원찬 화가님, 박경실 교수님, 유희영 간사님, 책만드는집 김영재 사장님, 이성희 편집장님께 진심으로 감사드립니다.

－2010년 1월 문선희

차례

순국殉國의 현장

아버지 박시규(朴時奎)는 아들 박상진(朴尙鎭)이 보낸 편지들을 쓰다듬으며 회한에 잠겼다. 아들은 지금 대구감옥소에 갇힌 몸이다.

"고생이 많을 게다. 조금만 기다려보자. 내가 너를 구하려고 애쓰고 있으니 부디 살아만 다오."

아버지는 아들이 사형만이라도 면하길 바라며 돈이 될 만한 물건들을 팔아 아들을 살리기 위해 백방으로 노력했다. 그건 아들의 바람은 아니었다. 하지만 아버지는 애가 탔다. 동경에서 제일가는 변호사를 선임해보려고도 노력했다.

규장각 부제학을 지낸 관리로서 아버지 박시규는 여러 해를 경성, 심양, 동경에서 지낸 적이 있었다. 그때 꿈에 아들을 본 다음 날이면 아들의 편지를 받곤 했다. 주위 사람들은 이렇게 말했다.

"전지지감(前知之鑑)이 있는 게로군요."

그 말은 미리 앎으로써 분별한다는 뜻이다. 작년 동경에 있을 때도 아들을 꿈에 본 다음 날이면 어김없이 아들에게서 편지가 왔다. 그것도 세 번씩이나 반복해서 그런 일이 있었다.

첫 번째 편지에 아들은 이렇게 썼다.

몸을 깨끗이 갖고 죽는 것이 소원입니다. 어찌 구구한 짓을 할 필요가 있겠습니까?

두 번째 편지에도 비슷한 말을 썼고 자신의 목숨을 구하려는 아버지에게 오히려 반문했다.

죽으면 죽었지, 저들과 더불어 삶을 구한다면 사는 것이 죽는 것만 못합니다. 본래부터 이렇게 결정한 저의 마음을 왜 모르십니까?

세 번째 편지에서도 아들 상진은 변함없는 뜻을 전했다.

만약 제가 불행하게 되면, 먼 만 리 밖에서 허탈해하실까 늘 밤낮으로 걱정입니다. 빨리 돌아오셔야 한번 만나 뵙고 영결 말씀을 여쭐 수 있겠습니다. 이것이 바로 저의 소원입니다.

그 편지를 받고 아버지는 일본에서 서둘러 귀국했다. 그리고 즉시 대구형무소를 찾아가 아들을 만났다. 일본 경찰의 모진 고문에 얼마나 시달렸는지 아들은 심히 상해 있었다. 핏기 없이 파리한 얼굴, 쇠잔한 몸이었다. 아버지는 억장이 무너져 내리는 것 같았다. 밤이면 어머니가 끌어안고 잤고, 낮이면 아버지가 등에 업고 놀기도 하면서 마치 손바닥 안에 있는 구슬처럼 귀히 키운 아들이었다. 나라가 처한 운명처럼 집안의 기운은 빠진 듯했고, 구국의 열정을 불태우던 아들은 나라를 되찾는 일을 한 게 죄가 되어 이렇듯 사형을 앞두고 있었다.

3년 6개월여 전, 박상진은 어머니가 위독하다는 전갈을 받았다. 동지들은 위험하다며 녹동에 가는 것을 반대했다. 하지만 박상진은 일경에게 체포될 줄 알면서도 출상 전날인 1918년 2월 1일에 경주 녹동에 도착했다.

이미 밀정(密偵) 조만구의 밀고로 경주경찰서에서 출동시킨 수백 명의 경주 수비대가 박상진이 나타나길 기다리고 있었다.

상복을 입고 어머니 영전에 통곡하던 박상진은 상복 차림 그대로 체포되었다. 그를 포박하려는 왜경에게 박상진은 늠름하게 오히려 그들을 꾸짖었다.

"나는 내 할 일을 정당하게 하였다. 너희들에게 포박당할 아무런 이유가 없다. 내 집에 먹이는 말이 있어 내 그 말을 타고 자의로 너희들이 가자는 곳으로 갈 터이니 내 몸에 손대지 마라."

박상진은 상복을 벗고 백의 두루마기 차림으로 백마를 타고 녹동 앞길을 달렸다. 박상진의 뒤를 검은 제복을 입은 뭇 수비대가 따라갔다. 마치 천상으로 훨훨 달려가는 백학의 뒤를 까마귀 떼가 깍깍거리며 따라가는 광경 같았다.

그러나 오만고개를 넘자마자 수비대는 박상진의 옷을 벗기고 여느 독립투사들처럼 포승으로 묶어 끌고 갔다.

그로부터 3년 6개월 남짓, 박상진은 감옥에 있으면서 짐승에게도 차마 그렇게는 하지 못할 모진 고문에 시달렸다. 박상진의 뇌리에는 일제의 모진 고문이 스쳐 지나가며, 끔찍한 고통 속에서도 침묵한 그에게 "지독한 조센징!"이라고 말하던 일본 형사의 싸늘한 비웃음이 귀에 들려오는 듯했다.

"차라리 죽는 게 사는 것보다 낫습니다."

아버지와 아들, 둘 다 가슴에 담아둔 말을 어떻게 쏟아내야 할지 알 수 없었다. 가슴만 타들어갔다. 백발이 성성한 아버지 역시 해쓱한 얼굴에 쇠잔한 모습이다. 아들이 갇힌 감옥을 따라 아버지는 경주에서 대구로, 대구에서 공주, 공주에서 경성, 경성에서 다시 이곳 대구까지, 남쪽과 북쪽을 수없이 쫓아다녔다. 아들은 아버지에 대한 염려로 보낸 시간이었고, 아버지는 아들에 대한 한없는 사랑으로 헌신한 시간이었다.

박상진은 울먹였다.

"저의 지원(至願)이 다 이루어졌습니다."

아버지는 고개를 크게 끄덕였다.

"그래. 그렇고말고. 고생 많았다. 너는 네 할 일을 다 했구나."

박상진은 죽음을 담담하게 받아들였다. 더러운 인간들의 고문을 더 이상 견디지 않아도 될 것이고, 무엇보다 이 치욕에서 벗어날 수 있을 것이다. 하지만 이제 아버지를 이승에서 다시는 뵙지 못할 것을 생각하니 눈물이 볼을 타고 주르륵 흘러내렸다.

아들을 며칠 전에 대구감옥에서 만났던 아버지 박시규는 아들이 보냈던 편지를 어루만지며 그래도 실낱같은 희망을 버릴 수 없어 하루하루를 구명(救命) 활동으로 보냈다.

박상진은 사형 집행 전날에도 대구감옥에서 태연하게 책을 읽었다. 같은 방에 수감된 사상범들도 요동하지 않긴 마찬가지였다.

박상진은 간수에게 붓을 청했다. 어머니의 출상 하루 전에 일경에게 체포된 자신을 되돌아보니 이제껏 불효자로만 산 것 같았다. 박상진은 흐트러짐 없는 단아한 자세로 유시(遺詩)를 써 내려갔다. 그 모습은 구국의 열정에 사로잡혀 무력 투쟁도 불사한 독립투사라기보다는 학처럼 고아한 선비였다. 학문에 능했던 그의 서체는 정갈했다.

母喪未成(모상미성 : 어머님 상례 마치지 못했고)
君讐未服(군수미복 : 나랏님 원수 갚지도 못했네)
國土未復(국토미복 : 빼앗긴 국토마저 되찾지 못했으니)
死何面目(사하면목 : 죽은들 무슨 면목 있으리)

그 다음 날인 1921년 8월 11일, 교수형이 집행되기 전에 박상진은 또 한 편의 절명시(絶命詩)를 남겼다.

難復生此世上(난부생차세상 : 다시 태어나기 어려운 이 세상에)
幸得爲男子身(행득위남자신 : 다행히 남자로 태어났건만)
無一事成功去(무일사성공거 : 이룬 일 하나 없이 이 세상 떠나려니)
靑山嘲綠水嚬(청산조녹수빈 : 청산이 조롱하고 녹수가 찡그리네)

일본인 간수도 감동한 나머지 박상진에게 예우를 다해 극진히 대했다.

"더 하실 말씀은 없습니까?"

박상진은 고개를 가로저으며 조용히 눈을 감았다.

오후 1시에 교수형은 집행되었다.

박상진 의사(義士)의 의식은 비로소 그토록 다시 가고 싶은 곳, 그의 가족이 이제나저제나 그가 돌아오길 애타게 기다리는 고향 울산의 송정마을로 아득히 흘러가고 있었다.

"도손(道孫 : 손자며느리)의 산일(産日)이 다 되었느니라."

며칠 전 면회 와서 알려주신 아버지의 말씀이 아슴푸레 메아리쳐 왔다.

"기쁜 일이로군요."

"그렇단다."

박상진 의사의 기억은 거기에서 멈췄다.

광복회 총사령 박상진의 나이 38세였다.

그가 남긴 두 편의 유시는 이영식과 담당 간수 최인홍이 유족에게 전해주었다.

1921년 8월 18일 〈동아일보〉에는 이런 기사가 실렸다.

지난 십일일 오후 한 시에 대구감옥에서 사형 집행을 당한 광복회 수령 (光復會 首領) 박상진(朴尙鎭)의 시체는 친형제 박호진(朴虎鎭) 외 수 명 의 친척에게 호위되어 십삼일 오후 네 시 경주에 도착되었는데 가족들이 울며 부르짖는 중에 시체는 즉시 교리(校里) 자기 처가가 되는 최씨(崔 氏)의 집으로 옮기어 가서 장사 중이라더라. (경주)

그로부터 5일 뒤인 1921년 8월 23일 〈동아일보〉에 다음과 같은 기사가 다시 실렸다.

온 세상을 놀라게 하던 광복회 사건의 주모자도 지난 십일일 오후 한 시 대구감옥에서 사형을 당했고, 박상진의 장의는 지난 이십일일 오전 세 시 교리 자기 처가에서 출관하여 경주군 내남면 도곡리 백운대(慶州郡 內 南面 濤谷里 白雲臺)에서 거행하였더라.(경주)

제1부

어린 시절

100일 만에 출계出系하는 송정마을 아기

1884년 섣달 한겨울 밤, 울산군 농소면 송정리 새각단(큰 마을이란 뜻) 입구에 있는 자신의 집에서 막 나온 박시구와 박시준 형제는 무심코 큰댁 쪽을 바라보다가 잠시 호흡을 가다듬었다. 아우 시준은 검지로 저 먼 곳에서부터 어슴푸레하게 빛이 흐르는 곳을 가리켰다. 아우는 열 살이고, 형은 열일곱 살이다. 형제는 과거 시험을 준비하는 유생들이라 밤이 늦도록 공부하고서 잠시 쉬러 밖으로 나온 참이었다.

"참 이상타. 저기 큰댁 쪽에 저기 뭐꼬…… 이상한 빛이 안 보이나?"

형도 눈을 휘둥그레 뜨며 고개를 끄덕였다.

"저거 말이제? 그래, 저기 무슨 빛이고……. 우리 가보자."

형제는 호기심에 이끌려 숨 가쁘게 달렸다. 그런데 빛줄기를 따라 당도한 집은 다름 아닌 큰댁이었다. 조용한 마을에는 정적만 흘렀다.

"뭐, 아무 일도 없네."

형제는 별일이 아닌가 싶어 발길을 돌려 자기 집으로 돌아갔다.

하지만 그 시간, 형제의 큰댁 ㅁ 자형 남향집, 서너 층 기단석 위에 지어진 안채에서는 여강 이씨(驪江 李氏) 석태(錫泰)가 산통을 겪고 있었다. 그녀가 그해 초에 꾼 태몽은 아직도 생생했다. 경주의 어느 큰 연못가에서 백발노인이 그녀를 향해 오라고 손짓하는 꿈이었다. 그러고 나서 몸에 태기가 있었다.

두 간 마루 건너 다른 방에는 시어머니가 가슴을 졸이며 아기를 기다리고 있었다. 지금 산모 곁에는 산파가 돕고 있다.

"조금만 더 힘을 내시이소. 이제 다 되어가니더."

부엌에서는 솔거비(여종)가 군불을 때고 있었고, 장작을 나르는 솔거노(남종)는 솔거비와 함께 산파가 요구하는 대로 모든 준비를 하느라 부산하게 움직이고 있었다.

산모의 남편 박시규는 마당을 서성였다가, 부엌에서 남쪽 방향에 있는 날개채의 도장방을 기웃거렸다가, 사랑방으로 사용하기도 하는 책방에서 평소 책을 읽을 때처럼 몸을 이리저리 흔들어대며 앉아 있었다가, 문득 불안해져 벌떡 일어나 책방에 붙은 마루방을 서성이고 있었다.

'부인, 아무 탈 없이 순산해야 하오.'

박시규의 손에 땀이 배어 나왔다.

날개채 맞은편 세 간 규모의 곡간에는 늘 넉넉한 양식이 있었고, 안채와 마당을 사이에 두고 방과 부엌, 마구간으로 구성된 초가 세 칸에는 하배들이 거처하고 있었다. 곡간채와 안채 사이 뒤로는 한 간짜리 방앗간도 있고, 그 옆과 뒤로는 오죽나무가 서 있다. 날개채 뒤 담장 사이로 형님 댁으로 통하는 쪽문은 있어도 대문은 따로 없는 집이다. 문간채 앞쪽에 다시 작은 마당이 있고, 가운데 부분에서 밭 사이로 난 경사진 길은 큰길로 연결되어 있다.

여강 이씨 석태는 그 길로 밀양 박씨 시규에게 시집을 왔다.

밀양 박씨 일족은 먼저 살던 학성 이씨들이 입암 쪽으로 이사하자, 송정으로 이거하여 경제적인 기반을 이뤄나가면서 송애정사(松涯精舍)라는 서당을 지어 후진을 양성할 정도로 학문을 숭상하는 집안이었다. 집 뒤로는 무룡산 자락으로 연결되는 구릉이 끊어질 듯 이어져 있고, 큰길 앞으로는 작은 도랑이 있어 맑은 물이 밤낮으로 졸졸졸 흘러갔다.

모든 것이 넉넉한 집안이지만 자손이 귀한 터라, 이석태는 태기가 있고부터는 특히 몸을 조신하게 돌보았다. 이젠 산고의 시간이다. 극심한 고통이 계속되다 정신이 아득해졌다. 곧이어 아기의 울음소리가 들렸다.

"응애응애."

"사내아이니더. 순산하셨니더."

산모는 정신을 차리고 산파가 내민 아기를 자세히 살펴보았다. 핏덩어리에 불과한 갓난아기인데도 이목구비가 뚜렷한 데다 손가락 발가락이 모두 열 개씩, 건강한 사내아이였다. 기뻤다. 1884년 음력 12월 6일, 양력으로는 1885년 1월 21일의 일이다.

그렇게 박상진(朴尙鎭)은 태어났다. 박상진의 자(字)는 기백(璣伯)이며 호(號)는 고헌(固軒)이다. '기백(璣伯)'은 맏구슬이란 뜻이니 특히 집안의 적출자로서 맏이를 강조했다. '고헌(固軒)'은 의기가 당당하며 단단하다는 뜻이다.

산모 이석태가 아기에게 젖을 물리는 기쁨도 잠시일 터였다. 아기는 곧 출계(出系)해야 했던 것이다. 출계란 다른 집안에 양자로 들어가서 대를 잇는 것이며, 출계하면 친가와는 인연이 끊어지고 친부모 대신 양부모 슬하에서 일생을 살아가게 된다. 갓난아이 상진이 출계하는 이유는 백모인 창녕 조씨 동원이 슬하에 자식이 없었기 때문이었다. 백부인 박시룡(朴時龍)은 소실 인동 장씨 사이에 아들을 얻긴 했으나, 소실이 낳은 서자는 대를 이을 수 없었다. 산모 이석태는 자신의 아기가 만약 사내아이라면, 그 아기는 마땅히 시아주버니 박시룡에게 양자로 보내야만 하는 처지였다. 당시의 관습대로 사내아이의 출계는 이미 정해진 사실이었다. 박상진은 비록 박시규와 이석태 사이에서 태어났으나, 또한 온 집안의 아기이기도 했던 것이다.

아기 상진은 백일이 되던 날, 태생가(胎生家)와 나란히 붙어 있는 큰아버지 댁으로 옮겨졌다. 두 집의 담장 사이로 연결된 쪽문을 통해 아기 상진의 거처는 생부(生父) 박시규의 집에서 양부(養父) 박시룡의 집으로 옮겨졌다. 두 집은 이 쪽문으로 연결되어 있어, 비를 맞지 않고도 왕래할 수 있었다.

양모(養母) 조동원은 아기 상진을 받아 안고서 허리를 깊이 숙여 인사했다.

"아기를 정성껏 키우겠습니다."

아기 상진은 바로 옆집에 생부와 생모가 살고 있건만, 큰아버지와 큰어머니에 의해 길러졌다. 두 사람은 온갖 정성을 다해 아기를 키웠다.

할아버지 박용복(朴容復)은 울산과 경주 등지에 많은 땅을 소유하고 있는 만석지기 부호였고, 아들들은 과거 시험을 앞둔 선비였다.

아기 상진의 할아버지 박용복은 타고난 근검함과 넓은 도량의 덕으로 학문의 도(道)를 실천하는 데 힘을 썼다. 흉년이 들 때는 양식을 나눠주기도 해서 주위 사람들의 칭송을 받았다. 이재에도 밝은 편이라 물려받은 재산 2천 석을 7천 석으로 늘리기도 했다.

송정마을의 부자 박용복은 1870년에는 진사시에 합격했고, 뒤에 암행어사의 추천으로 북부도사에 임명되었다. 자신에 대한 더 이상의 꿈을 접고 그는 두 아들에게 기대를 걸었다. 울산이 갯가이기에 과거 시험에 불이익을 받는다고 생각하여, 경주군 외동면 녹동에 아들 형제의 집을 송정마을에서처럼 나란히 지었다. 이웃과 친지들은 울산 송정집과 경주 녹동집을 모두 "진사 어른 댁"이라고 높여 불렀다.

아기 박상진이 출계한 다음 해인 1885년 4월, 생부 박시규는 문과 대과에 을과 4인의 성적으로 급제했다. 진사 박용복은 크게 기뻐하고 화지대를 집 앞에 세웠다. 화지대란 과거에 급제한 사람을 기리기 위해 붉은 장대를 세워놓고 그 위에다 푸른 나무 용(龍)을 새겨 매달아놓은 것이다. 화

지대는 솟대라고도 하며 지역에 따라 마을의 상징물로 마을 입구에 세워
두기도 했다.

"울산이 갯가라는 편견은 있다만, 정작 둘째가 급제한 곳은 울산 송정
이구나."

박용복은 툇마루에 앉아 화지대를 흐뭇하게 바라보곤 했다. 하지만 그
어느 때보다 난세임이 분명하다. 그의 마음속에는 문득문득 어두운 그림
자가 일렁거렸다.

"시규가 이제 관료에 진출하게 된 일은 기쁘기 그지없으나 관료로서
책임을 제대로 해내야 할 텐데……. 점점 무기력해지는 왕권을 사이에
두고 조정에서는 큰 뜻으로 백성을 돌보려 하기보다는 자신들의 세력 다
툼에만 혈안이 되어가고, 개혁을 주장하는 젊은이들은 무엇 하나 신중하
게 생각하는 일 없이 수구 세력을 타도하는 일에만 급급해 보이고, 강대
국들은 약소국을 침략하려고만 드는구나."

국내외의 어수선한 정세에도 불구하고 진사 박용복의 집안은 평화로웠
으며, 해마다 소출도 넉넉하게 거둬들였다.

아기 상진의 생부 박시규는 급제 이후로 성균관 전적, 홍문관 시독, 장
례원 장례, 규장각 부제학, 승지 등을 두루 역임하게 된다.

노루골 어진 아이

어린아이 박상진은 집안의 귀염둥이로 자랐다. 모든 게 신기하기만 해 안채로, 사랑채로, 곳간채로, 헛간으로, 부엌으로 오가며 기웃거렸고, 마당에서는 마음껏 뛰어놀았다. 집은 학교요, 놀이터였다. 사랑채에는 늘 손님이 찾아왔고, 그들은 때로 숙박까지 했다. 부엌에서 만든 음식이 사랑채 붙박이 쪽문을 통해 들어가는 것을 보느라 상진은 까치발을 들었다. 곳간채에는 추수한 곡물 자루들이, 그 바로 곁 고방채에는 고춧가루, 멸치, 미역 등이 차곡차곡 쌓여 있었다. 상진은 디딜방아 곁에 쪼그리고 앉아 쌀, 보리, 조, 수수가 찧어지는 과정을 유심히 지켜보았다. 하배들이 일하는 것을 보며 이름들을 하나하나 익혀나갔다.

"이건 지게, 저건 써레, 요건 워낭!"

어린 상진이 일일이 손가락질을 해가며 소질메, 쟁기, 작두, 맷돌, 절구, 공이, 맞는 이름을 줄줄이 부르면 하배들도 웃으며 거들었다.

"그럼 이건?"

아이 상진은 또랑또랑한 목소리로 대뜸 알아맞혔다.

"목괭이!"

하하하. 문간채에서는 웃음이 터져 나왔다.

상진이 네 살 되던 해, 1887년에는 경주군 외동면 녹동리(慶州郡 外東面 鹿洞里) 469번지로 이사를 갔다. 옛날에는 노루골이라고도 했던 녹동은 울산과 경주의 경계이자 경주의 출입문이고, 치술령 산자락이 뒤에서 아늑하게 감싸주는 마을이다. 이곳에서도 박시룡의 집과 박시규의 집 사이에 처진 담장 가운데에는 송정에서처럼 쪽문이 나 있었다.

두 집 사이에 있는 쪽문 곁에는 우물이 있었으며 두 집 모두 정남향 ㅁ 자형 집이었다. 노루골에서 상진은 집과 자연을 마음껏 즐기며 동네 아이들과도 잘 어울려 놀았다.

노루골로 이사 온 지 벌써 1년, 상진은 다섯 살이 되었다.

1888년 어느 봄날, 햇볕이 잘 드는 담벼락 밑에 앉아 상진은 동네 아이들과 놀고 있었다. 문득 눈을 들었는데, 집을 나서는 동냥 할멈이 동냥 바가지를 내려다보며 얼굴을 찌푸렸다. 그러고는 혼잣말을 중얼거렸다. 상진은 귀를 쫑긋 세웠다.

"이렇게 부잣집에서 주는 곡식에 돌이 태반도 더 되네……."

노파의 말을 들은 상진은 발딱 일어나 노파에게 갔다. 상진은 노파의 손을 잡고 집 안으로 데리고 갔다. 친할머니가 안방 문을 열고 나와 대청마루에 서 있었다. 상진은 할머니 앞에 섰다.

"할머니, 동냥으로 주는 곡식은 하찮은 양인데 어찌 돌까지 섞인 나락을 주셨습니까? 좋은 곡식으로 주시는 게 어떨지요?"

할머니는 깜짝 놀랐지만, 내심 대견스럽기도 했다.

"그렇게 하마. 종이 몰라서 그랬을 게다."

마침 곁에서 이 장면을 본 할아버지도 기뻐했다.

"이는 정녕 다섯 살배기의 아이 말이 아니로구나! 좋은 곡식 한 말을 주도록 해라."

동냥 할멈은 송구스러워 고개를 조아렸다.

"고맙습니다. 이 은혜를 잊지 않겠습니다."

좋은 곡식 한 말을 받은 동냥 할멈은 간 곳마다 노루골 아이 박상진을 칭찬했다.

"진사 어른 댁 손자는 착하고 어진 아이랍니다."

상진은 다섯 살 때부터 아버지의 가르침으로 글을 배우기 시작했다. 이해가 빨랐으며 공부를 재미있어했다. 어린 나이에 벌써 시문을 지을 줄 알았다. 글재주가 뛰어나다며 주위 사람들은 신동이라고 했다.

상진이 여섯 살 때부터는 안동에서 공부하다가 고향으로 돌아온 4종형(10촌 형) 박규진(朴奎鎭)에게서 한학을 배우기 시작했다. 몇 년 뒤 4종형은 세상의 번잡함이 싫다며 아예 경상북도 청송군 진보면 진안리로 거처를 옮겼다. 자기 관리를 철저하게 하는 깨끗한 은둔처사형 선비 박규진은 어린 상진에게 스물아홉 살이나 많은 형님이었으나 학문에 있어서는 스승이었다. 진보에는 이미 3종숙(9촌 아저씨) 박시주(朴時澍)가 살고 있었는데 그 역시 선비이자 학자였다. 진보는 『택리지』에 피난지 중의 하나로 기록되어 있다.

상진이 일곱 살이던 해 겨울에는 이런 일도 있었다.

낡고 찢어진 옷을 입고 다니는 마을 친구들은 추위에 오들오들 떨었다. 상진은 자신이 입고 있는 옷을 선뜻 벗어 가난한 친구에게 주었다. 친구는 눈을 동그랗게 뜨며 주저했다.

"이건 좋은 옷인데 내가 어찌 입어?"

"괜찮아. 입어."

따스한 솜옷을 받아 입은 친구는 환하게 웃었다.

"히야! 따뜻하다. 이렇게 좋은 옷은 처음 입어본다."

"너 가져."

"정말? 그래도 돼?"

상진은 고개를 크게 끄덕였다. 상진은 친구가 좋아하는 모습을 보며 기쁜 얼굴로 집으로 왔다. 그날 어머니 조씨는 친구의 낡은 옷으로 바꿔 입고 온 아들을 포근하게 껴안고 등을 토닥여주었다.

"잘했구나."

그 뒤에도 상진은 친구의 낡은 옷과 바꿔 입기를 자주 해서 어머니는 여벌의 옷을 늘 넉넉하게 만들어두곤 했다. 아들의 사려 깊은 언행에는 놀라울 정도로 어른스러움이 있어 어머니는 깊은 관심과 세심한 배려로 어린 아들의 마음 씀씀이에 힘을 보태주려고 애썼다.

그해가 지나가기 전, 마침내 아버지 박시룡도 12월에 시행된 별시(別試) 문과에 을과 제3인으로 급제하는 경사가 있었다. 그는 꽃관을 쓰고 백마를 탄 채 고향으로 금의환향했다. 그도 정통 관료로서 이후 홍문관 시독, 봉상전사(奉常典事), 교리 등을 역임하게 된다.

할아버지는 이번에도 과거에 급제한 맏아들을 기리기 위해 집 앞에 화지대를 세웠다. 뒷짐을 지고 화지대를 흐뭇하게 바라보며 할아버지는 상진에게 일렀다.

"상진아, 너도 급제해서 또 하나의 화지대를 고향 마을 입구에 세우도록 해라."

"네, 할아버지."

할아버지는 손자 상진에게 꿈을 심어주었다. 송정마을과 노루골을 오가며 자라는 어진 아이 상진도 글공부를 잘해서 정통 관료가 되는 게 자신이 가야 할 길이라고 당연하게 받아들였다.

어느덧 상진은 열 살이 되었다.

글공부는 점점 더 어려워졌지만 재미가 있었다. 생각의 깊이가 더해지면서 집안의 맏이로서 몸가짐도 신중하고 조신하게 가졌다. 어느새 사려 깊은 소년이 되어가고 있었다.

명절을 앞둔 어느 날이었다.

무슨 일인지 모르지만 아버지와 어머니가 심하게 다투는 일이 생겼다. 아랫사람들도 모두 놀라 침묵만 할 뿐이었다. 평소 무골호인인 아버지의

고함 소리에 화가 난 어머니는 계집종을 앞장세우고 송정마을로 떠나버렸다. 집안은 무거운 정적에 휩싸이고 말았다. 하인들은 제각각 맡은 일을 잘해내고 있었지만, 여주인이 없는 집안은 나사가 빠진 것처럼 매끄럽지 못하고 헛도는 분위기였다.

다음 날 상진은 아버지가 계신 사랑방으로 갔다. 아버지의 나무람이나 역정은 각오가 되어 있었다. 상진은 아버지 앞에 무릎을 단정하게 꿇고 앉았다.

"아버지, 소자 꾸중을 각오하고 한 말씀 올립니다. 자식들과 아랫사람들이 보는 앞에서 어머니를 그렇게 대하시면 어머니께서 이후 저희들과 아랫사람을 어떻게 다스리시겠습니까? 그리고 명절에 조상님께 올릴 음식을 큰며느리 없이 정녕 이런 분위기 속에서 준비해야만 하는지요?"

부자(父子) 사이에 무거운 정적이 흘렀다. 그런데 잠시 뒤, 아버지는 뜻밖에도 온화한 목소리로 아들의 말에 동의했다.

"그래. 네 말이 정녕 맞는 말이구나. 내 지금이라도 아이를 보내 네 어머니를 모셔 오도록 하마."

그날 급히 보낸 하인의 말을 듣고 노루골로 돌아온 어머니를 보자 상진은 마음이 놓였다. 그해 명절은 온 집안사람들이 화기애애한 분위기 속에서 더욱 돈독한 혈우지정(血友之情)을 나눌 수 있었다.

송정마을에서든, 노루골에서든 두 아버지의 집은 나란히 붙어 있었다. 평소 별말씀이 없고 수줍음을 잘 타는 아버지에게 하진이와 한진이가 더 생겼고, 바로 이웃해 사는 밝고 호방한 생부와 생모 사이에서도 동생 현진이, 호진이가 태어나 자식 가뭄이 완전히 해소되었다.

이런저런 연유로 노루골 아이 상진은 어른들과 주위 사람들의 귀여움과 사랑을 듬뿍 받으며 성장했다. 모든 이들이 품고 있는 소년 박상진에 대한 믿음은 실로 대단해서 비록 어린아이의 말일망정 상진의 말에는 꼭 적절한 대응책이 뒤따르곤 했다.

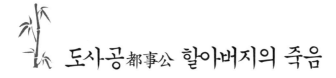

도사공都事公 할아버지의 죽음

　1894년 1월 1일 설날 아침이다. 박상진은 열한 살이 되었다. 진사시에 합격한 할아버지는 암행어사의 천거로 북부도사(北部都事)를 지내기도 했기 때문에 집안에서는 도사(都事) 할아버지 혹은 도사공(都事公)이라고 불렀고, 이웃에서는 진사 어른이나 도사 어른이라고 존대했다. 도사공은 큰절을 올리는 손자들에게 세뱃돈을 주며, 아이마다 다른 특성과 행동에 맞는 덕담을 했다. 상진에게는 이렇게 말씀했다.

　"상진아, 너는 출계한 사실을 의연하게 받아들인 마음이 어진 아이요, 총명하고 비범한 아이다. 너는 분명 나라를 위해 큰일을 해낼 거다."

　할아버지는 작년보다 쇠잔해졌지만, 한층 의젓해진 상진에게 성리학의 기본도 틈틈이 일러주곤 했다.

　"성리(性理)란 인간의 본성을 이루는 것이다. 인간은 성리를 확충하고 발휘함으로써 인간 된 소임을 다하는 게지. 올바른 일을 행하는 사람이 죽임을 당하는 일은 옳지 못하며, 진리로 선악과 정사(正邪)를 가리고 사람에게 바른길과 방향을 제시하는 게 선비의 도리요, 관리가 행해야 하는 일이다. 그런데도 이 소임을 다하지 못했으니 나라가 시끄러운 게다."

　할아버지는 나랏일을 많이 걱정했다. 할아버지는 손자를 일깨우듯 세상사에 대한 당신 나름의 지혜로운 말씀도 했다.

"무슨 일이든 그 일의 결과에는 반드시 원인이 있게 마련이다. 백성을 제대로 섬기지 않는 탐관오리의 잘못이 꼬리에 꼬리를 물고 희생을 만들어내고, 쓴 뿌리가 되어 역사의 아픔으로 남게 되는 게다."

"……"

상진은 그저 할아버지의 말씀을 가슴에 깊이 새겼다.

"상진아, 너는 네 자신을 아끼느냐?"

할아버지의 물음에 상진은 "네"라고 대답했다. '아낀다'는 말을 어떻게 해석해야 할지 난감했다.

"상진아, 너는 집안을 아끼느냐?"

할아버지는 두 번째 질문을 했다. 상진은 이번에도 "네"라고 대답했다.

관습적으로 서자는 대를 이을 수 없다는 사실, 그러했기에 자신이 출계했다는 사실, 부모님에게는 자식 된 도리를 다해야 한다는 사실, 아울러 집안의 맏이로서 책임도 다해야 한다는 사실까지 상진은 이미 알고 있었다.

"무엇보다도 형제간의 우애를 소중히 가꿔나가야 하느니라."

그리고 할아버지는 다시 세 번째 질문을 했다.

"상진아, 너는 나라를 아끼느냐?"

할아버지가 왜 반복되는 질문을 하시는지 영문을 몰라 이번에는 침묵했다.

"……"

"학문을 하고 과거에 급제하면 관료가 된다. 관리에게는 나라를 아끼는 마음은 기본 중의 기본이란다. 백성이 곧 하늘이니라. 백성의 눈에 눈물이 나게 하는 관리는 자격을 잃은 관리이니라. 백성을 잘 섬기는 관리가 되어야 한다. 명심해라. 알겠니?"

"네. 명심하겠습니다."

할아버지의 눈가가 붉어지더니 이내 물기가 촉촉하게 배어났다.

"나는 얼마 살지 못할 것 같구나. 요즘에는 자꾸만 숨이 차오른다. 네가 장가드는 모습을 꼭 보고 싶다만 내 소원이 이루어질지 모르겠구나. 증손 자도 보고 죽으면 좋으련만……."

"그러셔야죠. 제가 급제하는 것도 보셔야죠."

할아버지는 고개를 가로저었다.

"과거 시험은 곧 폐지될 게다. 조정에서는 친일 세력 김홍집 내각을 중 심으로 국정 전반을 개혁하고 있다. 그런데 그 개혁이 우리 국왕의 권한 을 축소하려 드는구나. 문벌과 양반·상민을 철폐하면, 문과니 무과니, 귀함이니 비천함의 구별이 없어질 게다. 위와 아래의 구분과 좌와 우의 분별력을 상실하게 되면, 천하에 유아독존이 되어 더불어 사는 법이 잊힐 게다. 앞으로 천지간에 법이 없어지는 세상이 될까 염려스럽구나. 위로는 엄연히 하늘이 존재하듯, 아래로는 땅도 엄연히 존재해야 하늘과 땅이 조 화를 이루며 상생(相生)하지 않겠느냐? 세상이 아무리 변한다고 할지라 도 세상의 이치를 다스리는 법과 잣대가 상실되고 뒤죽박죽이 되면 난세 (亂世)가 되고 마느니라. 인간이 지녀야 하는 기본 도리와 원칙이 항상 바 로 서야 할 텐데 걱정이로구나."

할아버지가 말하는 개혁은 다름 아닌 그해에 단행된 갑오개혁이었다.

"개혁은 결코 쉬운 일이 아니다. 백성 모두의 뜻이 하나로 뭉쳐져 천천 히 다져지고 다져가면서 이뤄가야만 하는 것이다. 무엇보다 인내와 기다 림이 중요하지."

마치 폭풍 전야처럼 뭔가 불안했다. 사랑채에는 일족과 유림의 선비들 이 내방하여 나랏일에 대해 이야기를 주고받았다. 상진은 아버지 곁에 앉 아 가만히 귀를 기울였다.

"노비 매매를 금지하고, 연좌율을 폐지하고, 조혼을 금지하고, 과부의 재가까지 허용한다고 하더이다. 조선의 모든 풍습과 제도를 대대적으로 혁신한다고 하니 조선 사회의 병폐가 차차 사라지겠지만, 관료제도를 비롯하여 도량형도 일본식으로 고치는 등 일본 세력을 업고서 강압적으로 밀어붙이는 김홍집 내각이 문제로소이다."

유림의 반발은 심상치 않았다. 다른 선비가 말을 이었다.

"으흠, 양자제도의 개정이라든지 당파 소속, 정실에 따라 관직을 가지는 등을 폐지한다는 내용은 우리 양반이 환영해야 할 조항이외다. 과거에 합격하고서도 관직조차 받지 못하는 현실에는 딱 맞는 조항이외다. 그리고 반상 계급 타파, 문벌을 초월한 인재 등용 같은 조항은 평민이 환영하는 조항이외다. 부조리한 인습을 개혁하고 삶의 모순을 가져오는 부조리를 개혁한다는 취지는 바람직하다고 생각하외다. 그러나 문제는, 이 모든 개혁 뒤에 일본의 음흉한 침략 의도가 숨어 있다는 게지요."

그 말에 모두는 고개를 크게 끄덕였다. 누군가가 또 말을 받았다.

"왜놈에 빌붙어 단행하는 타율적인 개혁이니만큼, 지금의 전권대사(全權大使) 김홍집을 비롯한 그 내각은 우리 유림이나 평민 구분할 것 없이 백성 모두에게 반발을 사는 것이외다."

전통 유림은 조선 왕권이 위태로워지는 것을 걱정했고, 평민들 사이에서도 외세를 등에 업고 사리사욕을 챙기는 매국노를 배척하자는 의견이 대세를 이루었다.

"개혁에는 희생이 뒤따르게 마련이지만, 그 무엇보다 사리사욕에 눈이 먼 부패, 타락, 오만 방자한 관료들이 외세부터 끌어들여 자신의 세력을 확장하는 일만은 막아야 하오. 조선 사회를 급박하게 뒤집고 갈아엎기식의 개혁은 아니 되지 않겠소?"

모두 불안하기만 했다.

박용복 진사는 앞으로 조선에서 일어날 일련의 불행을 감지했음일까. 1894년 1월에 있은 동학농민 운동을 걱정하고, 그해 7월 초부터 단행되기 시작한 갑오개혁을 두려워했다. 미리 예견한 할아버지의 말씀대로 과

거제도는 막을 내렸다. 그리고 청일전쟁에는 아예 말문을 닫아버렸다. 어지러운 국내 정세를 틈타 그해 6월에 조선에 대한 지배권을 놓고 일어난 청일전쟁은 다음 해인 1895년 4월에 일본의 승리로 끝난다.

1894년 그해에도 박상진은 여느 해처럼 노루골과 송정마을을 오가며 지냈다. 그리고 진보에 사는 4종형 박규진에게 가르침을 받은 다음, 숙제를 가지고 노루골로 와서 한학(漢學)을 익히곤 했다. 박상진이 배운 한학 역시 이퇴계 학풍을 이어받은 성리학이었다.

그해에 11세 소년 상진은 창고공(4종형 박규진)으로부터 왕산 허위(旺山 許蔿)의 맏형 방산 허훈 선생이 진보로 돌아왔다는 소식을 들었다. 왕산은 박규진과 가까운 사이로 이미 4년 전(1890년)에 경북 선산에서 진보 신한리로 이주해 있었다.

할아버지는 그즈음 기운이 부치는지 집 안에 있는 시간이 많아졌고, 손자 상진에게는 나랏일을 자세하게 알려주었다.

"올해(1894년) 초에는 신임 고부군수 조병갑의 탐학 문제로 녹두장군 전봉준을 중심으로 천여 명의 동학교도들과 농민들이 흰 수건을 머리에 동여매고 몽둥이와 죽창을 들고서 봉기를 했단다."

사람들은 그 일을 동학혁명 또는 동학농민운동 혹은 동학농민봉기라고 했다.

"그런 일이라면 오히려 백성들이 탐관오리를 징계하는 일이 되어서 잘된 일이 아닌지요?"

상진의 물음에 할아버지는 한숨을 내쉬었다.

"세상일이 마음먹은 대로 의로운 쪽으로만 진행이 되면 좋을 게다. 그게 결코 쉽지 않은 게야."

정말이었다. 이 일이 있은 후에 부임한 안핵사 이용태가 민란 책임을 동학교도에게 전가해 동학교도들을 체포하려 하자, 그동안 관리들의 탐학에 시달릴 대로 시달린 농민들은 동학군과 함께 호남 지방을 중심으로 노도 같은 혁명을 일으켰다. 동학혁명이 걷잡을 수 없는 불길처럼 확산되자 다급해진 조정에서는 고부군수, 전라감사, 안핵사 등을 징계했지만, 이미 청에 지원을 요청한 상태였기 때문에 청나라에서는 군대를 파견했고, 일본도 천진조약을 구실로 병력을 증강했다. 그해 11월에 녹두장군은 배반자의 밀고로 체포되었다. 민심은 뒤숭숭했다.

어느새 1895년이 되었다. 박상진은 이제 열두 살이 되었다.

그해 3월 동학혁명의 주모자인 녹두장군 전봉준을 비롯한 동학농민군 지도자들에게 사형이 집행되었다. 적용된 법률은 대전회통 제5권 형전에 명시된 "관에 대해 반란을 일으킨 자는 즉시 처형한다"라는 조항이었다.

동학혁명의 결과로 수많은 사람이 희생되었다.

한편, 일본을 등에 업고 진행된 갑오개혁은 민중의 반발을 샀다. 조정에서는 친일 세력을 완전히 제거하려고 8월에는 명성황후의 조카 민영환을 주미전권공사로 등용해 친일계를 파면하고, 그 대신 이범진, 이완용 등의 친러계를 기용했다.

그 사이 도사공 할아버지는 몸져누워 버렸고, 곡기를 넘기지 못한 지 열흘째가 되었다. 할아버지는 마지막 숨을 고르고 있었다.

박시룡, 박시규, 박시긍 이렇게 세 아들과 가솔들이 곁을 지키고 있었다. 할아버지는 말문조차 열 힘이 없는 듯 조용히 누워 있었다. 다만 생을 마감하는 그 순간에도 사랑하는 손자 하나하나에게 일일이 눈을 맞추었다. 맏손자인 상진은 할아버지의 손을 꼭 잡고 놓지 않았다.

곧이어 임종의 순간이 왔다. 박용복 진사는 평안한 표정으로 조용히 이승을 하직했다.

온 집안은 깊은 슬픔에 빠졌다.

박상진은 문득 깨달았다. 언젠가 할아버지가 던졌던 물음 속에 깃든 숨은 뜻을 알 것만 같았다.

"상진아, 너는 네 자신을 아끼느냐? 집안을 아끼느냐? 그리고 나라를 아끼느냐?"

'아낀다' 란 말은 다름 아닌 '소중히 여긴다' 란 뜻이다. 생전 할아버지가 자신을 소중히 여긴 것처럼, 자신에게 할아버지는 얼마나 소중한 분이었나를 그제야 뼈저리게 느꼈다. 그해 1895년에 겪은 할아버지의 죽음은 박상진으로 하여금 삶을 깊이 성찰하는 계기가 되었다.

한편, 그해(1895) 10월 8일 새벽에 끔찍한 을미사변 사건이 궁궐에서 일어났다. 일본 자객들이 건청궁에 있는 명성황후의 침실 옥호루에 난입하여 왕비를 잔인하게 시해했다. 그동안 단발을 권하던 일본이 이제는 일본 공사까지 나서서 비통해하는 고종에게 단발을 솔선수범하여 시행하라고 압력을 가했다. 차일피일 단발을 미루는 국왕에게 유길준·조희연 등의 대신들이 합세하여 고종을 협박하자, 고종은 하는 수 없이 단발 조칙을 내렸다. 1895년 11월 11일이었다. 이로 말미암아 항일(抗日), 배일(排日)의 뜻을 세운 백성들은 전국 각지에서 의병을 거의했다.

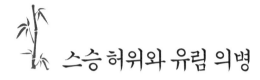

스승 허위와 유림 의병

　1897년이다. 어느새 할아버지가 돌아가신 지 두 해가 지났다. 작년에 소상을 치르고부터 집안에서는 상진의 앞날을 놓고 의논하기 시작했다. 양부와 생부가 따로 없었다. 두 분의 마음은 한 분처럼 똑같았다.

　"상진이를 이제 왕산 허위의 문하(門下)에 입문시켜야 할 때가 온 것 같네."

　입문(入門)한다는 것은, 학통을 이어받는 동시에 스승의 삶까지도 고스란히 닮아가는 배움의 길로 들어선다는 뜻이었다.

　"저도 같은 생각입니다. 학문의 깊이와 인품으로 봐서 왕산을 상진이의 스승으로 모신다면 상진이가 앞으로 많은 것을 배울 수 있을 테지요."

　어느 날 아버지는 상진에게 말했다.

　"이제 진보로 가서 왕산의 문하에 입문하도록 해라."

　"네, 아버지."

　창고공(4종형 박규진)과 묵은공(3종숙 박시주)은 허훈(許薰) 선생 댁을 출입하면서 품산 이수암(品山 李壽嵒)·겸산 김장락(兼山 金章洛)·왕산 허위·벽도 양제안(壁濤 梁濟安) 등과 교류의 폭을 넓히고 있었다. 특히 불고헌 허돈(不孤軒 許暾)의 손자인 청추헌 허조(聽秋軒 許祚)의 네 아들

중 맏이 방산(舫山) 허훈은 당대 영남 지방 유학계의 태두였고, 박상진의 스승이 되는 막내 왕산 허위는 맏형인 방산공에게서 학문을 배웠다.

허위의 집안을 거슬러 가보면, 허위의 사촌 직계 7대조 되는 난곡 허시형(蘭谷 許時亨)의 스승은 미수 허목(眉搜 許穆)이었고, 허위의 맏형인 허훈은 처음에는 조부인 태초당 허임(太初堂 許恁)에게 배우다가, 나중에는 강고 유심춘(江皐 柳尋春)과 성재 허전(性齋 許傳)에게 배웠다.

박상진의 집안을 거슬러 올라가 보면, 괴천공 박창우(槐泉公 朴昌宇)와 봉산거사(鳳山居士)라고도 불린 하계공 박세도(何溪公 朴世衜) 두 부자는 허목 문하에서 수학했고, 또 도사공 박용복은 정헌 이종상(定軒 李種祥)에게 배웠으며, 이종상은 유심춘에게 배웠다. 또한 이종상은 성재 허전, 방산 허훈, 한주 이진상 같은 유림의 학자들과 깊은 교분을 나누었다.

상진은 진보로 갔다. 상진이 이제나저제나 오기를 기다리던 4종형 박규진은 상진을 허위에게 데리고 갔다. 정다운 풍경이다. 황톳길을 걸으며 가학을 가르쳐준 4종형이 말했다.

"왕산은 작년 3월에 김산(김천)에서 의병에 나섰다가 돌아와 지금은 이곳 청송에서 학문을 닦고 계신단다."

을미의병 때 허위는 의병들을 규합해서 충청도 진천 등지에서 항거하다가 고종 임금이 내린 해산 명령에 따라 의병들을 해산시키고 돌아왔다고 했다.

두 사람은 싱그러운 진보의 공기를 마시며 허위의 집으로 향했다.

허위는 집에서 상진을 기다리고 있었다. 박규진이 이미 허위를 찾아가 상진을 문하생으로 받아주기를 부탁했기에 그들의 만남은 자연스러웠다.

상진은 예를 갖춰 스승에게 큰절을 올렸다. 스승은 단단한 몸매에 초롱초롱한 눈빛의 해맑은 소년 박상진을 흐뭇하게 바라보았다.

"저는 밀양 박가로 상진이라고 합니다. 모쪼록 불민한 저를 거두어주

십시오."

"흐음, 듣던 대로 총기가 있고 기개가 넘쳐 보이는구나."

스승은 학처럼 정갈하고 기품이 있어 보였다. 반듯한 이목구비에 눈은 고요하고 입은 과묵해 보였다. 상진을 그윽하게 바라보는 스승의 눈은 투명했다. 맑은 눈이었다.

"부족한 나를 스승으로 받들겠다고? 고마운 일이야. 하지만 내가 이곳에 앉아 네게 한가롭게 학문을 가르칠 수가 없구나. 나라가, 세상이 너무 어지러워. 기회 닿을 때까지 우리 함께 노력해보자. 우선 여기에 있는 서책들을 읽으며 지내도록 해라. 책을 되도록 많이 읽고자 힘써라. 서책들을 통하여 위대한 사상을 만나고 위대한 정신을 이어받게 되느니라."

"네."

이렇듯 정갈한 선비께서 어떻게 무력 항쟁에 나섰을까. 상진은 앞에 앉은 스승이 의병으로 항거하다 돌아왔다는 사실이 믿기지 않았다.

그날 허위는 박규진과 그동안의 의병 활동에 대해 이런저런 이야기를 나누었다.

이번 의병은 재작년에 있었던 황후 시해 사건과 강제적인 단발령이 계기가 되었고, 왜놈들의 내정간섭을 더 이상 가만히 앉아서 보고만 있을 수 없어서 허위는 의병에 나섰다고 했다. 이때의 의병 운동을 사람들은 흔히 '을미의병'이라고 부른다.

의병은 나라가 외적의 침입으로 위급할 때 국가의 명령을 기다리지 않고 민중 스스로 일어서서 조직한 병사들이다. 고구려와 백제가 멸망할 때 구국(救國) 의병이 일어났고, 임진왜란 때에도 곽재우 · 조헌 · 김시민 · 고경명 · 김천일 · 정문부 등이 왜군과 치열한 접전을 벌였으며 승려 휴정 · 유정 등과 같은 승병들도 나라를 위해 싸운 역사가 있었다.

을미의병 때 허위의 4형제는 일찍 세상을 떠난 둘째만 빼고 모두 의병 활동에 나섰다. 맏형 허훈은 4월에 이미 청송 출신 진사 신상익을 부장으로 삼아 진보의진을 창의했고, 막내 허위는 금산의진을 일으켰다. 허위는 마침 금산(金山 : 지금의 김천)에서 장날이 서는 것을 이용해 수백 명의 병사를 모아 성주에 포진하고 싸움에 임했다. 춘천의 이소응, 제천의 유인석 등 덕망 있는 유생들이 의병장으로 추대되어 각지에서 활동하고 있었다.

의병대장 이기찬, 참모장 허위, 중군 양제안이 선두가 되어 구호를 외치며 용맹을 떨쳤다.

"존왕양이! 존왕양이! 존왕양이!"

존왕양이(尊王攘夷)는 왕을 존대하고 외세를 배척하자는 뜻이다.

유림 의병은 조선 왕권과 전제정치가 흔들리면 결국 나라의 존망이 위태로워질 것이라고 판단하여 거의에 나섰고, 평민 의병은 탐관오리 척결과 노비제 폐지와 적서차별 타파 등을 요구하며 거의에 나섰다. 양쪽은 서로 입장이 달랐지만, 외세를 배격하고 나라를 지켜야 한다는 그 목적은 동일했다. 그만큼 갑오개혁은, 개혁 자체보다는 일본의 침략 의도에 따라 타율적으로 강행된 개혁이라는 점에서 백성들이 느끼기에 위험해 보였다.

1896년 1월 의병 운동은 경기 · 강원 · 충청 · 전라 · 경상도뿐만 아니라 황해도 등지의 북쪽까지 대규모로 확산되었다. 황해도 안악 치하포에서 빈농 출신 외아들로 태어나 해주동학군 선봉장이 되었다가 청의 원조를 받아 거의한 만주 김이언(金利彦)의 부대에서 활동한 김창수(金昌洙 : 백범 김구)가 2월에 일본군 중위 쓰치다를 살해하고 5월에 체포된 사건도 있었다. 의병들은 단발한 관찰사와 군수를 살해하고, 일본인 거류지를 습격했다. 일본 수비병을 살해하고, 일본 군 전선과 전주를 절단하고 파괴하는 등 반일 행동은 더욱 격화되었다. 침략자인 일본과 일본당을 제거하려고 의병들은 목소리를 높여 외쳤다.

"복수보형(復讐保形 : 왕후 시해에 대해 복수하고 형체를 보존한다)!"

일본인과 개화파 인사들이 의병들에게 속속 피살되었다. 이에 정부는 의병을 진압하려고 친위대를 파견하고 여기에 일본 수비대도 합세했다.

한편, 허위가 이끄는 금산의진은 일본 수비대와 관군들이 협공하는 바람에 패전과 재기를 거듭했다. 일본군은 최신 자동 화기와 기관총을 가지고 싸우는데, 의병은 화승총과 단발총이 고작이었으니 패전은 불을 보듯 뻔했다. 하지만 의병들은 제천의 유인석을 중심으로 전국적인 세를 규합하여 서울로 진격할 계획을 세웠다. 허위 일행은 600~700명이나 되는 인원을 이끄는 유인석의진과 합류하려고 북쪽으로 올라가는 도중에 충북 진천에서 근신(近臣) 전운경을 만나게 되었다. 전운경은 국왕의 봉서(封書)를 의병대장에게 건네주었다.

의병을 급속히 해산하라.

신하는 임금의 명령에 복종해야 한다. 봉서에 따라 의병들은 지례에 있는 수도사(修道寺)에서 남아 있는 의진 모두와 함께 해산했다.

유림의병장 허위는 왕명을 받고서 울분을 삭이며 진보로 돌아왔던 것이다.

여기까지 왕산의 이야기를 들은 박규진과 소년 상진은 안도의 한숨을 내쉬었다.

"수고를 많이 하셨군요. 무사하게 돌아오셔서 다행입니다."

스승이나 스승의 맏형 허훈 같은 유림 의병장들은 대개는 전직 관리이거나 유학자였다.

"우리가 나섰으니 민중들이 따라오지 않았겠소?"

스승은 쓸쓸하게 웃었다. 의병을 지휘하는 선봉장들이 지닌 사회적 지위가 백성들에게 영향력이 있으니 명문 집안의 선비들이 마땅히 이 일을 맡아야 한다는 말이었다. 하지만 군사 지식이라든가 훈련이라든가 장비가 왜놈을 무찌르기엔 턱없이 부족했다. 의병들의 희생이 클 수밖에 없었다.

"여하튼 작년에 온 나라를 들끓게 했던 단발령이 취소되었으니 다행한 일입니다."

"그렇소. 나라가 조용해졌으니 천만다행한 일이지요."

을미사변과 단발령으로 봉기한 전국의 의병 활동은 일본 세력의 후퇴와 김홍집 내각의 붕괴를 가져왔고, 마침내 국왕이 내린 조칙에 의해 단발령은 중지되었던 것이다. 그리고 갑오개혁은 끝이 났다.

백성들도 잠시 동안 안심했다. 평정을 되찾은 듯 고요한 시간이 흘러가고 있었다.

소년 상진은 4종형이 어째서 어지러운 세상이 싫어 진보에서 은둔하며 사는지 비로소 이해할 수 있을 것 같았다. 그리고 의병이란 옳을 의(義), 병사 병(兵)이므로 옳은 일을 하는 병사라는 것쯤은 어렵지 않게 알 수 있었다. 자신이 만약 의병이 된다면 '무엇에 대해' 옳은 일을 해야 할지 곰곰이 생각했다.

'의병은 무슨 일에 대하여 어떻게 싸우는가?'

이 문제는 그때부터 소년 박상진의 뇌리를 떠나지 않았다.

그해(1897년) 2월 20일, 고종은 아관파천 1년 만에 경운궁으로 환궁했고, 우리나라의 각종 이권은 속속 열강의 손에 넘어갔다. 고종이 1년 동안 러시아공사관에서 사는 동안 경인철도 부설권은 미국이, 경원·경성 금광 채굴권과 인천 월미도 저탄소 설치권과 무산 압록강 유역·울릉도 산림 벌채권은 모두 러시아가 가져갔다. 당시 군함의 연료로 석탄을 사용했기 때문에 석탄을 저장하는 시설을 관리하는 권한인 저탄소 설치권은 군사 시설에 대한 권리를 갖는 것을 의미했다. 게다가 1896년 6월 9일에는 러시아와 일본 외무대신이 의정서를 체결하여 조선에 대해 러·일은 공동으로 원조하고 전신선 설치에 대해서도 동일한 권익을 취할 수 있도록 했다. 그리고 1897년 3월에는 금성·당현 금광 채굴권이 독일로 넘어가고 말았다.

이렇듯 경제의 근간을 흔드는 열강들의 진출이 우려되는 상황에서 독립협회 등 각계의 비판이 거세졌다.

고종은 1897년 10월 12일, 회현방 소공동에 마련된 원구단에서 황제에 즉위하고 국호를 '대한제국'으로 바꾸어 이를 선포했다. 새 연호는 광무(光武)였다.

나라가 그렇게 기울어가는 사이, 소년 상진은 여러 서책을 차례로 탐독하며 새로운 세계에 눈을 뜨기 시작했다. 정치의 세계, 군사의 세계……. 기쁨이 컸다.

그러다가 어느 날 문득 부모님이 그리워져 슬그머니 경주 노루골로 돌아와 버렸다. 오랜만에 어머니가 해주시는 밥을 먹고, 한학도 익히며, 울산 송정으로 나들이도 가면서 소년의 때를 보내고 있었다.

노루골 소년 박상진에게 참으로 희한한 소식을 전해주는 두 명의 노비가 있었다. 한 사람은 울산의 송정마을에서 그해 가장 잘 익은 최고급 반시를 가지고 온 솔거비였다.

"도련님요, 우리 집에 깜짝 놀랄 일이 며칠 전에 있었니더. 어떤 젊은 사람인데 의병인 모양이니더. 왜놈한테 쫓기는 모양으로 갑자기 고방으로 들어가다만 조금 있다가 나오디더. 그라고는 꼭 연기처럼 순식간에 우리들 눈앞에서 사라져버렸니더. 키도 이만큼 크고 어깨도 떡 벌어지고 얼굴도 널쩍한 모양이 꼭 젊은 도사 같디더."

상진은 고개를 갸웃거렸다.

'누굴까? 쫓기는 의병이라?'

"그 젊은이가 도련님보다는 나이가 많아 보이니더만 아직은 어리디 더."

또 한 명은 그 다음 날에 거의 똑같은 내용을 말하는 노루골 집의 솔거 비였다. 노인 솔거비는 어제 송정에서 온 솔거비와 거의 비슷한 말을 건네주었다.

"지가 니 이름이 뭐꼬? 하고 물었니더. 그라이께 가가 '신돌석임더' 그 랬심더."

깜짝 놀랄 일이었다. 상진도 그 소년 의병에 대해서 소문을 들어 알고 있었다. 신돌석은 19세 나이로 그해 3월 영해에서 100여 명의 의병을 거 느리고 싸운 이였다. 만약 두 솔거비가 본 사람이 그 신돌석이라면 상진 은 그를 꼭 한 번 만나고 싶었다.

소년 상진은 며칠 뒤 송정마을과 노루골에서 자신을 신돌석이라고 밝 힌 젊은이를 만났다는 사람을 두 명 더 만났다.

장정 서너 명이 송정 앞마을 지당(地唐 : 마을 이름)의 참물덩게(커다란 물구덩이)에 돌다리를 놓느라 끙끙대고 있을 때, 어떤 젊은이가 다가오더 니 돌을 번쩍 들어 돌다리를 척척 놓고서는 사람들 앞에서 유유히 사라졌 다고 했다.

"도련님요, 그 사람 힘이 보통 아닙디다."

그 사건은 소년 의병장 신돌석의 존재를 확실하게 해주었다.

'소년 의병장 신돌석이 이곳에 오긴 왔었구나. 그를 한번 만날 기회가 오겠지……'

을미의병 때 신돌석은 평해에서 출발하여 경북 동해안 지방을 차례로 점령하며 큰 전과를 올린 의진을 따라다녔다. 그는 경기도 일대에서 활동 하던 김하락의진이 안동의 유시연의진과 합세하려고 했을 때, 김하락의 진이 영덕에서 일본군에게 대패하여 김하락이 중상을 입고 투신자살하면 서 의진이 해산되는 바람에 쫓기는 신세가 되었다.

신돌석은 쫓겨 다니며 동해안 지역으로 내려왔다가 들른 송정과 노루골이 마음에 들어 잠시 머물렀던 것이다. 후일 박상진과 의형제를 맺을 줄은 그때는 박상진도 신돌석도 알지 못했다.

제2부

구국救國을 준비하던
청년 시절

결혼, 그리고 적서철폐와 노비면천

　1898년 상진의 나이 15세였다. 할아버지가 돌아가신 지 어언 3년이 되었다. 할아버지의 종상이 끝나자 두 분 아버지는 머리를 맞대고 상진의 혼사를 의논했다. 집안에서는 하루라도 빨리 자손을 보고 싶어 했다.

　상진은 이전처럼 노루골과 송정, 그리고 진보를 오가며 학문을 익혔다. 진보의 허위 선생의 가르침은 높았다. 지식은 해박했으며 상진을 세심하고 따뜻하게 대했다. 서책을 읽으면 반드시 상진의 생각을 말해보라고 하고, 제자의 눈높이에 맞는 토론을 즐겼다. 스승이 세상을 바라보는 지혜는 깊이를 알 수 없을 정도로 깊었다.

　"만약 서책을 읽고도 가슴에 와 닿지 않으면 서책을 다시 읽어보아라. 그래도 이해되지 않으면 책을 덮고 논두렁을 걸으면서 자연을 관찰하도록 해라. 그리고 깊은 사색을 하여라. 자연 속에 모든 이치가 숨어 있느니라."

　"네."

　스승은 평소 말씀하시던 대로 상경했고, 상진은 독학을 했다.

　서울로 가신 스승의 빈자리는 컸다. 그 자리를 채워주려고 기다리기라도 한 듯 상진에게 좋은 혼사 자리가 나타났다.

어느 날 어머니 조씨가 이미 규수를 만나보고 나서 상진에게 넌지시 말을 꺼냈다.

"규수는 경주의 만석지기 월성 최씨(月城 崔氏) 작은집 현(鉉) 자 교(敎) 자의 장녀 영백(永伯)이란다. 인물도 곱고 심성도 착해 보이더라."

최씨 집안은 12대 동안 만석지기 재산을 지키며 학문에도 힘써 9대 진사를 배출한 집안이고, 과거를 보되 진사 이상은 하지 않는 집안이었다.

상진과 혼담이 오가는 최 부잣집의 규수 최영백은 상진보다 두 살이 많았다.

두 집안은 예를 다해 혼사를 치렀다.

상진은 학문을 익혀 출사(出仕)하는 것을 중히 여기는 집안에서 성장했고, 아내 영백은 부를 통한 안락함을 중히 여기는 최씨 집안 문화 속에서 성장했다. 영백은 두 집안 사이에 가로놓인 보이지 않는 문화 차이를 극복하며 박씨 집안에 맞추려고 극진히 노력했다. 최영백은 타고난 어진 성품으로 모든 일을 시원시원하게 처리해나가 부잣집 규수다운 면모를 보였다.

"역시 큰살림을 본 사람은 다르구나."

시어머니는 맏며느리를 칭찬했다.

최영백은 일찍이 시어머니의 신임을 차지하여 집안일을 도맡아서 사려 깊게 처리해나갔다. 박상진은 정갈하고 단정한 아내가 어머니께 늘 칭찬을 들으니 안심이 됐다. 15세 신랑과 17세 신부는 서로를 칭찬하고 격려하며 사랑의 둥지를 꾸려나갔다.

그런 한편 박상진은 문득 스승의 뒤를 따라 서울로 가고 싶을 때가 있었다.

'이곳에서 이렇게 세월을 보내도 될 것인가. 나도 서울에서 학문을 익히고 문물도 익히면서 앞으로 내가 할 일을 찾고 싶다.'

박상진은 자신이 아니면 할 수 없는 일을 꼭 하고 싶었지만, 그 마음을 아무에게도 표현하지 못하고 지그시 눌러버렸다. 영백과의 사이에서 아직 자식이 생산되지 않았기 때문이다.

그러다 혼례를 올린 지 3년 만인 1901년 11월 23일, 기다리던 아이 경중(敬重)이 태어났다. 첫아들이다. 기뻤다. 상진은 아내에게 "수고했소. 고맙소"라고 말하며 얼굴을 붉혔다. 18세에 아이의 아버지가 되었다는 사실이 자랑스럽기도 하고 쑥스럽기도 했다.

이듬해인 1902년, 아들도 태어났으니 이젠 서울로 올라가도 될 것 같았다. 누구보다 아내 영백의 이해가 필요하다. 그는 아내에게 자신의 뜻을 밝혔다. 그러자 아내는 선선히 허락했다.

"하고 싶은 일을 마음껏 하세요. 제가 도울 수 있는 일이 있다면 저도 돕겠습니다."

"내게 필요한 건 임자의 말 없는 지원이오. 경중이 잘 키워주고 집안일 잘 보살펴 주시오."

"그건 안심하세요. 서방님, 객지에서 아무쪼록 몸조심하세요."

박상진은 서울로 갔다. 생부 박시규가 서울에서 관직 생활을 하고 있어서 그의 집에 머무르며 스승을 찾아뵈러 나섰다.

스승은 서울로 가서 황국협회 등에서 활동하다가, 신기선의 천거로 1899년부터 관직 생활을 시작했으며 불의와 권세에 타협하지 않고 공명정대하게 송사를 처리하여 큰 칭송을 얻고 있었다.

박상진은 스승께 큰절을 올렸다.

"오랜만이로구나. 그동안 장가도 들고, 아들을 보았군. 경사스런 일만 있었구나. 축하하네."

스승은 대견스러워했다.

관직 생활 중에서도 스승은 틈틈이 진보에서처럼 많은 것을 가르쳐주었다. 그러나 이제는 정치와 병학이었다.

"『관자(管子)』의 「목민(牧民)」 편에는 이런 말이 나온다네. '네 벼릿줄(四維)이 있는데 한 벼리가 끊어지면 나라가 기울고, 두 벼리가 끊어지면 위태해지고, 세 벼리가 끊어지면 전복되어버리고, 네 벼릿줄이 모두 끊어지면 멸절되느니라.' 그 말은 마치 지금 우리 조선을 향해 경고하는 것과 같은 말이지. 정치하는 사람들, 학문을 익힌 선비들이 예의염치를 모르고 탐욕에 눈이 멀어 있다네. 다 같이 죽을 각오로 외세를 물리쳐도 위태로운 판국인데, 올바른 정사를 펼칠 수 있도록 성상(聖上)을 잘 보필할 생각은 하지 않고, 알량한 관직을 미끼로 사리사욕만 채우려 드니 그 작태를 도저히 지켜볼 수 없으이. 외세보다 더 시급하게 척결해야 할 대상은 우리 조선 안에 있는 모리배들인 게야. 이런 사실을 세세히 모르는 백성들은 나라의 위급함이 모두 왕의 탓이라고 원망하고 있는 실정이라네. 나라 밖으로는 일본·러시아·미국 등 제국주의가 위협하고, 나라 안으로는 개인의 이익에만 눈이 먼 정치꾼과 그 졸개들이 판치고 있으니 성상께서는 얼마나 불안하시겠는가. 조선에는 의로운 지도자가 너무 적다네. 의로움에 자신의 목숨쯤은 간단하게 버릴 준비된 자가 너무 적어……."

스승은 한숨을 내쉬었다.

"그래도 정신을 똑바로 차린다면 길이 있을 걸세. 호랑이 굴에서도 정신만 똑바로 차리면 산다는 속담도 있지 않은가. 임오군란 때도 왜적을 물리친 조선이지 않은가. 2천만 백성이 한마음으로 의기를 격렬하게 일으켜주기만 한다면…… 우리 모두 죽어가는 조선을 살려보겠다는 의지로 가득 찬다면…… 우린 강대국들에게 결코 먹히지 않을 텐데……."

스승은 희망적인 말을 하고 있지만 얼굴에는 수심이 가득 차 있었다.

서울에서 노루골로 내려와 머무르면서도 상진의 마음은 편하지 않았다. 일상은 책을 보며 집안을 둘러보는 일이건만, 그의 관심은 나라 안과 밖의 정세였다.

1904년 4월 20일, 그의 나이 21세에 둘째아이가 태어났다. 이번에는 딸이었다. 앙증맞은 갓난아이는 무척 예뻤다. 창남(昌南)이라고 이름을 지어주었다. 그는 아들과 딸 모두를 얻었으므로 그해에는 무엇인가 뜻깊은 일을 하고 싶었다. 입버릇처럼 말씀하시던 스승의 가르침이 생각났다.

　　"자네나 나나 사대부 집안에서 태어나고 자란 덕에 기득권을 누려온 셈이네. 이제 조선은 달라져야 하네. 사람은 모두 평등해야만 한다네. 저마다 타고난 능력을 잘 길러내어 우리도 개화에 앞장서야만 저 왜놈들을 이길 수 있어. 신문물을 받아들이고 바꿀 것은 바꾸고 고칠 것은 고치면서 힘이 있는 나라, 백성들이 살맛 나는 나라, 모두 행복해지는 나라가 되어야 하네."

　　'그래. 우리 집안의 노비를 평민의 신분으로 만들어주자. 그리고 적자(嫡子)와 서자(庶子)의 차별도 없애주자.'

　　늘 하고 싶던 일이었다. 마음 한구석에는 그림자처럼 사는 동생들에 대한 미안함이 늘 도사리고 있던 터였다. 결심을 굳힌 그는 용기를 내어 두 분 아버지께 말씀드렸다. 두 분은 아들의 의견을 받아들였다. 마침내 그의 집에서도 노비면천과 적서철폐가 이루어졌다.

　　"고맙습니다. 역시 도련님은 다르십니다."

　　상진은 당연히 해야 할 일을 했다고 생각했다.

　　"배운 것을 실천하며 살아야 배움의 가치가 비로소 있는 게지."

　　스승은 늘 그렇게 말씀하셨다. 무거운 짐만 같았던 노비제도와 적서 차별을 폐지하니, 상진은 마음이 가벼워지는 듯했다. 면천된 노비들이 고맙다며 싱글벙글 웃으니 자신도 기뻤다. 그동안 그의 마음을 무겁게 짓눌렀던 것의 정체는 무엇이었을까? 골똘하게 생각하다가 어느 순간 깨달음이 왔다.

　　'아! 나는 사람이 사람에게 해서는 안 될 짓을 멈추게 한 것이야!'

　　그건 바로 죄였다.

'이렇게 가벼울 수가 없구나.'

한편, 서울에 있는 스승은 그해 2월 8일에 일어난 러일전쟁을 계기로 한일의정서를 강제로 조인하는 일련의 일들을 통해 일본의 침략이 가속화되자, 일본을 규탄하는 격문을 살포했다.

전 국민이 의병으로 봉기해야 할 때입니다.

그러나 정부 관료들은 꿀 먹은 벙어리처럼 반응이 없었다.

상진은 심기가 불편한 스승을 위로라도 할 겸 그를 자주 찾아갔다. 스승은 언제나처럼 따뜻하게 반겨주었다. 상진은 큰절을 올렸다. 그리고 그동안 집안에서 일어난 일들을 전했다.

"저희 집안은 노비를 면천하고 적서 구별을 없앴습니다."

의(義)에 대해서 늘 칭찬을 아끼지 않는 스승은 크게 기뻐했다.

"잘했네. 수고가 많았겠네."

스승은 상진에게 신학문을 배울 것을 권유했다.

"한 나라의 권력과 경제권과 지식을 누가 통치하느냐 하는 문제는 아주 중요하다네. 사리사욕에 눈이 먼 사람이 통치하면 나라는 부패하게 되고, 의로운 사람이 통치하면 나라는 반듯하게 서게 되고 힘이 생긴다네. 자네같이 반듯한 사람이 신학문을 배워 나라를 세우는 데 도구가 되어야 한다네. 군부협판 엄주익 씨가 세운 신식 학교가 있다네. '양정의숙'이라고 하는데 법률을 배우는 전문학교라네. 요즘 신입생을 모집한다고 신문에도 광고를 내더군. 자네, 그곳에 입학하도록 하게나. 그곳에서 신학문을 익히게. 어떤가? 이건 내 부탁일세."

박상진은 스승의 권유에 황송해했다.

"네. 선생님의 말씀대로 신학문을 공부하겠습니다."

"고맙네. 내가 엄주익 씨께 말씀드려 자네를 소개해놓겠네."

박상진은 신학문을 배우겠다는 결심을 굳혔다. 그런데 학교는 다음 해 봄에 개교를 한다고 했다. 입학할 때까지 시간적인 여유가 있었다.

오곡백과가 무르익어 가는 결실의 계절 가을로 접어들고 있었다. 서울에서 신학문을 공부하게 되면 아무래도 가족과 보내는 시간이 줄어들기에 상진은 가족이 있는 노루골에서 많은 시간을 보냈다. 하지만 그의 마음을 늘 붙잡고 있는 것은 집안 걱정보다는 나라 걱정이었다. 아내 영백은 집안의 대소사며 두 아이 양육하는 일 등을 척척 잘해내고 있었다.

명망 있는 우국지사들과 교유하다

　박상진은 1905년 1월, 러시아에서 혁명이 일어났다는 소식을 들었다. '피의 일요일'인 이 혁명에 충격을 받은 러시아 정부는 국민의 기본권, 시민적 자유, 선거에 의한 전국적 제헌의회의 창설을 약속한다. 러시아에서는 극심한 공황, 실업자 증가, 임금 저하, 땅값 폭등 등의 여러 가지 민생고(民生苦)에 시달리던 시민의 목소리가 높아가고, 자유주의자의 입헌운동이 폭발적으로 일어나고 있었다.

　세계 정세를 전하는 조간신문을 읽으며 그는 조용히 말했다.

　"전 세계가 소용돌이 속에 있군."

　박상진은 틈틈이 상경하여 스승 허위를 찾아가 인사를 드렸다. 평리원 수반판사로 지내는 스승의 집에는 명망 있는 우국지사들이 많이 찾아왔다.

　그날도 스승의 집에는 여러 명의 인사가 스승과 함께 있었다. 진보에서 이미 스승을 통해 알게 된 을미의병 때 중군으로 활약한 벽도공(양제안)도 있었다. 스승은 상진에게 그들을 소개해주었다.

　"인사하게나. 배일사상으로 우리 한국을 돕는 헐버트 목사, 이준(李儁) 평리원 검사라네."

상진은 자연스레 만난 인사들에게 예를 갖춰 인사를 올렸다.

"저는 울산 출신 박상진입니다."

헐버트 목사는 한글 사랑에 열을 올렸고 복음에 대한 열정도 대단했다.

"저는 한힘샘(주시경)과도 교분이 있습니다. 한글은 세계에서 가장 독창적인 글이지요. 그리고 조선 사람들이 주장하는 경천애인(敬天愛人) 사상은 바로 십자가의 정신입니다. 하나님을 경외하고 이웃을 사랑하는 것이지요."

평리원 수반판사로 있으면서 허위는 정의감이 넘치는 평리원 검사 이준의 됨됨이가 어떠한지 익히 알고 있었다. 이준 선생은 소신 있고 바른 사람이라는 정평이 나 있었고, 스승이 헐법이라고 부르는 헐버트 목사도 정의를 위해서는 어떤 일도 마다 않는다는 평을 받고 있었다. 양제안 이외에도 의병으로 활약한 인사들도 있었다. 시국에 민감하게 반응하여 새로운 지식을 수용하면서도 우리의 것으로 만들어 조선을 지켜나가자는 뜻있는 우국지사 모두는 조선의 신지식인들이었다.

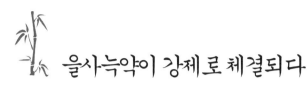

을사늑약이 강제로 체결되다

　고종 임금은 1904년 2월 8일에 한일의정서를 강제로 체결한 데 이어 이번에 한일협약서(을사보호조약)만큼은 결코 승인하지 않으려고 각오를 단단히 했지만 일본이 점점 압박하자 견디다 못해 "짐은 그 협약을 허락할 수 없다. 정부에서 협상 조치하라"라고 명령을 내렸다.

　을사조약은 이토 히로부미를 특사로 파견한 일본이 한국의 외교권을 강제로 일본에 이양시키려는 내용이 주이므로, 이 조약이 체결된다면 사실상 조선은 독립국으로서 지위를 상실하고 일본의 보호국으로 전락하고 만다.

　외교적인 고립 상태에 빠져버린 고종은 미국 정부에 한 가닥 희망을 걸고 있었다.

　1905년 11월 17일, 일본의 간계를 막아보려고 애를 쓴 고종은 중명전에서 초조하게 미국인 선교사 헐버트에게서 올 소식을 기다리고 있었다. 고종은 이미 이런 고통스런 일들이 눈앞에 다가올 것을 예견하고 있었다. 자신이 엄연히 조선의 왕이지만, 도적같이 덤비는 일본에게 권위가 사라진 지 오래였다.

　"저들은 내 눈앞에서 왕비까지 살해했지 않았던가……."

비통한 고종은 일제의 간계를 미국 정부에게 알리는 내용의 친서를 은밀하게 미국으로 보냈다. 그 편지는 사신을 통해 지금 미국에 체류 중인 헐버트 목사에게 전해졌고, 헐버트는 미 행정부에 알릴 것이다. 헐버트는 조선을 진실된 마음으로 걱정하는 선교사였다. 기도가 저절로 나왔다.

'우리 조선을 도우소서!'

그 시간 덕수궁 중명전에서는 일본 사신들이 조선의 대신들을 협박하고 있었다. 조선의 국운이 결정되는 순간이다. 어전회의에서는 좀처럼 결론이 나지 않았다. 일본 측 전권대사 이토 히로부미, 주한 일본군 사령관 하세가와 요시미치 등은 수십 명이나 되는 일본인 헌병의 옹위 아래 대신 한 사람 한 사람과 대면하며 가부를 결정하라고 강요하고 있었다.

급기야 대신들 중에서 참정대신 한규설만 절대 불가를 말했고, 탁지부대신 민영기와 법부대신 이하영이 한규설에 동조했다. 그러나 다섯 명, 즉 학부대신 이완용·군부대신 이근택·내부대신 이지용·외부대신 박제순·농상공부대신 권중현은 모든 책임을 고종 황제에게 전가하면서 찬성했다.

이토 히로부미는 궁내대신 이재극을 시켜 강제로 통과된 협약안에 고종의 칙재(勅裁 : 임금의 결정)를 받아 올 것을 강요했다. 고종은 탄식했다.

"이렇게 중요한 조약이 그렇게 용이하고 급격히 체결된 것은 천만유감이로다. 다섯 명의 대신은 일본과 같은 편이 되어 짐을 협박하여 조약을 조인했으니 짐을 따르는 자는 일제히 일어나 이 비극을 함께하라."

결국, 을사조약 조약문에 공식 명칭도 없어서 국제법상으로도 무효인 상식 밖의 일이 외부대신 박제순과 일본의 하야시 곤스케 사이에서 성사되기에 이른다. 온 국민의 바람을 비웃기라도 하듯 을사조약은 체결되고야 말았다. 그래서 을사조약을 을사늑약(乙巳勒約)이라고도 한다.

한편, 미국에 있는 헐버트 선교사가 고종이 보낸 편지를 품에 안고 미국 행정부가 있는 워싱턴에 부랴부랴 도착했을 때는 한일협약이 이미 체결된 뒤였다.

조약 다음 날인 11월 18일, 을사늑약이 체결된 소식이 발표되었다.

11월 20일, 〈황성신문〉 사장이자 주필인 장지연은 사설 「시일야방성대곡(是日也放聲大哭) : 이날에 목 놓아 통곡하노라)」을 발표하여, 이토 히로부미를 비난하는 동시에 이완용 · 이근택 · 이지용 · 박제순 · 권중현 등 을사오적(乙巳五賊)을 "우리 강토와 국가를 남에게 바치고 백성들을 노예로 만들려는 '매국의 적(賊)'이다"라고 비난했으며, "이 조약은 고종황제가 승인을 거부했으므로 무효다"라고 주장했다.

박상진도 을사늑약 체결이 분하고 분했다.

"이건 무효다!"

그동안 친분이 있던 우국지사들도 술렁거렸다. 신문을 통해 발표되는 글에 주목하면서 새로운 소식을 주고받았다.

"장지연 선생님께서 〈황성신문〉 잡보(雜報)란에 「오조약청체전말(五條約請締顚末)」이라는 제목으로 조약을 강제 체결하게 된 정황을 상세하게 보도했다네."

"그런가?"

11월 20일자 〈황성신문〉은 평소 찍는 3천 부보다 많은 1만 부를 인쇄하여 이른 새벽에 서울 장안에 배포했다. 장지연은 오전 5시 한양골에 있는 신문사에서 일제 헌병대의 사전 검열을 거치지 않았다는 이유로 체포되어 경무청에 수감되었고, 신문사의 인쇄 기계와 활자가 강제로 봉인되었으며, 〈황성신문〉에는 무기한 정간령이 내려지고 말았다.

분노한 백성들의 항일 의지는 노도처럼 전국 각지에서 일어났다.

의정부참찬 이상설을 비롯한 유림들은 고종에게 을사늑약의 부당함을 알리는 내용의 강경한 상소를 올렸다. 함께 상소를 올린 명성황후의 조카

이자 시종무장관 민영환은 조약 체결이 원점으로 되돌아가지 않자 유서
를 쓰고 자결했다.

무릇 살기를 바라는 사람은 반드시 죽고
죽기를 바라는 사람은 도리어 삶을 얻나니,
나 민영환은 죽음으로써 황제의 은혜에 보답하고
2천만 동포에게 사죄하려 하노라.

뒤를 이어 조병세, 홍만식, 이상철, 김봉학, 이한응 등이 죽음으로써 을
사늑약의 부당성을 알렸다. 성난 백성들도 의병이 되어 전국 각지에서 일

본에 항거하는 의병 운동이 일어나기 시작했다.

24일에는 법부주사 안병찬이 상소 후에 도끼를 메고 대안문 앞에 엎드려 "황제의 승낙이 떨어지면 도끼로 매국 5적의 머리를 찍어버리겠다"라고 하면서 황제의 회답을 기다리다가 경무청에 구금되고 말았다.

며칠 뒤, 상동교회 에버트청년회 소속인 박상진의 친구는 도끼 상소에 김창수(김구)도 왔었다고 알려주었다.

박상진도 얼마 전에 헐버트 목사를 따라 상동교회 지하실에 간 적이 있었다. 청년회 회원들은 고종에게 상소를 올리는 관료를 적극 돕자는 결의를 했다. 그때 상동교회에서는 전국 감리교회 에버트청년회가 소집되어 '을사보호조약 무효상소운동'을 결의했는데, 대표인 이준 선생이 대한문에 나가서 상소를 올렸으나 일본 경찰에 의해 무참히 해산되고 말았다.

천진天津(톈진)으로 여행하다

어느 날 박상진은 중국으로 여행할 채비를 차렸다. 급변하는 국제 정세를 눈으로 직접 목격하고 싶었다. 중국을 돌아다니며 중국인들은 열강 제국에 도대체 어떻게 대응하고 어떤 생각으로 사는지 보고 싶었다. 동행할 사람은 중국 외교관 변종례(藩宗禮)였다. 집안에서는 박상진이 하는 일을 믿어주었고, 특히 아내 영백과 두 분의 아버지는 말 없는 후원자였다.

박상진은 관직에 있는 아버지의 소개로 알게 된 변종례를 따라 중국 여행을 했다. 그는 중국을 다니면서 중국도 제국주의 열강들의 침략에 고통받는 장면을 목격했다. 천진(天津)에서는 미국 상품을 배척하자는 취지로 '대미보이콧운동'이 들끓었고, 일본이 복건성(福建省 : 푸젠 성)을 탈취한 데 반대하여 일본상품배척운동을 계획하는 등 반외세반제운동(反外勢反帝運動)이 전개되고 있었다. 그는 소용돌이치는 국제 정세를 피부로 직접 느꼈다.

중국 여행을 통해 상진은 어느새 이런 생각이 다져졌다.

'이렇게 거대한 땅덩어리까지 노리는 제국주의의 침략 근성이 놀랍구나. 약육강식, 정글의 법칙이 인간 세상에서도 버젓이 성행한다. 강자가

약자를 태연하게 잡아먹는 세상이다. 우리나라는 어떻게 하든지 우리가 지켜야 한다.'

박상진은 한국을 극진히 위하는 중국 외교관 변종례의 주선으로 권총 한 자루를 구입했다. 자신이 나라를 지키기 위해서는 왠지 그래야 할 것만 같았다. 변종례에 대해서는 후일 대한민국(大韓民國) 2년 4월, 재연변 한인 대표 구춘선 외 여덟 명이 발표한 「연변 동포 중국의 대 경고」원문 중에서 "을사년에 이르러 일본의 이토 히로부미가 특파대사로 와서 한국과 보호조약을 강제로 체결하자, 귀국의 인사 변종례는 우리 한국의 이 존망의 위기를 고통스럽게 여겨 끝내 바다에 몸을 던져 죽었다"라는 기록이 있다.

한편, 을사늑약으로 말미암아 의병의 거의는 전국적으로 확산되었다. 홍주에서는 민종식, 전라도에서는 최익현, 충청도에서는 유인석, 경상도에서는 신돌석이 의병을 일으켰다. 을사오적을 암살하려고 개별적인 거사를 일으키는 사람도 있었다.

고종 임금은 비통에 빠져 있었다.

을사늑약으로 한국의 외교권은 일본에게 박탈된 데 이어, 이제 일본은 경제마저 예속시킬 속셈으로 재정 고문 메가타 다네타로를 파견하여 화폐정리사업을 벌였다. 한국의 은행들을 일본 은행에 종속시키고 우리나라를 빚더미에 오르게 할 속셈으로 '한국의 경제 발전을 위하여'라는 명목으로 반강제적으로 돈을 차관하기 시작했다.

1905년 12월 20일, 일본은 〈통감부 및 이사청 관계〉를 발표함으로써 조선의 시정을 감독하고 정책의 시행도 요구할 수 있는 권한을 가지게 되었다.

한편, 비서원승(秘書院丞)의 자리에 있던 허위는 외교를 통해 이 난국을 타개하고자 독일로 가려고 했으나 뜻을 이루지 못했다. 그러자 주권 침략과 자유를 억압하는 일제의 만행을 열거한 격문을 살포하여, 찬정(贊政) 최익현·판서(判書) 김학진과 같이 일제 헌병대에 체포, 4개월간 투옥된 뒤 벼슬에서 물러나 김산 지례 삼도봉(三道峯) 아래 두대동에 은거했다.

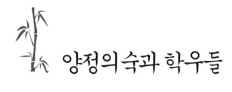

양정의숙과 학우들

박상진은 스승이 권유한 신학문을 익히려고 1906년에 양정의숙에 입학하여, 제3회 졸업자가 된다.

서울시 적선방 도렴동(현 종로구 도렴동)에 위치한 양정의숙은 1905년 5월 12일 12시에 개교했다. 양정의숙은『주역』에 나오는 '몽이양정 양심정기(蒙以養正 養心正己)'를 건학 이념으로 삼았다.

후일 '양정창학 100주년 기념사업회'에서는 건학 이념을 "세상에 바른 것을 널리 펼칠 수 있는 순수한 품성의 인간으로 교육하며, 착한 본성을 갈고 닦아 올곧은 인간이 될 수 있도록 힘써 배우자"라고 풀어썼다.(2005년 11월 15일)

의숙 설립 당시에는 법률 교육만 전문으로 하는 전문학교였다가, 보성전문학교 경제과 2년생 29명을 집단 전학으로 받아들여 경제과를 신설하고 법률경제과로 편제했다.

경선궁 감무(慶善宮 監務)를 지낸 설립자 엄주익은 숙장을 맡았고, 숙감으로는 김효익, 찬무원은 안종익, 강사는 장도 · 김상연 · 석진형 · 유문환 · 박승빈 · 안준호 · 유옥겸 · 양대경 · 안국서 등이 맡았다. 1903년에 황귀비로 진봉된 영친왕의 생모 순헌황귀비 엄씨가 후원하여 재정적인 기틀을 마련했다.

서울을 비롯하여 전국 각지에서 모인 양정의숙 학생들은 신학문에 대한 열기가 뜨거웠고, 가산이 풍족한 집안의 자제들이 많았다. 상진은 마음과 뜻이 맞는 좋은 친구들을 만났다.

"나는 박상진이야. 울산이 고향이라네."

"나는 안희제(安熙濟)야. 만나서 반갑네. 그러고 보니 우린 같은 경상도 출신이군. 내 고향은 의령이라네."

안희제는 재주도 있고 강단도 있는 재사형(才士型) 인물이었다.

"나는 전주에서 온 오혁태야."

"나는 평양 출신 김덕기라네."

오혁태와 김덕기는 작은 일에 연연하지 않는 통이 큰 친구들이었다. 모두 반듯한 학생들이었다. 상진은 의기가 맞는 친구들과 이런 말도 나누었다.

"언젠가 힘을 합쳐 보람 있는 일 한 가지는 꼭 하자."

"그러자. 누군가 먼저 뜻있는 일을 시작하면 나머지 사람은 전심전력으로 돕기로 하자."

"좋아. 서로의 마음이 오랫동안 변치 말기다."

그렇게 지내던 어느 날, 박상진·김덕기·오혁태는 사진관으로 발길을 향했다.

"우리 셋만이라도 오랫동안 우정을 간직하는 뜻에서 사진을 남겨두자."

세 사람은 사진관에서 기념사진을 찍고, 저녁을 함께 먹었다. 상진은 두 친구에게 제안을 했다.

"우리 세 사람이 앞으로 무엇을 함께하든지 '상덕태'란 이름을 붙이는 게 어떨까?"

"그거 괜찮은 생각이야. 박상진, 김덕기, 그리고 나 오혁태를 합쳐 상덕태! 아주 훌륭한 이름이야. 덕기, 네 생각은 어때?"

김덕기가 씩 웃으며 되받았다.

"좋고말고. 나는 너희 둘이 말하는 것은 왜 이리 무조건 좋은지 몰라."

"하하하!"

세 사람은 매주 일요일 오후 7시에 열리는 교내 행사 '양정토론회' 준비도 함께 했다. 법률학을 전공하는 총기 있는 학생들이 벌이는 양정토론회는 회를 거듭할수록 사회적인 문제에도 관심을 기울였다. 처음에는 양정의숙 학생만 참석하다가 법관양성학교 학생들과 보성전문학교 학생들을 초청하여 연합 토론회를 개최하고, 소송연습(오늘날의 모의재판)도 해보았다. 법학학회를 주로 양정의숙에서 개최해, 양정의숙은 법학 교육의 중심지로 자타가 공인하게 되었다.

상진은 법학에 매우 유능한 학생이었다. 교과과정은 빡빡했고, 공부는 결코 만만하지 않았다. 1학년 때는 국가학·법학통론·경제원론·민법개론·형법통론·만국역사·산술을 배우고, 2학년 때는 형법각론·민법(물권, 채권)·행정법(총론, 각론)·상법(총론, 각론)·재정학을 배운다. 그리고 3학년 때는 국제공법·국제사법·화폐론·은행론·근시외교사를 배운다. 일본어는 3년 동안 배워야 했고, 학사 관리는 엄격했으며, 진급 시험을 치르고 나면 열 명 중에서 다섯 명은 낙방하기 일쑤였다.

"어휴, 정신 차리고 공부하지 않으면 우리는 졸업도 못 하겠네."

학생들은 과중한 공부에도 어수선한 나라의 위기를 극복하려는 열기로 뜨거웠다. 특히 토론회는 자신의 의견을 분명하게 표현하는 기회가 되었다.

"우리도 개화된 문물과 사상을 마음껏 받아들이고 그것을 우리의 것으로 만들어 나라의 참된 기둥이 됩시다."

"마음을 닦고 길러서 몸을 바르게 하고, 이로써 깨우쳐 나라와 백성을 구해야 합니다."

모두 양정의숙의 건학 이념을 마음에 깊이 새기며 살았다. 결연한 의지가 충천한 열띤 토론장이었고, 학생들은 자신들이 사는 시대가 얼마나 암울한 시대인지 잘 알았다. 일본이 이토 히로부미, 주한 일본군 사령관 하세가와 요시미치 등을 내세워 강제로 한국을 삼키려 드는 것을 알았으며, 겉으로는 '보호'와 '한국의 부강'을 말하지만 실제는 한국 외교권 박탈, 일본 통감부 설치 등을 주장하며 한국을 송두리째 빼앗고자 하는 음흉한 간계로 접근하는 것도 알았다.

박상진은 스승이 소개해준 사람들과 교유하며 학업에도 열중했다. 1906년에 양정의숙 학생들은 법학학회를 창립했고, 6월 21일에 정치 · 법률 · 경제 분야 토론회를 개최했을 때는 강사들도 참여했다.

그는 안동 풍산 출신 김응섭을 법학학회에서 만났다. 김응섭은 "나는 법관양성학교 학생이네"라고 말하면서, 사촌동생 김지섭도 소개해주었다. 김응섭은 후일 총독부 검사가 되었다가 1912년 그만두고, 평양에서 변호사를 개업한다.

"저는 김지섭입니다."

박상진은 강골 지사형 김지섭에게 무척 호감이 갔다.

그는 양정의숙에서 여러 방면의 친구들을 만나고 학교 생활에도 익숙해져 갔다.

이제 박상진에게 서울은 더 이상 객지가 아니었다. 비록 아내 영백은 맏며느리로서 노루골에서 부모님과 함께 살고 있지만, 동생 내외와 함께 사는 서울 생활은 그에게는 따뜻하게 느껴졌다.

그는 이전보다 훨씬 안정된 생활을 하며 스승 허위가 소개해준 여러 명사 문객(名士門客)들과도 두터운 교분을 쌓아갔다. 박상진은 한국에 파송된 선교사들도 만났다. 특히 미국인 헐버트 목사와는 더욱 절친한 사이로 발전하게 되었다.

박상진은 오랜만에 전덕기 목사와 주시경을 만났다. 한글학자 주시경은 헐버트 목사와 자주 만나다 보니 자연스레 얼굴을 익힌 인사였다. 주시경은 전덕기 목사로부터 큰 감동을 받아 초창기부터 상동교회 교사로 있었다. 소외 계층 민중과 민족에 대한 관심으로 절도 있고 엄격한 신앙생활을 하는 주시경이 놀라운 말을 했다.

"을사보호조약 이후부터 일부 선교사들이 교회의 비정치화를 강조하기 시작했습니다. 올해(1906년)에는 기어이 몰지각한 선교사에 의해 상동청년회가 해산되고 말았습니다."

박상진은 한없는 슬픔을 느꼈다. 일부 몰지각한 목사와 선교사들은 교인의 숫자만 늘어나면 부흥이라고 착각하는 게 대세였다. 그러나 상진이 아는 예수는 그런 통속적인 신이 아니었다.

'아! 선교만 하면 되는 줄 아는 불쌍한 목자들이여! 그대들은 아는가? 예수는 애통해하는 사람, 핍박받는 사람, 가난한 사람, 억울한 사람, 외로운 사람과 친히 친구가 되려고 세상으로 내려오셨다는 것을!'

태백산 호랑이 신돌석과 의형제를 맺다

1907년이다. 박상진은 학업에 열중하는 한편 우국지사들과도 교유를 넓히며 서울 생활을 하루하루 알차게 살았다. 서울 집에는 동생 내외가 살림을 살았고, 아내 영백은 혼자 노루골에서 집안일을 보며 맏며느리로서 당시의 법도대로 고향 집에서 어른들을 모셨다.

국운이 기울어지는 나라에도 어김없이 다시 찾아온 따뜻한 봄이다.

박상진은 오랜만에 노루골로 왔다. 아내 영백은 무척 기뻐했다. 그는 아내가 맏며느리로서 예를 다하며 살고 있어서 고맙기만 했다.

그는 송정에도 들렀다.

하배 한 명이 반가운 소식을 알려주었다.

"도련님요, 지난밤에 월성 최씨 집안에 이상한 사람이 왔다갔더니다. 의병이라 카는데 뭐, 태백산 호랑이인가 하는 사람이 왔다 갔던 모양이데요. 그라는데요, 그 호랑이는 사람인 모양이라, 젊은이인데 아주 어깨가 떡 벌어지고 키도 후리후리하게 크다 카던데, 축지법으로 나타나고 신출귀몰하게 깜쪽같이 사라져버렸다고 하데요. 그자 이름은 신돌석이라고 들었니더."

'의병이 관군에게 쫓기고 있는 상황이니 만약 그자가 신돌석이라면 내

정녕 뜻이 맞는 사람을 만나겠구나.'

박상진은 의아심 반 설렘 반으로 고개를 갸웃거리며 생가로 향했다. 그런데 생가 앞에 할아버지가 세운 솟대를 물끄러미 올려다보고 있는 장정이 정말 서 있었다. 한참 동안을 솟대를 올려다보던 장정은 놀랍게도 박상진의 집 안으로 아주 자연스럽게 뚜벅뚜벅 걸어가고 있는 게 아닌가.

그는 뒷짐을 진 채 흥미로운 마음으로 장정의 뒤를 따라 천천히 집 안으로 들어섰다.

집안사람들은 두 사람이 집으로 차례로 들어서자 눈이 휘둥그레졌다.

"도련님! 어째 이제야 오십니까? 이 사람은 도련님이 오실 때까지 우리 집에 머무르실 거라고 말씀하셔서 도련님이 오실 때까지 모두들 기다리고 있었습니다. 이 젊은이는 쫓기는 의병이라고 해서 숨겨주었습니다."

박상진은 고개를 끄덕였다.

'의병이라? 그렇다면 혹시 이자는 정말 신돌석이 아닐까? 눈매며 체격이며 꼭 그런 느낌이 드는군.'

장정도 놀라워하며 상진을 돌아보고서 허리를 깊숙이 숙이고 읍을 올렸다.

"저는 신돌석입니다. 지난 을미의병 때 왕산 의병장께서 이 집안의 도련님 칭찬을 자주 하셨습니다. 제가 오도 가도 못하고 쫓기는 신세가 되었을 때 혹 이 댁으로 피신하면 저를 숨겨주시리라고 기대했습니다. 정말이더군요. 의병이라는 말을 듣고 저를 품어주시는 모든 식솔을 보며 이 집안의 애국심을 알 수 있었습니다. 송정 사람들은 아무도 저를 의심하지 않아 벌써 이곳에서 일경을 피해 두 달 동안 숨어 지내고 있습니다. 가끔 도련님 가족이 계신 노루골에도 몰래 가봤더랬습니다. 그 근처에 있는 최부잣집에서도 신세를 진 적이 있습니다. 역시 부잣집답게 미천한 과객을 과분하게 대접해주더군요."

"반갑소. 어서 들어갑시다."

　박상진과 신돌석은 사랑채에 마주 앉았다.

　신돌석은 시장한 배를 채우고 나서, 작년(1906년) 봄부터 영릉의진을 일으키고 영양 관아를 공격하고 일본인을 통쾌하게 공격한 이야기들을 쏟아내기 시작했다.

　"진보에서는 우편소를 탈취했고, 울진 관아를 공격하고 장호동도 공격했소이다. 평해에서는 대구 진위대와 접전을 벌였소이다."

　용맹한 의병답게 신돌석은 담력이 있었고, 당당한 태도로 말을 이어 갔다.

　"동대산(경주와 영덕의 경계)전투, 울진을 공격하고, 우편취급소를 습격하고, 희암곡에 주둔하면서 힘에 부쳐 이곳 송정과 경주 등지로 다니면서 잠시 쉬는 중(1907년 5월경)이었습니다."

"고생이 많았겠습니다. 힘을 얻고 다시 싸우셔야지요."

스승 허위가 연결 고리가 되어 조우하게 된 두 사람은 바로 그날로 의형제를 맺었다. 박상진보다 여섯 살이 많은 신돌석이 형이 되고, 박상진은 아우가 되었다. 박상진은 24세, 신돌석은 30세였다.

두 사람은 시국을 논의하고, 의병 전쟁, 그리고 스승에 대한 이야기를 하느라 밤이 이슥해지도록 시간이 가는 줄도 몰랐다.

"고헌, 우리 우정 영원히 변치 마세."

"우리 우정 영원히 변치 맙시다!"

신돌석은 다음 날 상진의 집을 떠나 영양읍을 향해 황황히 떠났다.

"이 땅에서 왜놈들이 완전히 쫓겨 나갈 때까지 싸우겠네."

"부디 승리하시길 빕니다."

헤이그 밀사 이준 선생을 만나다

일본은 온갖 간계로 한반도를 야금야금 먹어가길 쉬지 않았다.

고종은 을사조약을 허락하지 않았을뿐더러 결코 굴하지 않았다. 일본이 멋대로 고종의 칙재를 얻어냈다고 떠벌렸을 뿐이었다. 대신들은 사생결단으로 막아주지 않았다. 그랬기에 백성들은 봉기했다. 의병이 거의했다는 소식에 고종은 다시 힘을 얻었다. 고종 임금은 1906년 11월 26일, 미국에 있는 헐버트에게 급히 타전했다.

"짐(朕)은 총칼의 위협과 강요 아래 최근 한일 양국이 체결한 소위 보호조약이 무효임을 선언한다. 짐은 이에 동의한 적도 없고 금후에도 아니할 것이다. 이 뜻을 미국 정부에 전달하길 바란다."

한편, 미국에서 고종의 급전(急傳)을 받은 헐버트 목사는 워싱턴 백악관으로 가 루스벨트 대통령에게 고종의 서신을 전했으나 백악관은 침묵했다. 고종은 실망했다. 그러나 실낱같은 또 하나의 희망은 아직도 남아있었다. 그것은 1906년 6월에 러시아 황제 니콜라이 2세로부터 극비리에 받아둔 만국평화회의의 초대장이었다.

"특사는 이상설·이준·이위종, 이렇게 세 사람으로 정한다."

고종은 헤이그 만국평화회의에 참석할 3인을 정하고, 전 평리원 검사

이준에게 줄 신임장을 썼다. 소신 있고 신중하게 일을 처리하는 이준은 헐버트와도 두터운 친분 관계에 있었다. 그리고 고종은 러시아 황제에게 부탁하는 내용의 친서를 썼다.

  폐하는 한국이 무고하게 화를 당하고 있는 정치적인 상황을 생각하시어 짐의 사절로 하여금 한국의 형세를 만국회의에서 설명할 수 있게 해주십시오. 만국의 여론에 의해 한국의 원권(原權)이 회복될 수 있게 되길 기대합니다. (하략)

이준은 러시아에서 이상설을 만날 것이다. 전 의정부참찬 이상설은 을사늑약 체결에 다섯 차례나 상소문을 올리는가 하면, 재작년(1905년) 11월 30일 민영환이 자결하자 국권회복운동을 궐기하여 연설을 하는 도중 자결을 시도하다 시민들에게 구원될 정도로 의기가 충천한 위인이었다. 그는 영어·프랑스어 등 외국어에도 능통하고, 작년 4월에 북간도의 용정으로 들어가 8월에는 서전서숙(瑞甸書塾)을 설립하여 구국 교육을 시작한 집념의 사내였다.

1907년 3월에 고종이 보낸 칙명은 이미 이상설에게 도착했다. 왕의 밀지(密旨)를 받은 이상설은 신임하는 여준 등에게 서전서숙을 맡기고 4월 20일에 헤이그 밀사의 정사(正使)가 되어 블라디보스토크로 떠났다.

박상진은 스승에게서 이 소식을 들었다.

"이준 선생이 헤이그 밀사로 파견된다고 하네. 밀사로는 이준 선생, 전 의정부참찬 이상설, 러시아 현지 공사관 서기 이위종 이렇게 세 사람이라고 하는군. 자네, 이준 선생을 한번 만나보는 게 어떤가? 나라의 중대한 임무를 띠고 가는 길이니 말이라도 힘을 실어드리는 게 옳지 않겠나?"

위험한 일일 수도 있었다. 상대는 열강들이고, 특히 일본의 방해 공작도 예상되는 일이었다.

이준 선생은 박상진에게 친일 대신 다섯 명을 성토하다가 체포되어 황주 철도(黃州 鐵島)에서 6개월 동안 귀양살이한 경험을 토로한 적이 있었다.

"나는 상동예배당 전덕기 목사님과 만국청년회가 인연이 되어 기독교 신자가 되었네. 유배 중에 예수님의 성스러운 희생정신인 십자가 보혈의 의미를 내 것으로 해야 한다는 것을 절실히 느꼈다네. 그러니까 내 믿음의 출발은 불우한 귀양살이 섬에서 이루어진 것이지. 그 뒤로부터 나는 공직 생활을 하는 데 있어서 기독교 정신을 잃지 않으려고 노력한다네."

박상진은 헐버트 목사가 미국으로 잠시 가기 전에 이준을 비롯한 여러 인사와 시국에 대해 깊은 논의를 함께한 적이 있다는 사실도 알고 있었다. 한 사람을 평가하는 기준은 인격과 업적이라고 생각했다. 모두 훌륭한 분들이다.

허위는 굳게 믿었다.

'이준 검사와 헐버트 목사, 그리고 믿음직한 제자 박상진은 무슨 일이든지 제대로 해낼 것이다.'

박상진은 지체하지 않고 밀사(密使) 이준을 방문했다. 장도에 오르기 직전에 만난 이준은 굳은 표정이었다. 그도 그럴 것이 이번 일은 반드시 성사가 되어야 하기 때문이다. 나라의 존망이 달린 중대사였다. 박상진은 진심 어린 말로 이준 선생을 응원했다.

"선생님, 위대한 명령을 받으셨습니다. 제가 보탬이 될까 싶어서 여비를 조금 마련해 왔습니다. 아무쪼록 무사히 임무를 완수하시길 바랍니다. 잘 다녀오십시오."

"고맙네. 박 군, 이 나라를 부탁하네."

이준과 박상진은 굳게 악수를 나누었다. 박상진은 이준 선생이 무사히 일을 마치고 돌아오길 기원했다. 이준은 박상진의 성의를 뜻깊게 받아들였다.

'이 젊은이는 심지가 굳은 사람이야. 틀림없이 큰일을 해낼 게야.'

이준은 고종의 신임장을 품에 간직하고 비밀리에 대장정의 길을 떠났다. 이준은 블라디보스토크에서 이상설을 만나, 5월 21일에 그곳을 출발하여 시베리아를 거쳐 러시아의 수도 상트페테르부르크에 도착했다. 그곳에서 두 사람은 젊은 러시아 공사관 서기 이위종을 만났다.

페테르부르크에 도착한 이상설과 이준은 러시아 공사 이범진과 협력하여, 고종의 친서를 러시아 황제 니콜라이 2세에게 전달했다. 그리고 정사(正使) 이상설·부사(副使) 이준·이위종은 네덜란드 헤이그로 떠났다.

1907년 6월 25일, 드디어 헤이그에 도착한 그들은 호텔 융에 묵었다. 니콜라이 2세가 창설한 만국평화회의는 이번이 두 번째였다. 44개 국가 대표들이 속속 도착했다.

그런데 일본 대표와 영국 대표가 이 세 사람의 밀사가 회의에 참석하려는 것을 알고 집요하게 방해했다. 특히 일본의 공작원 고무라 주타로는 "한국은 일본의 보호국이다. 그러므로 한국은 외교권이 없다"라는 이유를 내세워 각국 대표들을 설득하고 돌아다녔다.

결국 이들 3인은 만국평화회의에 참석을 못 하고 말았다.

1907년 6월 27일, 세 사람은 한국의 독립을 주장하는 글을 프랑스어와 영어로 번역해서 평화회의에 참석한 각국 대표들에게 보냈다. 7월 9일, 이위종은 각국 신문기자단의 만국기자협회에서 세계 언론들에게 〈한국을 위한 호소〉를 유창한 프랑스어로 연설했다.

"을사조약은 일본이 무력으로 한국의 왕과 대신들을 위협하여 체결하였으므로 무효입니다. 한국의 왕과 국민은 한국의 독립과 세계 평화를 열망합니다. 세계 각국은 한국의 독립을 위하여 협조해주십시오."

이위종의 호소는 회합에 참석한 각국 대표, 수행원들, 모든 기자에게 큰 감동을 주어 즉석에서 한국의 입장을 동정하는 결의안을 만장의 박수로써 의결하도록 했다. 기자단 협회장인 영국인 윌리엄 스테드의 전폭적인 지지가 도움이 되었다.

다음 날인 7월 10일, 그의 연설문은 〈헤이그신보〉에 실렸다.

그런데 4일 뒤인 7월 14일, 뜻밖에도 이준 선생은 갑자기 순국하고 말았다.

연설을 마치고 페테르부르크로 돌아갔던 이위종은 급전(急傳)을 받고 헤이그로 황황히 돌아와 〈만국평화회의보〉와 인터뷰를 했다. 이위종은 울먹거리며 말했다.

"제가 페테르부르크로 떠나기 전에 이준 선생님께서는 아무것도 잡수시지 않으셨습니다. 그 전날에는 의식을 잃은 것처럼 잠들어 있었습니다. 저녁때는 의식을 되찾으시고 갑자기 벌떡 일어나시더니 '이 나라를 구해 주소서. 일본이 우리나라를 강탈하려 합니다' 하시면서 가슴을 쥐어뜯으셨습니다."

이상설과 이위종은 이준을 네덜란드 땅에 묻고, 7월 19일부터 영국 · 프랑스 등 유럽과 미국으로 가서 일제 침략을 폭로하고 한국의 독립을 역설했다. 1907년 8월 9일, 일본 통감부에 의해 실시된 결석재판에서 이상설은 사형, 이준과 이위종은 종신형이 선고되었다. 이에 따라 두 사람은 귀국을 단념하고 러시아에서 항일 투쟁을 계속했다.

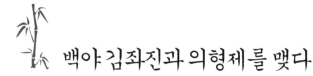

백야 김좌진과 의형제를 맺다

박상진은 이준 선생의 갑작스런 죽음을 믿을 수 없었다.

'필경 엄청난 고통과 번민 속에서 과중한 심적 부담이 원인이 되어 돌아가셨을 게야.'

박상진이 참담한 심정으로 지내던 어느 여름날, 홍성에서 상경한 백야 김좌진(白冶 金左鎭)을 뜻밖의 자리에서 만났다.

양정의숙 친구 중 홍성이 고향인 친구가 그에게 은밀히 말했다.

"고헌, 오늘 청년학우회 사람을 만나는데 함께 가지 않겠나?"

박상진은 사람을 좋아하는 마음이 따뜻한 사람이다. 그 친구를 선뜻 따라나섰다. 친구는 깨끗한 밥집으로 그를 데리고 갔다.

"서로 인사를 나누게. 이쪽은 울산 사람 고헌 박상진이고, 이쪽은 홍성 사람 백야 김좌진이야."

"반갑습니다."

서로 통성명을 하고 악수를 나누었다. 세 사람은 밥을 먹으며 이런저런 사담을 나누기 시작했다. 홍성 친구가 말했다.

"고헌과 백야는 비슷한 점이 많아."

김좌진이 고개를 끄덕이며 웃었다.

"저는 저와 뜻이 비슷한 사람들을 만나면 무척 반갑습니다."

박상진도 씩 웃었다. 그는 아직까지 어떤 회도 가담하거나 조직하지 않았지만, 김좌진을 보니 자신과 비슷한 면이 많다는 느낌이 들었다.

"나는 양정의숙을 다니고 있습니다."

"알고 있습니다. 이 친구가 평소 자랑을 많이 하더군요. 저는 무관학교를 다니고 있습니다."

이야기를 나누다 보니 두 사람은 공통점이 많았다. 둘은 남부럽지 않은 만석지기 부자에, 김좌진도 15세에 집안의 노비들을 다 풀어줄 정도로 사회 신분 철폐를 위해 노력한 점이 있었으며, 기울어진 국운을 바로잡으려는 결의도 같았다.

차차 이야기가 무르익자 서로 나이를 알게 되었다.

"나 박상진은 스물넷이오."

"저 백야는 이제 열아홉입니다."

김좌진보다 다섯 살이나 나이가 많은 박상진이 먼저 제안했다.

"백야, 우리는 닮은 점이 너무 많네. 의형제를 맺는 게 어떨까?"

"대찬성입니다. 고헌 형님."

두 사람은 금방 의기가 투합했다. 당연히 김좌진보다 다섯 살이 많은 박상진이 형이 되고, 김좌진은 아우가 되었다.

"인품으로나 학문으로나 본받을 점이 많은 고헌을 제 형님으로 모시게 되어 영광입니다."

박상진이 김좌진의 말에 싱긋 웃으며 대꾸했다.

"나보다 자네가 더 유능하다네. 백야 자네는 여덟 살에 『통감』을 읽다가 '서시이기성명(書是而記姓名 : 글은 자기 성명 쓰는 것으로 족하다)' 이라는 글을 보고 바로 책을 던져버렸다고 방금 전에 내게 말해주지 않았는가? 자넨 용력이 대단한 대장부일세."

"하하하. 저는 글공부보다는 전쟁놀이나 말타기를 더 좋아했지요."

그 무렵 박상진에게는 이런 일도 있었다. 박상진은 김좌진 앞에서 털어놓았다.

"시국만 평안하다면 공부에 전념하며 꿈을 이루고자 성실하게 살면 될 터인데, 이 난세에 무슨 일을 하면서 살면 좋을까 궁리하다가 불현듯 정처 없이 구름 따라 전국을 다니곤 했다네. 하지만 무작정도 아니고 막연한 행차는 더욱 아니었네. 내 행차에는 분명한 목적이 있었지. 여러 구국 단체에서 만난 얼굴들, 특히 지방에서 올라와 서울과 지방을 연결하는 다리 역할을 하면서도 그것을 자신의 영달의 기회로 삼지 않고 오직 구국이라는 사심 없는 푯대 하나만을 가진 인사들을 만나러 다녔지. 뜻이 같은 사람들끼리는 서로를 알아보는 혜안이 있는 모양이네. 내 발걸음은 자연스레 구국과 뜻이 맞는 인사들에게로 마음이 열리네그려. 오늘처럼 백야 자네를 만나게 되는 날도 있네. 이렇게 기쁜 날도 드물 것 같아."

  박상진은 심지가 굳은 사람이었다. 비록 학문이 덜하더라도 의로움에 대한 확고한 의식이 있고 자기 결단을 해가며 행동하고 실천하는 데 앞장서는 사람들과 교분을 쌓아가기 시작했다. 나라를 구하는 길의 첫 번째는 자신의 욕망을 경계하며 자신을 버리는 일이다. 박상진과 김좌진은 이런 면이 일란성 쌍둥이처럼 비슷했다.

  박상진은 청년학우회에 나가는 김좌진의 근황을 들었다.

"고헌 형님, 저는 요즘 계동과 전동과 교동을 자주 다니고 있습니다. 계동에서는 노백린·이갑·유동열·신현대·권태진·임병한 씨들로부터 신식군사학을 듣습니다."

  계동에는 윤치성의 집이 있고, 전동에는 윤치호의 집, 그리고 교동에는 윤치오의 집이 있었다. 윤치오와 윤치성은 형제지간이고, 윤치호는 사촌지간이다. 김좌진은 유길준·김윤식·박영효·유동열·이동휘·서재필·신규식과 같은 개화운동가들이 그 세 집에 자주 모인다고 했다.

박상진은 김좌진이 노백린이나 이동휘와 같은 진실한 사람들과 교유하고 있어 흐뭇했다. 김좌진이 그곳에서 신식군사학을 듣는 등 여러 가지 정보를 입수하고 사람들을 알아가는 것은 의미 있는 일이라고 생각했다.

　'그들 중에서 개화사상을 받아들이면서도 변절하지 않고 꿋꿋하게 삶의 본질을 끝까지 지켜낼 자는 과연 누구일까. 워낙 난세이니 섣불리 판단하기보다는 시간을 두고 신중하게 지켜봐야겠지. 호랑이 굴에 들어가도 정신만 차리면 호랑이도 잡고 살기도 해서 일거양득이지만, 정신을 차리지 않으면 오히려 호랑이의 밥이 되든가 노리갯감이 되겠지.'

　박상진은 김좌진과 의형제를 맺은 유쾌한 일이 있음에도 나라의 위태로움과 스승의 의병 전투, 의형제 신돌석의 의병 전투에 대한 불안감을 누를 수 없었다.

　그리고 막연하게 느껴지던 불안감이 현실로 속속 드러나기 시작했다.

국채 보상운동과 왕명王命

헤이그에 밀사를 보냈던 사건은 고종 황제의 강제 퇴위로 이어지게 되었다. 야비한 일본이 밀사 사건을 두고 가만히 있을 리 없었다. 일제는 궁중에 앉아 세계를 움직이고 있는 조선의 임금 고종을 아예 폐위시켜버리고 자기들 멋대로 한국을 조종할 수 있는 꼭두각시 황제를 앉힐 계획을 세웠다. 이토 히로부미와 이완용은 고종에게 밀사를 보낸 책임을 물어 왕권을 이양하라고 윽박질렀다. 고종이 폐위가 되면, 조선의 국운도 정해진 수순으로 저들의 손아귀에 통째로 넘어갈 것은 뻔했다.

일본은 아직도 한 나라의 왕으로서 국민을 다스리는 막강한 권한을 가진 고종을 폐위시키려고 악독한 방법을 택했다. 그건 같은 민족이 민족을 배반하게 하는 책동을 시행케 하는 것이었다. 조선의 매국노들은 원래 의로움은 제쳐두고 온갖 수단과 방법을 동원하여 배반의 탑을 쌓아가며 나라까지 팔아먹는 데 적극적인 파렴치한들인 줄 일본은 알고 그들을 이용하려는 계책이었다.

이완용과 농공상대신 송병준은 일제의 사주를 받고서 칼을 찬 채 어전회의에 들어가 고종과 대신들을 협박했다.

"일본은 헤이그 밀사 사건의 대죄를 묻지 않을 수가 없을 겁니다. 이 위기의 나라를 구하려면 방법은 하나밖에 없습니다. 조정의 대신들이 일본에 건너가 메이지(明治) 천황에게 사죄하든지, 대한문 앞에서 통감 이토에게 면박(面縛)의 예(禮)를 취하든지, 아니면 대일 선전포고를 하는 게 어떻겠소?"

선전포고라니. 풍전등화(風前燈火) 같은 나라의 처지를 모르고 하는 말인가. 아예 대놓고 배를 째라는 것보다 더 무서운 말이다. 송병준은 한 개인을 상대하는 게 아니라, 나라 전체를 상대로 우롱하는 말을 서슴없이 내뱉고 있었다.

'저 천하의 대역 죄인!'

고종과 대신들은 기가 막혀 아무 말도 못 했다. 짐승과 같은 인간을 보며 고종은 몸을 부르르 떨었다. 그러자 송병준은 슬며시 눈을 돌려 대신들에게 으름장을 놓았다.

"면박의 예란 죄인으로 자처하는 자가 스스로 두 손을 뒷짐 지어 묶은 후 얼굴만 전면으로 향한 채 상대방 앞에 무릎을 꿇는 일인즉, 이토에게 사죄하는 일은 있을 수 없는 일이므로, 만일 그럴 경우에는 폐하를 죽이고 나도 자결하겠소."

이 무슨 해괴망측한 이론인가. 다들 말도 안 되는 엄포를 놓는 송병준이 고종을 협박하는 모습을 물끄러미 지켜보고 있었다.

"둘 다 불가할 경우에는 황태자에게 양위를 하십시오."

송병준의 본뜻이 드러났다. 그것은 바로 일제의 간교한 속셈이었다.

여하튼 1907년 7월 18일 황제 퇴위 요구 이틀 후인 7월 20일, 고종이 순종에게 왕위를 넘기고 순종의 즉위식이 열렸다. 순종은 고종의 둘째 아들이다. 이름은 척(拓)이며, 어머니는 명성황후(明成皇后) 민씨이고, 비는 순명효황후(純明孝皇后) 민씨다.

일제는 정해진 수순으로 한일신협약(韓日新協約)을 체결했고, 이에 따라 일본은 통감부를 두어 내정간섭권을 가짐으로써 순종은 일제의 꼭두각시 역할밖에는 하지 못했다. 고종과 선량한 백성의 뜻은 아무것도 이뤄지지 않았다.

그 시각, 성난 군중은 매국노 이완용의 중림동 집으로 몰려가 불을 질렀다.

"매국노 이완용을 쳐 죽이자!"

이완용 집의 가재도구, 고문서, 우봉 이씨 조상들의 신주(神主)까지 전소됐다. 이완용은 총리대신이지만 보다 못한 고종이 집을 하사해줄 때까지 반년 동안 이토 히로부미 통감 관저와 형 이윤용의 집을 전전하며 살았다.

전국 각지에서 봉기한 의병들은 친일파를 공격하고, 일진회 회원들을 토살시키며, 일진회 지부 및 그 기관지인 국민신보사를 습격 파괴했다. 일진회는 잠시 공격을 받았으나, 일제의 비호 아래 더욱 친일망국의 행동에 앞장섰다.

1907년 8월 1일에는 다시 일본의 압력으로 한국군을 해산했고, 12월에는 황태자가 유학이란 명목으로 일본에 인질로 잡혀갔으며, 1908년에는 동양척식회사(東洋拓植會社)가 설립되었다.

박상진은 일진회의 횡포를 지극히 못마땅하게 생각했다. 일진회는 일본이 친일 성향의 민의(民意)가 필요하다고 생각하여 조직(1904년)한 친일 단체다. 그는 김좌진에게 비통한 심정을 드러내곤 했다.

"이런 까마귀 떼 같은 인간들도 과연 인간이라고 할 수 있단 말인가?"

"그런 인간들은 그저 목숨만 붙은 개돼지보다 더 못하지요. 그들을 어떻게 인간이라고 불러준단 말입니까?"

김좌진도 비분강개했다.

한편, 한국의 경제권을 일본에 예속시키려고 1905년부터 계획적으로 감행하던 일본의 강제적인 차관은 그때 이미 1300만 원(현 시세로 약 4천억 원에 해당)에 이르렀다.

갚을 능력이 없는 조선은 국채보상운동을 시작했다. 국채보상운동은 1907년 2월, 대구에 있는 출판사 광문사(廣文社)의 명칭을 대동광문회로 개칭하는 특별회에서 광문사의 부사장 서상돈이 국채보상운동을 제의하자, 참석자 전원이 찬성하여 취지서를 작성하고 발표하는 데서부터 시작되었다.

그 뒤를 이어 〈황성신문〉 등 각종 신문이 캠페인을 벌임으로써 서울·평양·부산·진주 등 전국적으로 확산되어 4월에는 4만여 명이 동참하고, 5월에는 지금의 약 700억 원에 해당되는 230만 원의 의연금이 모였다. 온 백성이 금연을 하고 금가락지를 모아 차관으로 지게 된 빚을 갚아보려고 노력했다. 고종 황제도 금연을 했으며, 기생도 가락지를 뺐고, 일본에 있는 유학생들, 인력거꾼, 노동자, 백정까지도 동참했다. 부녀자들은 '반지빼기모임'을 만들었고, 취지문이 〈대한매일신보〉에 4월 22일 발표되었다.

반지빼기모임 취지문

여자 동포님네! 반지 하나씩 뽑읍시다.

하나님께서 내리신 바 사람은 남녀가 일반이라, 우리는 한국의 여자로 학문에 종사치 못하고, 다만 방적에 골몰하고 반찬에 분주하여 사람의 의무를 알지 못하더니, 근일에 들리는 말이 국채(國債) 일천삼백만 원에 국가 흥망이 갚고 못 갚는 데 있다고 떠드는 말을 듣고 생각하니 슬프다! (중략)

한마음 한뜻으로 때를 잃지 말고 반지 한 번 벗게 되면 일천만 명 무명지에 속박지에 속박한 것 벗음으로 외인 수모 씻어내고 자유 국권 되찾아 독립 기초 이루나니. (후략)

일본은 이마저 항일운동으로 뒤집어씌워 빚을 갚으려고 앞장선 애국자들을 구속했다. 송병준이 지휘하는 매국 단체 일진회의 공격도 한몫했을 뿐더러 통감부에서는 국채보상기성회 간부 양기탁(梁起鐸)과 베델이 돈을 유용했다고 주장하면서 양기탁을 구속했다. 공판 결과 양기탁은 무죄로 풀려났지만, 일제의 방해로 우리나라는 결국 차관을 갚지 못하고 경제권마저 일본에 넘기는 꼴이 되고 말았다.

온 국민의 정성으로 모은 의연금은 일제가 모두 가져갔다.

왕궁마저 살림살이가 피폐해져 갔다. 고종 황제는 이제 더 이상 침묵해서는 안 되겠다고 판단했다. 나라는 이미 기울어졌다. 왕이 바로 보는 눈앞에서 오랑캐가 황후를 무자비하게 시해하더니, 오늘에 이르러서는 조선의 외교권, 통치권, 경제권까지 다 갉아먹고 있지 않은가. 더 이상 지체해서는 안 될 일이었다.

'다 함께 죽자. 이기면 살고, 지면 먹히는 것이다.'

고종은 어진 백성을 믿었다. 드디어 고종은 밀명(密命)을 내렸다.

의병들을 모아 거사를 행하라.

고종의 명령은 급속하게 나라 안으로 퍼졌나갔다. 고종 황제의 명령을 기다리고 있었다는 듯이 모든 의병장이 일시에 거사를 일으켰다. 마치 바람이 거세게 부는 들판에 불을 지르듯, 고종의 명령은 조선인의 가슴에 불타는 애국심을 불러일으켰다.

허위 역시 마찬가지였다.

"사람의 탈을 쓴 늑대 같은 인간들이로구나! 일본이 조선을 보호하겠다고? 한국과 일본의 이해관계를 확고하게 하고 부강의 실익을 위해서 조약을 체결하겠다고? 웃기는 소리로군! 서로의 이익을 위해서가 아니라 일본의 이익만을 위해 조선을 통째로 늑탈하려 들다니!"

얼빠진 인간들이 치욕적인 역사를 만들고 있었지만, 기개 있는 조선인들이 있기에 한편으로는 실낱같은 희망을 걸어볼 만도 했다. 의병에 참여하면 언제 죽을지 모를 일이다. 허위는 제자 상진을 불러 당부했다.

"나는 내일 의병에 출전한다. 내가 그동안 네게 소개해준 인사들을 만나 그들과 함께 나라의 위급함에 적절하게 대처하도록 해라. 알겠느냐?"

"네."

스승의 눈빛은 깊이 가라앉은 듯 거룩했으나 다급한 듯 격앙된 목소리였다.

허위는 포천·양주·연천 등지에서 병사를 모집하여 1907년 9월 강화의진을 구축했다. 공부를 하던 선비들은 "나라가 위급한데 무슨 공부요?"라며 병사되길 속속 자원했다. 양반, 평민, 천민이 따로 없었다. 일본에 항거할 의사가 있는 남정네들은 어느새 무리가 되어, 이들을 죽이려고 총칼을 휘두르는 일본군과 싸워 여러 차례 격파했다.

이인영 부대는 지평과 가평, 김규식 부대는 철원, 김수민 부대는 황해도 장단, 박기섭 부대는 황해도와 평안도, 민긍호 부대는 강원도, 이강년 부대는 충북 제천을 기반으로 하여 서로 유기적인 연락을 취하며 의병 전쟁을 했다.

강원도 원주에서 의병대장들이 모임을 가졌다. 이인영 장군을 원수부 팔도의병 총대장으로 추대했다. 왕산 허위는 군사장이 되어 군사 2천 명을 이끌고 서울로 진입했다.

박상진은 스승이 이끄는 강화의진이 서울에 진입했다는 소식을 듣고 위험을 무릅쓰고 스승을 만나러 갔다. 그러나 스승은 박상진을 차갑게 대했다.

"너도 의병이 되려고 왔느냐? 어서 돌아가거라. 후일에 네가 할 일을 기다려라. 지금은 네 때가 아니다. 하루하루를 네 앞에 놓인 삶을 충실하게 살아라."

스승은 조용히 눈을 감았다. 박상진은 아무 말도 하지 못하고 뒤로 물러났다.

박상진은 그 길로 집으로 돌아와서 강화의진에 보낼 돈 5만 원을 급히 마련했다. 무기도 마련했다. 상진은 스승에게 차가운 눈총을 받을 줄 알지만 서울 근교로 진군한 강화의진에 다시 갔다. 진을 수비하는 의병이 화승총을 들이대며 상진에게 물었다.

"누구요?"

"저는 허위 대장님의 제자 박상진입니다."

"그렇소? 그런데 무슨 일로 왔소?"

"얼마간의 돈과 무기를 가지고 왔습니다."

수비병이 눈을 휘둥그렇게 뜨며 반가워했다.

"그렇소? 이제 우리는 살았소이다. 먹을 식량이 똑 떨어져 모두들 주린 배를 달래고 있었소이다. 따라오시오."

그러나 상진은 스승을 만날 수 없었다. 수비병의 전갈을 받은 허위는 상진에게 이런 말을 전해주라고 했다.

"고맙네. 그러나 다신 이곳에 오지 말게."

상진은 집으로 돌아와, 의형 신돌석이 이끄는 영릉의진에도 얼마간의 자금을 보냈다. 그건 박상진이 할 수 있는 최선의 일이었다.

1908년 1월, 허위가 이끄는 강화의진은 동대문 밖 30리 지점에서 일본군과 대치하며 격전을 벌였으나 패하여 퇴군했다. 의욕이 충천했던 13도 창의군은 신돌석의진 등 일부 평민 의병장들을 신분상의 이유로 의진에 참여시키지 않아 스스로 전력을 약화시켰다.

박상진은 의병 전쟁의 승리를 초조하게 기다렸다. 하지만 결과는 참패였다.

스승 왕산 허위와
의형 신돌석의 죽음

　1908년 봄, 박상진은 3월 14일에 서울에서 결성된 교남교육회에 가입하고, 9월 5일에는 대구에서 결성된 달성친목회에 가입했다. 두 곳은 흥학운동을 목표로 삼는 계몽운동 단체인데, 계몽운동은 지식인의 시대적인 사명이었다.

　서울에서는 재경 영남인들이 조직한 계몽 단체 교남교육회가 활동하고 있었고, 달성친목회는 이들과 연결된 활동을 추진했다. 하부 조직에는 법률 야학 강습소, 하기 강습소, 청년 체육 구락부 등을 통해 계몽과 교육 활동을 주로 실시했다.

　달성친목회는 1908년 9월 5일 대구부 명치정(明治町) 2정목(丁目)에서 이근우와 김용선 등의 발기로 조선인 청년들을 위한 교육과 실업 장려를 표면적인 목적으로 조직됐다. 내면적으로는 유망한 청년들을 단결시켜 대한협회와 연대해 비밀리에 배일사상을 고취시키며 목적에 맞는 활동을 수행하는 것이었다. 이 조직은 1910년 8월 29일 한일합방과 함께 일본 관헌들의 주목을 피해 회원들이 탈퇴하자 자연 해산되고 만다.

　박상진은 교남교육회에서 만난 혁신 유림 류인식, 김후병과는 남다른 정을 주고받았다. 김응섭, 안희제, 남형우와도 교분이 두터웠으며 나중에 조선국권회복단에서도 함께 활동하게 된다. 또한 달성친목회에서 만난 서상일과도 친분이 두터운 사이로 지냈다.

박상진은 개화 지식인들의 계몽운동에 차츰 한계를 느끼기 시작했다.

'자강론(自强論)이니 개화론(開化論)이니 하는 이념적인 바탕이 사회진화론인데, 사회진화론은 얼핏 보기에는 그럴듯하다. 우리도 힘을 길러야 하고 문호를 열어야 한다는 데에는 이론의 여지가 없어. 하지만 그 논리는 저들 제국주의가 침탈할 수 있는 발판을 마련하는 데 근거가 되고 있지 않은가. 침탈의 목적을 교묘하게 위장한 채 허구성을 띤 그 논리에 자신도 모르는 사이에 변질되어가는 지식인들. 그런 비굴한 지식인이 나라를 팔아먹고 있는 것이야. 자신의 변절을 사회진화론으로 합리화하는 건 부당하다.'

겉으로는 자강이니 개화니 하면서 온건한 척하지만, 의로움 앞에서는 언제든지 미꾸라지처럼 빠져나갈 수 있는 논리를 견고한 벽처럼 쌓고 있는 지식인들. 나라가 망해가는데도 현실감각이 둔감한 지식인과 박상진은 분명 다른 부류였다.

"지식이 삶에 적용되지 않고 학문이 실천에 옮겨지지 않는다면 무슨 소용이 있겠는가."

이 말은 퇴계 학풍을 이어받은 스승이 즐겨했던 말이다.

박상진도 행동이 뒤따르지 않는 공론(空論)에는 흥미를 느낄 수 없었다. 그랬기에 말만 무성한 지식인을 좋아하지 않았다.

박상진이 자기의 때에 자신이 나서서 할 일을 준비하는 동안에 의병 전쟁은 후퇴를 거듭했다. 의욕은 앞섰지만 전투 준비며 장비가 부족한 의병 13도창의군과 기관총까지 준비해서 의병들의 진로까지 파악한 일본군과의 전쟁은 불 보듯 뻔했다. 이 의병 전쟁은 의병들의 일방적인 패전이었다. 하지만 허위는 끝까지 싸우다 죽기로 작정하고 버텼다.

'나는 죽음으로써 나라를 지키겠다.'

유림 의병장 왕산 허위의 군은 결심이었다.

한편, 을사오적 중의 한 사람인 이완용은 연천 진지에 있는 허위에게 사람을 보내 회유하기를 거듭했다.

"경상도관찰사를 맡기겠소. 이제라도 해산 명령을 내리시고 관직을 맡으시오"라든가 "내무대신은 어떠시오? 원하는 관직이 있으면 내 기꺼이 마련해주겠소"라는 등으로 의병 전쟁을 중단하는 쪽으로 유인했으나 허위는 단호하게 그들을 쫓아 보냈다.

허위가 임진강 지역과 한탄강 지역에 머무를 때, 일제는 장박을 통해 무장해제를 권고했다. 그 뒤 신기선과 이병채를 통해서는 투항을 권유하기도 했다.

"까마귀 같은 놈들!"

허위는 그 어떤 유혹도 가볍게 물리쳤다. 일본군도 허위를 포기하지 않고 끈질기게 따라왔다.

1908년 6월 11일, 허위는 일본 헌병 15명의 습격을 받고 영평군 서면 유동(현 포천군 일동면 유동리)에서 체포되었다.

그해 9월 18일에는 사형선고를 받았다.

허위는 일제가 항일 인사들을 가두려고 만든 경성감옥(서대문형무소)에서 유시(遺詩)를 써두고 죽음을 기다렸다.

父葬未成(부장미성 : 아버지 장례도 못 해드리고)

國權未復(국권미복 : 국권도 회복하지 못했으니)

不忠不孝(불충불효 : 충성도 못 했고 효도도 못 했구나)

死阿瞑目(사아명목 : 죽어서도 눈앞이 캄캄하겠지)

허위를 직접 신문했던 헌병 사령관 아카이시 겐지로는 그의 흐트러짐 없는 모습과 고매한 인격과 덕망을 높이 사 심문할 때도 예우를 갖춰 깍듯하게 대했다.

"국사(國師) 허위 선생님, 저 아카이시는 선생님께 몇 가지 질문을 하겠습니다. 괜찮으시겠습니까?"

"……."

10월 21일 순국하는 날, 옥관이 그에게 물었다.

"허위 선생님, 유언이 있습니까, 없습니까?"

"대의를 펴지 못했는데 유언은 무엇에 쓰랴."

왕산 허위는 도리어 옥관을 나무랐다.

허위는 서대문형무소에서 첫 번째로 집행된 교수형으로 순국했다.

박상진은 스승의 시신을 인수하러 서대문형무소로 향했다.

스승의 큰형 방산 허훈 선생은 작년에 돌아가시고, 중형과 자제들은 일제에 쫓기는 신세여서 스승의 시신을 인수할 가족이 없었다. 상진 자신이 제자로서 예를 다해 장례를 치러야 했다.

형무소에 있는 왜경(倭警)과 왜병(倭兵)은 스승의 시신마저도 인수하지 못하도록 방해하려 들었다.

"박상진, 당신은 허위 선생님의 가족이 아니므로 시신을 인도할 권리가 없습니다."

가족이 아니라는 이유를 들이대며 깐죽거리는 왜경을 박상진은 단호하게 물리쳤다.

"비켜라. 그렇다면 너희들이 스승을 대신 묻어줄 테냐?"

그의 당당함에 일경은 흠칫 놀란 듯 기가 꺾인 자세로 뒤로 물러섰다.

그렇게 스승을 집요하게 회유하던 나라의 관료들이 스승의 사형 집행을 속수무책 바라보고만 있었다고 생각하자, 박상진은 피가 거꾸로 솟아올랐다.

'스승께서 스스로 선택하신 길은 결국 죽음의 길이던가…….'

스승의 창백한 얼굴은 평온했다. 박상진은 스승의 시신을 하얀 천으로 감싸면서 오열했다.

'스승님마저도 저들의 무력에 희생당하고 마셨습니다.'

고매한 선비가 의병장이 되어 전장에서 적들과 싸우고 쫓기다가 죄인 취급을 당하며 일제 앞에서 판결을 받다니! 아직 조선은 이렇듯 건재한데, 백성들은 살아 있고 일본에 나라를 빼앗기지 않으려고 온몸을 다 바쳐 싸우고 있는데, 세계 어느 나라에서도 도움의 손길을 내밀어주지 않는다. 열강들은 오직 이 혼란 속에 자기 나라의 입지를 강화하고 약소국을 삼킬 틈만 노리고 있다. 한마음 한뜻으로 적을 물리쳐도 나라의 존망이 위태로운 형세인데, 나라를 팔아먹고 외세에 의존해 자신들의 영달만을 꾀하려는 무리가 조선 안에 있으니 나라가 위태로워진 것이고 지금 스승이 처참한 죽임을 당할 수밖에 없는 결론에 이른 것이다.

'나쁜 의지로 나쁜 마음을 품고 나쁜 일을 행하는 자들은 모두 적이다. 그 적은 조선 속에도 있고 나라 밖에도 존재한다. 적은 조선의 의인을 죄인 취급하고, 조선을 팔아먹는 저 매국노들을 의인 취급한다. 적반하장이다! 나는 이 거꾸로 되어가는 세상을 바로잡을 것이다. 바른 것이 바르다고 인정되는 조선을 만드는 데 내 모든 것을 바쳐 헌신할 것이다. 거꾸로 돌아가는 세상을 바르고 반듯하게 돌아가는 세상으로 바꿀 것이다.'

박상진은 자신의 체력, 학문, 재력 모두를 남김없이 사용하리라고 스승의 시신을 끌어안고 다짐했다.

박상진은 윤석구 등과 함께 스승의 시신을 임시로 매장했다. 분노와 회한의 눈물이 하염없이 흘러내렸다.

"왜놈들을 벌하리라. 이 원한을 반드시 갚고야 말리라."

그는 비장한 각오를 했다. 스승이 걸어가셨던 그 가시밭길을 이제 자신이 따라가야 한다고 마음을 가다듬었다.

비통한 소식은 또 날아왔다. 의형인 영릉의병장 신돌석의 암살 소식이었다. 양반 출신 의병장들도 무시하지 못하던 용맹한 의병인 신돌석은

1908년부터 유시연의진과 연계하면서 유격전 위주로 의병 항쟁을 펼쳤
다. 그런데 그해 음력 11월 18일(1908년 12월 11일), 영덕 눌곡에서 신돌석
에게 걸린 현상금에 눈이 먼 가까운 친척 형제에게 암살된 것이다. 그것
도 함께 술을 마신 뒤 도끼로 살해했다고 하니 돈에 눈이 먼 인간의 작태
는 금수와 다를 바 없었다.

　"돌석이 형까지 그렇게 비참한 최후를 맞게 되다니, 현상금에 눈이 먼
친척 형제가 밀고자라니. 친척이라는 미명 아래 더러운 핏줄이 원수고,

돈이 원수로다. 우리의 적은 우리 안에도 있고, 우리 밖에도 있다. 아, 의로움이 상실된 시대를 살고 있구나. 오, 하늘이여, 땅이여! 어떻게 살아야 합니까? 의인의 숫자가 너무 적습니다. 악함이 창궐하는 이 세상에서 우리 선량한 조선인들을 구하소서."

상진은 어느새 하늘을 우러러 기도하고 있었다. 이 비극적인 두 사건을 겪은 박상진은 의로움을 위해 자신을 송두리째 바치겠다고 결심했다.

"의(義)의 완성은 아(我)를 버릴 때만 가능할 것이다. 이제부터 나는 내 개인의 욕망을 버릴 것이다."

다만 의로움을 위해서라면 아무것도 아까울 게 없었다.

제3부

구국救國의 열정

첫 번째 거사

일부 기독교인들조차 보다 적극적인 민족운동을 전개하기 위해 대종교로 개종하기도 했다. 대종교 교인의 숫자가 1910년에서 1914년 사이에 급증했는데, 이들 중 일부는 만주로 망명을 가서 항일 투쟁을 이어갔다.

박상진의 생각은 점차 계몽주의 노선보다는 행동으로 실천하는 행동파 쪽으로 방향을 잡아갔다. 나라의 적은 친일을 하는 국내 세력과 나라를 집어삼키려는 외세였다. 친일을 하는 망국 행위를 앞장서서 하는 일진회를 생각하면 비통했다.

"일진회가 나라를 어지럽히도록 내버려 두는 건 민족의 자존심에 걸린 문제지만, 그에 맞서 싸울 만한 의인의 숫자가 부족한 데다 힘도 모자란다. 내가 가진 재산과 지식과 힘을 모두 국권 회복에 쓰겠다. 국권이 회복된다면 아무것도 아끼지 않겠다. 정의를 위해, 법과 질서를 위해 싸우겠다. 나는 친일 매국노 송병준을 처단할 것이다."

박상진이 도모하려는 첫 번째 거사의 표적은 송병준이었다.

'송병준을 만인 앞에서 처단해, 아직도 조선에는 정의를 수호하는 사람들이 많다는 사실을 알릴 것이다.'

박상진은 조슈 군벌을 대표하는 수상 가쓰라 다로와 송병준의 일화를 들은 적이 있었다. 가쓰라가 송병준에게 "가령 조선을 일본에 병합한다고 한다면 웬만큼 돈이 필요할 터인데, 얼마쯤 있으면 되겠습니까?"라고 묻자, 송병준이 대뜸 되받아 대답하길 "1억 엔이면 됩니다. 제가 책임지고 병합을 무난하게 실현하겠습니다"라고 말했다고 했다. 송병준은 나라를 팔아먹을 자신이 있다고 큰소리까지 쳐댔다고 한다. 일본은 송병준을 더욱 만만하게 보고 온갖 불의와 공작하는 일에 가담시켰고, 송병준은 스스로 철저하게 그들 야욕의 손과 발이 되었다.

박상진은 의병에 나섰다가 일본에 죽임을 당한 스승 허위, 의형 신돌석을 생각하면서 주먹을 불끈 쥐었다. 의로움을 행동으로 실천하는 절호의 기회가 의외로 빨리 다가왔다.

'국내에서는 친일 인사들을 처단하고, 국외에서는 독립군 기지를 건설하고, 그리고 원흉 일본 세력을 없애는 일, 이 세 가지 길만이 구국의 길이요, 의를 행동으로 나타내는 길이다. 이것이 국권 회복을 할 수 있는 가장 좋은 길이다.'

1909년 1월, 17일부터 순종(융희 황제)의 남서 순행이 시작된다는 말을 듣자 박상진은 절호의 기회가 왔음을 직감했다.

일제와 일본의 앞잡이로 있는 관료들이 순종을 융희 황제로 부르면서 황제를 앞장세워 남쪽에서 북쪽으로 요란하게 돌아다닌다고 했다. 그것은 친일을 기저(基底)로 그들이 벌이는 선전극에 불과했다.

"융희 황제 일행에는 틀림없이 송병준이 있을 것이오. 권력 가까이 착 달라붙어서 단물만 빨아먹는 승냥이 같은 인간을 혼내줄 수 있는 절호의 기회가 왔소."

박상진은 그동안 의기가 투합한 동지들과 함께 계획을 세웠다.

"공공연한 친일 행각을 두고 볼 수만은 없소. 매국노를 처단하는 좋은 기회요."

"대표적 친일 매국노 송병준과는 달리 그의 아우 송병직은 국가 관념

이 투철한 사람이니 송병직을 설득해서 수행원으로 합류하게 하는 게 어떻소?"

"기가 막힌 계획이오. 동래에서 일행을 기다리고 있다가 거사를 일으키는 것이오."

요란한 순행에 거사를 일으켜 친일 각료들을 혼비백산케 하는 일은 상상만 해도 통쾌한 일이었다.

드디어 1월 17일, 부산에 순종 일행이 도착했다.

박상진은 4년 전 천진으로 여행 갔을 때 중국인 외교관 변종례에게 부탁해서 구입한 단총을 가져왔고, 동래에서 동지들과 함께 순종 일행을 기다렸다.

그러나 사전에 철저한 정보 입수와 치밀한 계획을 세우지 못한 박상진 일행은 순행 문제로 송병준이 순종으로부터 질책을 받아 수행원에서 아예 빠져버렸다는 사실조차 몰랐다. 송병준이 빠진 거사는 팥소 없는 찐빵이요, 닭 쫓던 개가 지붕 쳐다보는 격이었다.

결과적으로 박상진은 거사를 실행조차 하지 못하고 말았다. 동지들도 서운해했다.

"이런 불상사는 미처 예견하지 못했던 것이었소. 다음에는 차질 없이 계획하여 거사에 꼭 성공합시다."

박상진은 이번 일을 통해 사전의 치밀한 계획이 얼마나 중요한지 깊이 깨달았다.

"이번 일은 비록 실패했지만, 다음에는 저 일본놈들과 친일 매국노들을 반드시 응징합시다."

융희 황제 일행은 1월 23일에 귀경했다가, 다시 서도 순행에 나서서 개성·평양·의주를 거쳐 2월 3일에 환궁했다.

졸업과 신민회 가입

　겨울도 가고 새봄이 왔다. 박상진은 양정의숙 입학 3년여 만에 법률경제과를 졸업했다.

　두 분 아버지와 아내 영백, 아이들도 모두 기뻐했다.

　"축하합니다."

　박상진은 집안의 맏이로서 가솔들이 자신에게 거는 기대를 모를 리 없었다. 하지만 상진은 늘 나라의 정세에 귀를 기울였다.

　1월에 있었던 융희 황제 순행 때 내무대신 송병준은 질책을 받자, 아예 왕위를 영친왕에게 넘기려고 수작을 벌였다가 저지당했다. 사기, 협잡, 배신, 주색잡기로 점철된 송병준은 이완용 못지않은 기회주의자였다. 자기만족과 신분 상승을 위해서라면 못 할 일이 없고, 민족의식은커녕 염치가 눈곱만큼도 없는 자였다. 1905년 을사조약으로 통감부가 설치되면서 송병준의 위세가 높아져 안하무인이 되었을 때, 자객 출신이며 정치권력과 한통속이 되어 사사로운 이익을 챙기는 무리 중 한 명인 이일식(李逸植)이 옥새를 위조해 일본인들에게 각종 이권을 팔아먹은 사기 사건이 있었다. 이때 송병준이 이일식을 숨겨주었다가 통감부에 체포되었다. 송병준은 이토 통감의 막료로 있던 일본 우익의 거두이며 흑룡회 회장인 우치다 료헤이에게 도움을 청했고, 그의 도움으로 석방되었다. 이를 계기로 송병준과 일진회는 일본 우익의 앞잡이가 되었다. 통감 이토는 이완용 내각을 상대로 병합 공작을 공개적으로 진행했으며, 다른 한편으로는 송병준과 일진회를 앞장세운 일본 우익의 이면공작이 나라를 통째로 삼키려고 진행되고 있었다.

한국의 민정을 살펴가며 한일 병합을 추진하던 통감 이토 히로부미가 본국으로 간 뒤, 소네 아라스케가 후임으로 왔다. 이는 일본 내부에서 병합 방법의 문제로 문치파(文治派)와 무단파(武斷派)가 충돌한 것(1907년)이 원인이었다. 문치파 이토는 국제 정세와 조선인의 저항을 우려해 점진적인 방법을 취하려고 했다. 이토는 독립을 유지하겠다던 일본 정부의 표면적인 구실과 국제 관계 등을 고려하여 조선을 지탱하고 있는 수족들을 차례로 잘라나가는 방식으로 병합을 추진하려 했으나, 당시 수상 가쓰라 및 육군대신 데라우치 등과 연결된 무단파 조슈 군벌 계통은 '즉각병합론'을 제기했다. 무단파는 송병준을 이용해 병합을 추진해가면서 이토 통감을 물러나게 했다. 송병준은 이 일에 관련하여 가쓰라로부터 밀명을 받으려고 일본을 자주 드나들었다.

송병준은 달포 전에(1909년 2월) 일본으로 건너가 매국 흥정을 벌이기도 했다. 가쓰라 다로 수상 등 일본의 조야 정객들을 상대로 '합병' 흥정을 했다. 이완용은 송병준의 재빠른 행보를 알아차리고, 질세라 통감부 외사국장 고마쓰 미도리와 합방 교섭에 나섰다. 자신은 일어를 할 줄 몰랐기 때문에 일본 유학을 다녀온 이인직을 심복 비서로 삼아 데려갔다. 이에 통감부는 이완용 내각을 와해시키고 그와 대립 관계에 있는 송병준에게 내각을 구성하도록 할 것이라는 소문을 퍼뜨려 이완용과 송병준의 충성 경쟁을 부추겼다.

이완용은 송병준 내각이 들어서면 보복당할 우려가 있을 뿐만 아니라 합방의 주역 자리를 빼앗길 것이 염려되어 "현 내각을 붕괴시키더라도 지금보다 더 친일하는 내각이 나올 수 없다"라며 자진해서 합방 조약을 맺을 수 있다고 통감부에 알렸다.

1909년 7월 12일, 이완용과 2대 통감 소네 아라스케 사이에 기유각서가 체결되었다. 이는 5개 조항으로 구성된, 한국의 사법권과 감옥 사무의 처리권을 일본 정부에 위탁하는 각서다. 이 각서에 따라 7월에는 군부(軍部), 8월에는 법부(法部)를 각각 폐지하여 정치조직을 통감부 기능 속에 흡수시켰다. 한국의 법부와 재판소는 폐지되고, 그 사무는 통감부 사법청에 이관됐다. 일본은 외교권, 경찰권, 군사권, 경제권, 사법권마저 강탈한 셈이다.

이렇게 되자 각지에서 나라가 망함을 통탄하고 조정 대신들의 무능을 비난하여 암살을 기도하기 시작했다. 이완용은 거리를 지날 때 청소년들이 조롱하는 말을 들어야 했고, 종종 개에 비유되는 말을 듣기도 했으며, 민영찬의 중국 첩으로부터 침 세례를 받기도 했다. 게다가 그의 조카는 양주 선영에 갔다가 인질로 잡히는 일도 있었다.

박상진과 의형제 김좌진은 이 무렵 신민회에 가입했다.

고헌과 백야, 두 사람이 동시에 신민회에 가입했을 때는 신민회가 체계를 잡아가고 있던 중이었다. 미국에서 귀국한 도산 안창호(島山 安昌浩)와 〈대한매일신보〉 주필 우강 양기탁(雩岡 梁起鐸)이 제의해 설립(1907년)한 비밀결사인 신민회는 그동안 이동녕 · 전덕기 · 이갑 · 안태국 · 이동휘 · 노백린 · 조성환 · 신채호 등이 회원으로 있으면서 믿을 수 있는 사람을 받아들였다.

국가에 헌신할 결의가 확고하고, 단결과 신의에 복종할 것이며, 개인 재산이라도 회(會)가 필요로 할 때는 기꺼이 희사할 결의가 있다는 엄격한 선서를 받고서야 입회를 시켰다. 〈대한매일신보〉 사람들, 상동교회 교인, 청년학원 사람들, 일찍 개화한 평양 상인들, 실업가, 재미 공립협회 사람들이 주축이었다. 이들은 대개 만민공동회에 참여한 뒤 국권회복운동에 몸을 담고 있으면서 애국계몽운동의 노선을 걷는 인물들이었다. 신민회는 처음으로 공화제를 표방하기도 했다. 국가의 의사가 다수의 국민에 의해 결정되는 정치를 하자는 의견을 제시하여 한 나라의 주권이 국민에게 있음을 표방했던 것이다.

신민회는 각 도와 군에도 회원이 있도록 했고, 회원들끼리는 비밀을 유지하기 위해 횡적인 관계는 전혀 알 수 없고 다만 종적인 관계에 있는 앞뒤 사람만 알게끔 점조직화되어 있었다. 신민회는 그 조직을 비밀에 부쳤지만 회원이 800여 명에 달했다. 실력 양성을 위해 평양 대성학교·정주 오산학교를 창설하고, 〈대한매일신보〉를 발행하고, 평양과 대구에 태극서원을 설립해 문화운동도 펼쳤으며, 평양 마산동에 자기(磁器) 회사를 만들어 산업부흥에도 힘을 기울였다.

1909년 10월에는 주로 경상도 인사들을 중심으로 대동청년단이 창단되기도 했다. 그러나 대동청년단은 105인사건과 경술국치 후 자연 해체되고 만다. 그러다가 초대 단장 남형우가 1919년에 북경(北京 : 베이징)에서 신채호 등과 함께 대동청년단을 재창단하고, 그때는 신채호가 단장에 취임한다.

상진은 양정의숙 동창생 안희제에게서 "나는 대동청년단에서 활동하고 있다네"라는 말을 자주 들었다.

"수고가 많겠군. 잘해나가게."

상진은 안희제를 격려해주었다.

박상진은 애국계몽운동에 심한 회의를 느꼈다.

'시국은 급박하게 망국의 길로 달려가고 있고, 국권은 이미 돌이키지 못할 정도로 기울어만 가고 있는데 애국계몽운동만 중요시하는 건 바람직하지 않아. 국권 회복의 길이 너무 멀게만 느껴지는구나. 무력 투쟁이 절실하게 필요할 때다.'

그때 마침 박상진은 안중근이 하얼빈 역에서 침략의 원흉 이토 히로부

미를 사살했다는 소식과 함께 자세한 경위도 알게 되었다.

거사한 그날, 안중근은 일본인으로 가장하여 러시아 재무상 코코프체프를 만나기 위해 중국 하얼빈 역에 도착한 이토 히로부미를 저격하고 하얼빈 총영사 가와카미 도시히코, 궁내대신 비서관 모리 타이지로, 만철이사 다나카 세이타로 등에게도 중상을 입혔다. 안중근은 현장에서 러시아 경찰에게 체포되었고, 곧 일본 관헌에게 넘겨져 여순(旅順 : 뤼순) 일본 감옥에 수감되고 말았다. 안중근은 이듬해(1910년 2월 14일) 사형 선고를 받고, 한 달 후에 사형이 집행된다. 조선인의 국권 회복의 과정에는 이런

참혹한 수순이 기다리고 있을 뿐이었다.

기가 막힌 현실이었다.

이토 히로부미의 죽음은 일본인에게는 경종을 울리는 사건이었고 충격적인 일이었지만, 조선인들에게는 큰 위로가 되었다.

'안중근, 당신은 진정 살아 있는 대한의 행동하는 군인입니다.'

안중근이 이토 히로부미를 사살하는 쾌거를 올리는 걸 보며, 박상진은 국내에서 친일 세력을 처단하는 일은 국민의 정서를 의로움으로 바로잡으면서 정의를 실현하는 새로운 방법이라고 생각했다.

'대한의 정기(精氣)를 바로 세우리라.'

박상진은 불의가 기승을 부리지 못하도록 한다면 어쩌면 국권도 쉽게 회복될지 모른다는 소망을 버리지 않았다.

안중근이 이토 히로부미를 사살한 사건이 계기가 되어 일본은 더욱 병합을 서둘렀다. 스기야마 시게마루를 내세우고 이용구·송병준 등을 이용하여 일진회가 '합방청원서'를 제출하도록 부추겼다. 1909년 12월 4일 일진회는 이용구 등 1백만 인의 이름으로 통감 소네 아라스케에게 '합방청원서'를 제출했다. 이 청원서는 사실 이용구가 작성한 것이 아니라 일본에서 다케다가 스기야마의 지시로 작성된 것이다. 1백만 인이라는 숫자도 조작에 불과하고, 대다수 이름을 올린 사람은 몇 푼 안 되는 돈에 이름을 빌려준 단순 노무자라는 말도 떠돌았다.

안중근의 이토 사살 사건으로 일본 경찰은 의병 활동이나 항일 활동을 하는 단체에 더욱 극심한 탄압을 가했다. 박상진과 김좌진이 가입한 신민회도 예외가 아니었다. 신민회 간부들을 체포하고 구금한 뒤 이듬해인 1910년 2월까지 개별적으로 석방했다. 신변의 위협을 느낀 안창호·이갑·신채호·유동열 등 신민회 간부들은 1910년 4월 차례로 망명한다. 그들은 만주에서 독립군 기지 건설을 위한 논의를 한 후 블라디보스토크로 이동했지만 독립군 조직 방법, 신한민촌과 무관학교 설립 방법 이 두 가지 문제를 두고 대립했다. 모두 시급한 문제였으나 우선순위 설정에는 좀처럼 합의에 도달하지 못하던 중에, 8월에 한일합방이 되었다는 소식을 듣게 된다.

도산 안창호를 중심으로 한 실력양성파는 점진적으로 독립 투쟁을 이뤄나가야 한다는 뜻을 펼쳤고, 다른 쪽 항일투쟁파는 급진적으로 독립 투쟁을 해서 역사의 물꼬를 되돌려야 한다는 주장을 내세웠다.

일제는 토끼몰이식 '남한대토벌작전'으로 의병의 씨를 말리고, 신민회 사건 등으로 지식인들을 정면으로 겨냥해 저항 의지를 꺾으려 들었다. 그리하여 1907년부터 1909년까지 일제가 전개한 토벌 작전으로 희생된 의병의 수는 전사자가 16,700명이었고, 부상자 수는 36,770명에 달했다.

그러나 성난 백성들의 저항 의지는 곳곳에서 터져 나왔다.

1909년 12월 22일, 이완용은 서울 종현성당(현 명동성당)에서 벨기에 황제 레오폴드 2세의 추도식을 마치고 나오다 군밤 장수로 변장한 이재명(李在明) 의사의 칼에 찔려 두 달여 동안 병원에서 치료받았다. 그는 이때 왼쪽 폐의 기능을 상실했으며 이 습격으로 1926년 사망할 때까지 해수병, 폐렴 등 폐 질환을 앓게 된다.

판사직을 버리다

박상진은 급격하게 변하는 국내 정세 가운데에서도 졸업하던 해(1909년)에 판사 등용 시험에 합격했다. 집안에서는 기뻐했다. 특히 아내 영백은 은근히 법관에 대해 기대하고 바라는 눈치가 역력했다.

재판소 구성법이 일본의 뜻대로 개정됨에 따라 각급 재판소의 판검사뿐만 아니라 서기까지도 다수가 일본인으로 바뀌었다. 재판소에서는 일본어가 공식 언어로 사용되었고, 한국인이 재판을 받는데도 일본 통역이 필요하게 되었다. 개정법은 조선의 관리도 일본이 직접 임명하게 했다. 박상진은 탄식했다.

'웃기는 세상이로구나! 내가 판결을 내려야 할 사람은 조선인, 그중에서도 국권을 회복하려고 싸우는 조선인을 가장 중한 죄인으로 취급해야 한다. 나는 일본을 이롭게 해주는 재판을 할 수 없다. 다만 내 실력을 시험해보고자 시험을 쳤을 뿐.'

박상진은 일본 법정에 앉아 권력에 놀아나는 꼭두각시가 아니라, 행동하는 양심이 되어 세상을 다스리는 사람이 되리라고 결심했다. 나라법이 일본에 예속되어 있으니, 한국의 법을 법정 밖에서 심판하는 판사가 되고 싶었다. 그는 정의가 승리하는 세상을 만들어보고 싶었다.

'정의가 이기지 못하는 세상에 어떻게 희망을 걸 수 있겠는가. 비록 국권 회복이란 꿈이 하늘에 걸린 무지개가 될지언정 그 무지개는 분명 언약이 될 것이다. 조선은 결코 망하지 않는다. 조선은 영원히 살리라.'

박상진은 아내와 두 분 아버지가 기뻐하는데, 어떻게 법관직을 사임하겠다는 말을 해야 할지 몰라 당분간 침묵하기로 했다. 하지만 마냥 시간을 끌 수 있는 문제도 아니었다. 부임 발령장이 집으로 도착한 것이다.

이듬해 박상진은 평양부(平壤府 : 평양지원) 판사로 임명된다는 통고였다. 애초에 일본 천지가 된 법부에 근무할 생각은 없었다. 당연하게 그는 억울하게 죽임을 당한 스승을 생각해 판사직에 부임하지 않았다. 아무리 일신 영달이 보장된 판사직이라고 할지라도 이 땅의 수많은 애국자를 잡아가고 고문하고 죽이기까지 하는 억지 법을 수행하는 법관이 될 수는 없었다.

박상진은 아내 영백에게 말했다. 그는 금세 눈물이 그렁그렁하게 맺힌 눈으로 자기를 바라보는 아내를 슬며시 외면했다. 그는 아버지와 생부에게도 솔직히 말했다.

아버지는 에둘러 섭섭함을 표현했다.

"집안에서는 이런 난세일수록 네가 법관으로서 소임을 다하길 바라는 뜻도 있다는 것을 알아라."

"알고 있습니다만, 저는 제가 가야 할 길이 따로 있다고 생각합니다."

아들이 심지가 굳은 사람인 줄 누구보다 잘 아는 아버지다. 아버지도 묵묵히 그를 지켜볼 뿐이었다. 그도 그럴 것이 평소 아들이 무슨 일을 결정하기까지는 깊이 생각하고 신중히 배려하는 데다, 결정한 일은 어김없이 실행하는 줄 알기 때문이다. 이번 결정도 집안에서는 신중하게 고민했을 맏이의 생각을 존중해 말없이 받아들여 주었다.

한편, 그 순간에도 일본은 을사조약으로 한국을 이른바 '보호국'으로 만들고 통감정치를 실시한 데 이어, 1909년 10월 26일 안중근 의사가 이토를 처단한 뒤로부터는 한국의 주권을 완전히 빼앗고 한국을 식민지화하려는 계획을 바짝 서두르고 있었다.

또 다른 한편, 송병준이 주도하는 일진회는 매국 행위를 더욱 가열하여 한일합방안을 순종에게 몇 번씩 상주하기도 했다. 이에 중추원 의장 김윤식 등이 송병준·이용구 등의 처형을 정부에 건의했으나 매국 관료들과 난세에 이 눈치 저 눈치를 살피며 몸을 도사리는 비겁한 관료들의 인간장벽에 부딪혀 뜻을 이루지 못했다.

한일병탄과 위법성

통감정치 이후 실질적인 통치권을 모두 빼앗겨 껍데기만 남은 한국을 명실상부하게 국호마저 박탈하려던 일본의 획책은 1909년 이토 히로부미 저격 사건 이후에 표면화되기 시작했다. 1910년 6월에 일제는 한국의 경찰권을 빼앗은 다음, 6월에 '병합 후의 대한 통치 방침'을 결정하고, 7월 6일 내각회의에서 이를 이미 확정해놓았다. 일본은 다만 한일병탄의 부작용을 최소화하고 국제적 명분을 얻는 일만 남겨두고 있었다.

1910년 8월 16일, 통감 데라우치 마사타케는 총리대신 이완용, 농공상대신 조중응을 통감 관저로 불러 합방 조약의 구체안을 밀의(密議)했다. 8월 18일에는 이를 각의(閣議)에서 합의를 보게 하여 통과시켰다. 그리고 22일에는 순종 앞에서 형식만의 어전회의를 하게 했다. 표면상으로는 일본이 제시한 '일한합병조약안'을 토의하기 위한 것이지만, 실제로는 이를 최종적으로 승인하기 위한 형식적인 회의였다.

무거운 침묵을 깨고 37세 순종이 입을 열었다.

"두 나라를 통합하여 한 집으로 만드는 것이 동양의 평화를 공고히 하고 만세(萬世)의 행복을 도모하는 길이다. 우리나라 정치를 짐(朕)이 극히 신뢰하는 대일본국 황제 폐하에게 양여할 것을 결정한다. 모든 신하는 짐의 결단을 체득하여 봉행할 것을 명하는 조칙(詔勅)을 내리노라."

군주가 나라를 버린다고 선언하는 순간이었다.

일본 황제는 통감 데라우치 마사타케를, 한국 황제는 내각총리대신 이완용을 각각 전권위원으로 임명하고, 두 전권위원은 협정을 조약했다. 그리고 조인 사실은 1주일간 비밀에 붙였다가 8월 29일, 이완용이 윤덕영을 시켜 황제의 어새를 날인케 하여 이른바 칙유(勅諭)와 함께 합병조약을 반포했다.

그러나 합병조약 역시 을사조약과 마찬가지로 황제의 날인이 없으며 비준서인 칙유에도 황제는 날인하지 않았다. 따라서 최소한의 법적 형식마저도 갖추지 못한 '합병조약'이 되었다. 그러니까 병합을 최종으로 알리는 조칙에는 옥새가 찍혀 있었지만, 순종의 서명은 빠져 있었다. 조칙이 성립하려면 옥새와 함께 서명이 들어가야 하는데 결국 한일합방은 불법으로 일본에 의해 자행되었던 것이다. 이는 한일합병조약을 알리는 황제의 칙유가 일본 정부에 의해 작성되었으며 순종이 이에 대한 서명을 거부했거나 하지 않았음을 증명하는 것이다.

또한 8월 29일에 공포된 황제 칙유에는 대한국새가 아닌 칙명지보가 찍혔다. 칙명지보는 1907년 7월 고종 강제 퇴위 때 일본이 빼앗아 간 것이다. 국가 간의 조약에는 국새가 찍혀야 한다. 칙명지보는 행정 결정용 옥새를 말한다. 순종은 1907년 11월 이후부터 황제의 조칙문에는 자신의 서명 '척(拓)'을 날인해왔다. 순종은 일본 측의 강제 병합에 직면해 전권위임장에는 국새를 찍고 서명할 수밖에 없었으나, 마지막 비준 절차에 해당하는 칙유 서명은 완강하게 거부했던 것이다. 그리고 대한제국의 옥새는 통감부가 빼앗아 가지고 있었기 때문에 이 날인만으로 황제의 재가가 이뤄졌다고 볼 수 없다. 그러므로 이는 한일합병조약의 법적 결함을 여실히 드러내는 것이다. 또한 이는 국제법상으로도 조약 불성립이 입증될 만한 근거가 되며, 1910년 이후 한국과 일본의 관계는 식민 통치도 아니고 일본이 한국을 불법적으로 강점한 상태라고 단언할 수 있다.

양정의숙에서 법률학을 전공한 박상진은 적법한 절차를 거치지 않은 한일합방을 나름대로 이렇게 분석했다.

"합방(合邦)은 둘 이상의 나라를 병합하여 한 나라를 만드는 일이고, 병합(倂合)은 어떤 나라가 다른 나라와 결합하여 한 개의 나라를 구성하는 일이다. 그리고 둘 이상을 하나로 만드는 이 일은 강제나 폭력에 의한 것이 아니라, 자의와 합의를 바탕으로 하여 계약에 의해 이뤄지는 것을 의미한다. 그런데 이 얼토당토않은 경술국치는 강제와 폭력과 온갖 권모술수를 모두 동원한 교활한 술책일 뿐만 아니라, 일본이 친일 매국노와 일진회를 위시한 친일 서민을 최대한으로 이용해 합방이나 병합이 되도록 그럴싸하게 위장한 전술이며 책략이다. 이건 명징한 불법이다."

박상진은 한일합방을 정당한 조약이라고 인정할 수 없었다. 그러나 국제법상으로도 불법이 명백한 이 어처구니없는 조약으로 조선왕조는 27대, 519년 만에 멸망하고 한국은 일본의 식민지가 되었다.

그는 동지들에게 힘주어 말하곤 했다.

"우리 조선인은 합방이나 병합이란 용어 대신 병탄이라는 용어를 사용해야 합니다. 병탄(倂呑)은 아울러 꿀꺽 삼킨다는 뜻이지요. 그건 남의 재물, 영토, 주권 등을 강제로 한데 아울러서 제 것으로 삼는 도적질입니다."

실제로 1910년에 있었던 경술국치는 일본이 한국을 강제적이고 폭력적인 방법으로 병탄한 것이다. 병탄에 앞장선 사람은 이완용을 비롯하여 이재곤 · 조중응 · 이병무 · 고영희 · 송병준 · 임선준 등이다. 이들을 조선인은 '경술칠적'이라고 불렀다.

일본은 병탄 조약의 공포와 동시에 '한(韓)'이라는 국호를 폐지하고 통감부를 대신해서 조선총독부를 개설, 초대 총독에 데라우치를 임명했다. 또 고종을 이태왕(李太王), 순종을 이왕(李王), 고종의 아들 강과 희를 공

(公)으로 불러서 일본의 황족으로 세습하게 한다고 발표했다. 그리고 병
탄에 공이 큰 이완용 등 친일 매국노 75명에게 작위와 은사금을 주었다.

송병준과 이용구가 주도하던 일진회는 1910년 8월 22일 합방 조약이
체결된 뒤 9월 26일 그 친일적 소임을 다하고 스스로 해체했다.

반면, 황현·이만도 등 남한에만 55명이나 되는 애국지사들이 한일병
탄에 항거하여 자진 순국했다.

제4부

항일 의지로 나선
풍찬노숙風餐露宿

송정마을에서 세우는 항일 의지

박상진은 한일병탄이 되자, 올 것이 오고야 말았다는 생각이 들었다. 통탄스런 국치일을 맞고서 그는 주변 정리를 시작했다.

그는 형제 제종(兄弟諸從)을 한자리에 불러 모았다.

"나라를 잃어버렸는데 학교를 졸업한들 어디에 쓰겠는가? 내 생명을 나라에 바쳐야겠구나. 희생에는 반드시 고생이 뒤따를 것이다. 특히 가솔에게는 일제의 감시와 압박이 있을 것이다. 하지만 우리는 모두 잘 견뎌 내야만 한다. 나는 어떤 희생이 따르더라도 이 일을 할 것이다. 지금 나라 안 많은 지사가 만주와 미국 등지로 떠나간다. 그들은 해외에서 독립 투쟁을 하기 위해 가지만, 나는 나라 안에 머물면서 나라 안과 밖의 연결 고리가 되어 독립을 하는 데 최선을 다할 것이다."

아내는 걱정이 가득한 표정이고, 가솔들은 침묵했다. 그래도 아내가 용기를 내어 박상진의 의기를 북돋아주었다.

"당신이 큰일을 하시는데 그저 무사하시기만 빕니다."

그는 작은동생 내외와 서울에 와 있던 아이들을 모두 경주 노루골로 이주시켰다. 두 분 아버지는 이미 오래전부터 아들이 하는 일을 은밀하게 도와왔기 때문에 당연히 할 일을 하는 아들에게 아무 말도 하지 않았다.

박상진은 한동안 칩거하며 앞으로 할 일을 차근차근 생각해나갔다.

"우선 뜻있는 동지를 모아야겠구나. 그동안 전국 여행을 통해 만난 지사들과 수시로 만나고 서로 연락할 수 있는 거점을 물색하는 일이 시급하다."

가족 모두 노루골로 돌아온 지 며칠 되지 않아 참으로 슬픈 일이 일어났다. 이제 겨우 네 살 난 막내둥이가 돌림병으로 죽은 것이다. 자손이 부모나 조부모에 앞서 죽는 참척 앞에서 아내는 심히 슬퍼했다.

"여보, 미안해요. 아이를 제가 잘 돌봐주지 못해서 그만 이리 되고 말았습니다."

"미안해하지 마시오. 사람이 살다 보면 뜻하지 않은 일을 당하기도 한다오. 너무 상심하지 마시오. 당신은 아이한테 최선을 다했소."

그는 아내를 위로했다. 남편을 보면 미안해서 눈도 제대로 마주치지 못하는 아내가 안쓰러워 아이 잃은 슬픔을 내색하지 않으려고 애썼다.

박상진은 노루골을 잠시 떠나 고향 송정마을에서 머물렀다.

"여보, 송정마을은 노루골보다 외진 곳이오. 가족은 노루골에서 지내고, 나는 송정을 중심으로 동지들을 규합해야겠소."

"그렇게 하세요. 가족 걱정일랑 마시고 당신이 품은 뜻을 마음껏 펼쳐 하루빨리 나라가 독립하길 빕니다."

최영백은 아이를 잃은 슬픔을 감추고 남편이 하는 일을 적극 도왔다.

박상진은 송정마을에 머무르면서 기회가 닿을 때마다 사람을 만나고 국권 회복의 거점을 어디에 삼는 게 좋을지 여러 방면으로 물색하러 다녔다. 그동안 서울 등지에서 만난 여러 지사와 함께 나라 안과 밖의 소식을 주고받으려고 때로는 경성으로 갔고, 때로는 송정마을로 인사들이 찾아오기도 했다.

한편, 신민회에서는 양기탁 선생을 중심으로 은밀하게 진행된 독립군 기지 건설이 성과를 보게 되었다고 했다. 박상진도 서울에서 자주 만난 적이 있는 인물이었다. 국한문 신문 〈대한매일신보〉를 창간하고 주필로 있으면서 안창호와 함께 신민회를 창설한 이였다.

우강 양기탁은 남만주 일대에 독립군 기지를 건설하려고 여러 차례 서간도를 시찰하여 회인현 항도촌(현 환인현 횡도천)에 임시 연락 거처를 어렵게 만들었다. 단동현에도 연락 거점을 만들어 지역별로 책임자를 선정해 군자금을 조성하고 만주 이주민 모집에도 나섰다.

어느새 섣달그믐도 지나고 1911년 새해가 되었다. 국권이 상실된 채로 맞는 암울한 새해였다. 송정마을에는 눈이 자주 내렸다. 인적이 드문 송정은 항일 지사들이 밀담을 나누기엔 더없이 적당했다. 동지들은 속속 들어오는 소식에 촉각을 곤두세우며 박상진을 찾아왔다.

1월에는 성재 이시영(省齋 李始榮) 여섯 형제와 석주 이상룡(石洲 李相龍)을 중심으로 한 안동 유림들이 속속 서간도로 갔다. 올봄에는 대규모 이주를 실시한다고 했다.

긴 겨울을 송정마을에 칩거하면서 박상진은 구국의 뜻을 세우고 차근차근 그 계획을 짜나가기 시작했다. 그는 한가롭게 앉아 있을 수만은 없다고 생각했다.

'이 더러운 왜놈 세상이 싫어 심산유곡에 숨어 사는 지사들을 만나보리라. 그들의 힘을 언젠가는 한군데로 모아보리라.'

그는 전국 일주를 생각했다.

국권 회복의 초석이 되는 여행을 하다

1911년 이른 봄이다. 얼어붙은 강이 해동되고, 겨울잠을 자던 동물들이 기지개를 켜기 시작할 무렵이다. 박상진은 우선 국내 여행부터 하기로 했다. 그는 자신이 해야 할 일을 구체적으로 시행하려면 사람부터 만나야 한다고 생각했다.

'나는 개화된 지식인들보다 행동력이 뒷받침이 되는 사람을 목표로 삼는다. 지식과 견문이 앞선 사람은 조선에도 넘친다. 하지만 정의를 위해 행동하지 않는 지성은 아무 쓸모가 없다. 지금 필요한 사람은 덜 배우고 못 배워도 좋으니 목숨마저 나라를 위해 초개처럼 버릴 수 있는 인물이다.'

박상진은 양정의숙을 다닐 때 여러 단체에서 만났던 의분 있는 사람들을 떠올렸고, 스승 허위의 소개로 만난 사람들도 생각해냈다. 그리고 애국지사의 풍모를 지닌 소문으로 듣던 숨은 사람들을 직접 만나기로 작정했다. 함경도, 평안도, 강원도, 경상도, 전라도 등지를 두루 돌아다닐 계획을 세웠다.

어느 날, 박상진은 서울에서 만난 적이 있는 김홍두(金洪斗)가 사는 전라남도 광주의 광산(光山)을 방문했다. 그곳은 송학산 아래 김해 김씨 집

성촌이었는데 그곳에서 며칠 동안 묵은 적이 있었다.

박상진과 김홍두 두 사람이 마루에서 바둑을 두고 있을 때, 박상진은 혼잣말처럼 중얼거리며 바둑돌을 툭 튕겼다.

"애저찜!"

애저찜은 광주의 토속 음식으로 새끼 돼지의 내장을 빼고 그 속에 양념한 꿩고기, 닭고기, 두부를 넣고서 실로 꿰맨 다음 통째로 쩌서 만든 보양식이다. 그런데 박상진이 튕긴 바둑돌에 마당에 있던 새끼 돼지가 정말로 맞은 것이다! 새끼 돼지는 경련을 일으키다가 이내 죽어버렸다.

그날, 그 새끼 돼지는 박상진의 말 그대로 애저찜이 되었다.

그는 그렇게 글공부만 하는 선비가 아니라 스승 허위처럼 언제라도 거의(擧義)가 필요하다고 판단되면 죽음을 각오하고 행동할 수 있는 다부진 사내였다.

박상진은 서울 집에 잠시 들러 쉬었다.

서울에서도 그동안 사귄 지인들을 만나면서 국내외 정세에 촉각을 세우기도 했다.

박상진은 서해 바닷가 도시 해주로 갔다. 그곳에서 조현균(趙賢均)을 통해 알게 된 성낙규(成樂奎)를 만났다.

"나라가 이 모양으로 기울어가는데 우리 힘을 합쳐 꼭 국권을 회복합시다."

"나도 국권 회복에 내 목숨을 바치리다."

박상진은 든든한 성낙규를 뒤로하고 북쪽으로 올라갔다.

황해도 신천에 가서, 역시 조현균을 통해 서울에서 만난 적이 있는 조선환(曹善煥)을 만났다. 조선환도 박상진과 같은 생각이었다. 조선환은 국권 회복에 대한 열정이 대단한 인물이었다.

지인들의 결의를 확인한 박상진은 피곤한 줄도 모르고 내처 평안북도 정주로 향했다.

정주에는 경재(敬齋) 조현균이 살고 있었다. 박상진보다 13세 위 형뻘되는 조현균은 24세에 진사가 될 정도로 학문에 능했다. 그는 만석지기로서 아흔아홉 칸 집에 살고 있었다.

조현균은 박상진이 자신의 집을 찾아왔다는 하배의 전갈을 받자마자 달려나와 그의 손을 덥석 잡았다.

"이렇게 먼 길을 어찌 오셨소? 어서 들어갑시다."

박상진은 조현균의 집에서 오랜만에 여독을 풀었다.

조현균은 거부였으나 겸손했다. 조현균 역시 민족의식이 뛰어나 어느 면으로 보나 자신과 앞으로 많은 일을 해나갈 수 있는 존경스러운 인물이었다.

'경재께서는 진사 출신에 재산가이면서도 겸손하며 지사적인 풍모를 갖추고 계시는구나. 그러니 관서 지방의 뜻있는 인사들 중에서 이 집에 왕래하지 않은 사람이 없다고들 하는구나.'

"박 선생, 우리 꼭 국권을 회복합시다."

두 사람은 굳은 결의를 했다.

박상진이 조현균의 집에서 며칠 동안 묵고 있으니, 서로 친밀하게 지내던 인사들이 속속 집결했다.

해서 유림은 화서 이항로(華西 李恒老) 문하이거나 이항로의 제자인 최익현(崔益鉉), 유인석(柳麟錫)의 제자가 많았고, 송병선(宋秉璿) 문하와도 서로 연결되어 있었다. 또한 의병 부대에도 관련이 되어 마치 박상진과 스승 허위와의 관계처럼 긴밀하게 얽혀 있었다. 그러다 보니 박상진은 조현균의 집에서 만난 여러 인사와도 이해와 연대 관계를 맺게 되어 교유의 폭이 더욱 넓고 깊어졌다.

박상진은 조현균의 집을 나서서 정주보다 훨씬 더 위쪽 신의주에 갔다. 그곳에 의형제 김좌진의 염직 회사가 있어 그를 만날 생각으로 갔으나,

그는 없고 대신 공장 사람들만 만났다.

이어서 박상진은 명망 있는 애국지사를 찾아 개마고원을 위시한 함경도 산간지로 주유한 뒤, 서울로 돌아왔다. 서울로 와서도 각지에 있는 동지들을 은밀하게 모았다.

1911년 이른 봄부터 박상진은 전국을 바삐 돌아다니며 여러 사람을 만나느라 피곤한 나날을 보냈지만, 뜻있는 지사들을 규합하는 큰 수확을 거둬들였다.

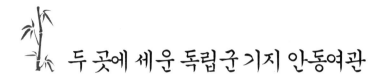

두 곳에 세운 독립군 기지 안동여관

울산 송정이나 경주 녹동은 남쪽에 치우쳐 있어 은밀하게 일을 논의하기에는 적합하지만, 교통이 불편해 서로 연락을 주고받거나 만나기는 수월한 곳이 아니었다.

1911년 늦은 봄, 박상진은 여러 지사를 만나고 일을 도모하기에 적당한 곳을 물색하러 다시 길을 나섰다. 개나리, 진달래는 만개했고 물이 오른 배나무에는 하얀 꽃이 피어나기 시작했다.

박상진의 뇌리에는 두 도시가 떠올랐다. 바로 신의주와 중국의 단동(丹東 : 단둥)이었다.

그는 이 두 도시가 다양한 정보를 주고받기에 적당한 곳이라고 판단했다. 두 도시는 국경에 위치해 외지인의 왕래가 잦은 곳으로, 상인으로 가장한다면 은신하기에도 적당한 데다 두 도시끼리 교류의 역사도 깊고 항일 인사들로 이용할 만한 인맥도 두텁게 형성되어 있었다. 또한 무엇보다 교통이 편리한 점이 장점이었다. 모든 뱃길이 열려 있었고, 조금만 우회를 한다면 어느 곳에서라도 비상 통로가 쉽게 열렸다.

박상진은 우선 북쪽으로 여행을 떠날 계획을 세웠다. 이미 황해도 해주의 성낙규와 신천의 조선환, 평안북도 정주의 조현균, 신의주에 있는 김좌진의 염직 회사 관계자 등 관서(關西 : 평안도와 황해 북부) 지방과 해서(海西 : 황해도) 지방의 애국지사들을 만나러 간 적이 있기에 여러 곳에 흩어져 사는 동지들의 뜻을 모으는 데 별 어려움은 없을 것 같았다. 그리고 그들의 도움을 받으면 어렵지 않게 신의주와 중국의 단동에 독립군 거점을 만들 수 있을 것 같았다.

그런데 그들 인사들을 만나기 전에 의외로 박상진을 도와주는 사람이 있었다. 밀양 출신으로 1906년부터 이미 서로 알고 지낸 회당 손일민(晦堂 孫一民)이었다. 둘은 동갑내기에다 뜻이 통하는 사이여서, 손일민은 늘 박상진이 무슨 일을 하는지 돕겠다고 입버릇처럼 말했다.

"고헌, 내 도움이 필요할 때면 언제든지 말하게. 내 힘껏 돕고 싶다네."

박상진은 손일민이 곁에 있어준다고 말했을 때, 마치 천군만마를 얻은 것처럼 기뻤다. 그리하여 자신의 계획을 구체적으로 말했다.

"회당, 나는 지금 신의주에 독립 거점을 마련하려고 하네. 나를 도와주지 않겠나?"

"마침 나도 뜻깊은 일을 하고 싶었는데 잘됐네. 도와주고말고."

그렇게 해서 박상진은 손일민을 경성역(서울역)에서 만나 신의주까지 동행했다.

박상진은 신의주에 안동여관(安東旅館)을 개설했고, 손일민이 상주하며 맡기로 했다. 이곳에서 단재 신채호와 우강 양기탁이 체류하면서 국내와 연락을 취합하여 독립군 기지 간의 소통을 원활하게 돕게 된다.

박상진은 다음 목적지 단동을 향했다. 그는 압록강을 건너 단동으로 가서, 그곳에 독립 기지를 만들 계획이었던 것이다.

그때 압록강에는 철교 공사가 막바지였고, 국경 너머 단동은 심양(瀋陽 : 선양)과 연결되는 철도가 이미 완공되어 있었다. 압록강 철교가 완성

된다면 여순(旅順)과 하얼빈(哈爾濱)은 하룻길이 된다. 신의주와 압록강을 사이에 두고 마주 보는 단동에서는 남만주 철도가 연결되는 데다 북간도, 러시아 쪽으로도 쉽게 갈 수 있었다. 또한 단동은 대련(大連 : 다롄), 천진, 상해(上海 : 상하이) 등으로도 뱃길을 이용할 수 있어 그만큼 교통의 요충지였다.

단동의 기지는 박상진의 부탁으로 그동안 남다른 교유가 있어왔던 금산의진 중군장(中軍將) 경력의 양제안이 맡았다. 이렇게 하여 박상진은 어렵지 않게 두 개의 안동여관을 마련할 수 있었다.

신의주와 단동에 세워진 두 개의 안동여관은 겉으로는 여느 숙박 시설처럼 보였지만, 실상은 독립운동 기관의 성격을 띤 특별한 여관이었다. 이곳을 통해 우국지사들이 서로 긴밀한 관계를 취하고 국제 정세를 파악하며 동지를 모으기도 하고, 학교 설립 · 공장 설립 같은 계몽운동과 실업(實業) 육성, 항일 독립 투쟁, 민족의 원흉 처단 등과 같은 제반 문제를 해결해나갔다.

신흥강습소에서 만난 우국지사들

박상진은 노루골로 돌아와 여독(旅毒)을 풀었다. 그동안의 고단했던 여정이 마치 꿈결 같았다. 어서 국권이 회복되어야 한다는 일념으로 다닐 때는 피곤한 줄도 몰랐는데, 정작 집에 오니 피로가 한꺼번에 몰려들었다.

오랜만에 아내 영백이 해주는 소박한 밥상을 대하니 새삼 가족의 따스한 정이 소중하게 다가왔다. 아들 경중과 딸 창남의 재롱을 바라보며 잠시 세상의 시름을 잊기도 했다. 가솔들도 자기 일을 알아서 잘해주니 안심이 되었다.

그러나 마냥 안락함 속에서 지내고 있을 수는 없었다. 그는 다시금 자신을 채찍질하며 만주로 떠날 계획을 세웠다. 하지만 아버지의 회갑연 전에는 돌아와야 하는 시간적인 제한이 뒤따르는 여행이었다. 워낙 말이 없고 온화한 아버지는 회갑연을 여는 것 자체를 부담스러워했다.

"나라가 망했는데 녹을 먹었던 신하로서 어찌 사사로이 회갑연을 벌일 수 있겠는가."

하지만 생부는 입장을 달리했다.

"형님의 축수를 위해서 회갑연을 열어드려야 한다. 비록 시국은 불안하지만, 일가친척이 모처럼 한자리에 모이는 일도 중요하지 않은가."

박상진은 나름대로 아버지의 회갑연을 빙자하여 동지들을 규합하려는 생각을 하고 있었다. 그래서 생부에게는 솔직하게 자신의 생각을 알렸다.

"회갑연을 빌미로 동지들을 규합해보고 싶습니다."

생부는 고개를 끄덕였다. 사실 아들이 하는 일은 위험할 뿐만 아니라 가산(家産)마저 다 소비해버릴 우려가 있었다. 두 아버지 역시 아들이 앞장서서 하는 일에 희생을 치를 각오가 되어 있었지만, 가솔들의 무사 안녕을 비롯하여 가산을 관리해야 하는 무거운 책임 또한 동시에 안고 있었다.

"아버지의 회갑연 전에는 반드시 돌아오겠습니다."

회갑연과 동지들의 회합, 필연적인 두 사건이 중국 여행 다음에 기다리고 있었다. 아들 박상진과 두 아버지 사이에는 '어떤 일보다 우선해야 하는 일은 구국이다'라는 무언(無言)의 약속이 이미 이뤄지고 있었다.

만주로 가기 전, 박상진은 두 분 아버지께 큰절을 올렸다.

"부모님 곁에서 부모님을 모시고 편하게 해드리는 게 아들 된 도리인데 도리조차 제대로 하지 못하는 저를 용서해주십시오. 그 누구에게도 이 일을 미룰 수 없어서 제가 감히 이 일에 뛰어들었습니다."

두 분 아버지도 마음이 아팠다. 양부가 말문을 열었다.

"그래. 우리가 할 일을 네가 하는구나. 네가 고생이다. 어디를 다니든지 몸조심하고, 하는 일마다 성사되길 바란다. 우리가 물심양면(物心兩面)으로 지원을 아끼지 않으마. 열심히 해라. 가솔들은 우리에게 맡기고 안심하고 떠나거라."

"이번 여행은 국제 정세를 자세히 살피고 독립군 기지를 건설하는 데 주력하려고 합니다."

이번에는 생부가 무겁게 입을 열었다.

"어찌하든지 몸조심해라. 이건 여비로 써라."

경비에 필요하다 싶어 마련한 돈을 내밀었다. 그동안에도 알게 모르게 꽤 많은 가산이 들어갔다. 허위와 신돌석의 거의, 헤이그 밀사 이준의 장도, 수많은 지사와의 만남, 신의주와 단동의 안동여관 설립 등 집안의 원조가 없었으면 이루지 못했을 일이 많았다.

두 분 아버지는 아들을 깊이 헤아려주었다.

"상진이 만주로 다니려면 말이며, 마차며, 배며, 철도를 이용해야 할 테고, 무수히 많은 사람을 만나고, 때로는 그들의 신세를 져야 할 테고, 마땅한 자리를 물색하면 독립군 기지를 마련하기도 할 테고, 그곳 딱한 사정을 말하면서 도움을 청하는 독립군이 있으면 얼마의 도움이라도 줘야 하겠지?"

"그렇지요, 형님. 우리 아들이 하는 일을 깊이 이해하지만, 우리가 함께 해주지 못하니 늙음이 한스럽기만 하군요. 어쩌면 마적을 만나 이국땅에서 개죽음을 당하거나 까마귀 밥이 될지도 모를 일입니다."

두 사람이 머리를 맞대고 상의한 끝에 내놓은 자금이다. 두 아버지와 아들은 손을 굳세게 붙잡았다. 두 사람은 아들의 등을 한없이 토닥거려주었다. 남들에게는 강인한 독립지사로 보이겠지만, 아버지에게 아들은 아직도 그저 부러질 것만 같고, 금이야 옥이야 애지중지 보살피고 싶은 귀한 아들이자 집안의 보배였다.

아버지의 회갑연에 맞춰 돌아오려면 어서 길을 재촉해서 떠나야만 했다. 국경에 있는 두 도시에 어렵게 마련한 안동여관과 긴밀한 연락을 가지려면 그곳 북간도에서 활동하는 애국지사들을 만나 어떻게 함께 일을 할 것인지를 알아봐야 하고, 또 국내에도 거점을 마련하여 앞으로 원활한 독립운동을 진행해야 했다.

"여보, 부디 잘 다녀오세요."

박상진은 아내의 배웅을 받으며 길을 떠났다.

1911년 한여름이 지나고 기운이 다소 누그러진 초가을 볕이 내리쬐고 있었다.

박상진은 두어 달 정도의 여정을 잡고 장도(長途)에 올랐다.

독립운동을 하는 낌새라도 엿보이면 가차 없이 일경의 검문에 걸려들고 만다. 뒤이은 복잡한 심문에 휘말리지 않으려면 신분부터 가장해야 했다. 박상진은 제법 큼직한 가방을 하나 들고서 상인으로 위장했다. 낯선 사람이 말을 건네면 "저는 상인이라 어디 좋은 물건이 있나 알아보러 전국을 다닙니다"라고 하거나, "저는 곡물 장사를 하는 상인입니다" 혹은 "저는 무역을 하는 상인이지요"라고 간단히 대답했다.

송정에서 서울로 올라가 경의선을 타고 국경에 위치한 신의주에 도착했다. 한국인, 중국인, 일본인이 섞여 살고 있는 신의주는 국제도시답게 활기에 차 있었다.

박상진은 안동여관으로 가 동갑내기 친구 손일민을 만났다. 손일민은 반갑게 그를 맞았다. 손일민은 박상진에게 여러 정보를 알려주었다.

"안동여관의 경영은 만주로 이민 가는 사람들과 장사하는 상인들이 자주 들러서 어렵지 않네만, 이곳을 출입하는 사람들 중에 지사들이 많다 보니 일경의 눈을 어떻게 피하느냐 하는 것이 앞으로 문제가 될 것 같아. 요즘 이곳 주변에 일경들이 쫙 깔려 있네. 며칠 전에는 일경이 와서 방마다 탐문 수색을 하고 갔다네. 누구라도 한 명 잡히면 줄줄이 체포될지 몰라. 그러기 전에 만주로 떠나는 것이 좋을 것 같네. 워낙 조선 인사로 쟁쟁한 사람들만 드나드니, 아무튼 여긴 위험해."

박상진은 고개를 끄덕였다.

"흐음, 나도 허름한 옷에 괴나리봇짐이라도 등에 메고 보부상으로 가장해야겠군."

"그게 더 안전한 방법이겠지. 그런데 이번에는 어디를 둘러보려나?"

"이번에는 단동으로 가서 벽도공(양제안)을 만나 뵙고, 삼원보로 가려

고 하네. 그리고 온 김에 연길, 길림도 둘러보고 내 할 일을 맡아보려고
하네."

삼원보 일대는 신민회 인사들이 만주로 망명을 가서 새롭게 독립군 기
지를 만들고 촌락을 건설한 곳이다.

"아버지의 회갑연이 되기 전까지는 송정에 도착해야 하니, 서두르지
않으면 안 될 것 같네."

"그렇다면 내일 당장 떠나게. 중국 대륙은 기상 변화가 심할 뿐만 아니
라 마적을 만날 위험도 따르니 새벽부터 서둘러서 날이 밝을 동안에만 이
동해야 안심이 된다네."

박상진은 고단한 몸을 뉘고 날이 밝기를 기다렸다. 만주 사정에 밝은
양제안 선생의 조언을 받아 독립군 활동이 활발한 서간도 및 북간도 지역
과 연해주를 돌아볼 생각이었다. 그중에서 반드시 가야만 하는 목적지는
삼원보였다. 삼원보에만 당도하면 그 뒤에는 현지 형편에 따라 여정을 바
꿀 수도 있다고 마음을 먹었다.

'아버지 회갑연에 송정에 도착할 수 없다면 아무리 가고 싶은 곳이라
할지라도 포기할 수밖에 없을 것이다.'

다음 날 손일민도 박상진을 따라 선착장에서 배를 타고 압록강을 건너
단동에 도착했다. 단동 안동여관에 들르니 양제안이 반갑게 맞아주었다.
이곳도 국경을 넘어 이민길에 오른 조선인, 조선 상인들이 주로 머무르며
정보를 주고받기도 하고 서로 간의 연락 거점 역할을 착실하게 잘해내고
있었다.

박상진은 단동 안동여관에서 이틀을 머무르면서 양제안이 소개하는 사
람들을 만나고 중국 정세를 귀담아들었다.

양제안은 그곳 지리에 아주 밝은 현지 중국인 한 명을 붙여주며 박상진
과 동행하게 했다. 혹시 여정을 방해하는 일본인이나 중국인이 나타나더

라도 현지 중국인이 막아줄 수 있고, 기후변화가 심한 변덕스러운 날씨에 대처하기에도 현지인이 적합했기 때문이다.

단동을 떠날 때 양제안이 말했다.

"영춘에는 석주(이상룡) 일가가 있네. 우강(양기탁)과 석주께서는 금년 1월에 서울에서 만나, 27일에 압록강을 건너 그곳에 가셨네. 일제의 눈을 피해 가족들이 분산해 이동해서 모두 모이는 데 3개월이나 걸렸다고 들었네."

박상진은 식민지 치하에서 살 수 없어 만주로 이민해 독립운동을 펼치고 있는 지사들을 어서 만나고 싶었다. 이러저러한 사정을 들은 박상진은 양제안, 손일민과 아쉬운 작별을 나누었다.

"안녕히 계십시오."

"무사히 잘 다니게. 부디 고향까지 잘 도착하길 바라네."

박상진은 마차를 한 대 빌린 다음, 안내인을 데리고 서간도를 향해 길을 떠났다.

단동에서 항도촌까지는 540여 리(약 212킬로미터)였다. 마차로 꼬박 사흘이 걸리는 거리였다. 기후는 예측할 수가 없어서 이제 겨우 가을의 문턱인데도 간간이 싸락눈이 흩뿌렸다. 만약 때 아닌 함박눈이라도 내리면 썰매로 바꿔야 하고 여정도 더 길어질 것이다. 다행히 날씨는 약간 흐리고 싸락눈도 내리는 시늉만 하다가 그쳤기 때문에 마차로 가기에 큰 불편함은 없었다.

눈앞에 끝없는 대평원이 펼쳐졌다. 사방을 둘러보아도 야트막한 산봉우리 하나 보이지 않는 들판이 이어졌다. 박상진은 농사도 짓지 않고 내팽개쳐진 광활한 중국 땅이 몹시 부러웠다.

'이 광활한 땅을 일구어서 조선인이 농사를 짓는다면 부강한 나라가 될 텐데……'

　부지런하고 깨끗하고 예의 바른 조선인들은 세계 어느 민족에 견주어
도 손색이 없는데도, 워낙 작은 땅덩어리에다 예로부터 주변의 강대국에
둘러싸여 외세의 침략이 끊이지 않다 보니 저력을 제대로 발휘하지도 못
한 채 국권을 박탈당했다.

　'언젠가는 조선이 세계인 앞에 우뚝 설 날이 오리라.'

　박상진은 항도촌에 닿았다.

　신민회에서는 이주민을 위해 항도촌에 연락 거점을 마련했는데, 안내
인이 그를 데리고 간 곳은 바로 신민회 인사가 경영하는 여관이었다. 이
곳도 역시 한국인의 연락 거점인 동시에 독립 기지였다. 낯선 이국땅에서
박상진은 여러 가지 편리를 제공받았다. 무엇을 알아보고 싶어도 현지 중

국인과는 말이 통하지 않아 답답했었는데, 이곳에서는 한국말이 통하니 수월하고 편안했다.

저녁 식사를 마치고, 박상진은 주인과 이런저런 이야기를 나누었다.

"혼강(동가강)에 자리 잡은 이곳에는 오래전부터 한국 사람이 이주해 살았습니다. 혼강은 고구려 건국 신화에 나오는 비류수이고, 항도촌은 고 주몽이 건국한 옛 땅이지요. 그러니까 이곳은 옛날에는 고구려와 발해 땅 이었습니다. 대단한 고구려이지 않습니까?"

"그렇고말고요."

편안한 잠자리에서 잠을 잔 덕분에 피곤이 쉽게 풀렸다.

다음 날 아침 일찍 일어난 박상진은 항도촌 여관 주인이 일러주는 대로 이주민촌을 돌아다니기로 하고, 주인과 작별 인사를 나누었다. 현지 안내 인은 이곳 지리에 익숙한 중국인이었으므로 박상진이 둘러보고 싶은 곳 을 차례로 안내해주었다.

혼강의 본류와 지류가 흘러가는 통화현, 임강현, 회인현, 집안현, 관전 현 일대에도 조선 이주민이 많이 살고 있었다. 통화현으로 들어서자, 산 지가 많아지고 평야 지대가 적어졌다. 남쪽 압록강까지는 산지로 구불구 불하게 이어지기 때문에 교통은 그다지 발달하지 않았지만 통화현은 꽤 큰 도시였다.

통화현에서 삼원보(三源堡)까지는 약 120리(47킬로미터)였다. 삼원보는 삼원포(三源浦) 혹은 삼합포(三合浦)라고 하는데, 남산·홍석진·마록구 (현 유남)에서 흘러나오는 물이 합쳐지는 곳이라서 그렇게 이름 붙여진 것 이다. 삼원보를 중심으로 비교적 큰 도시인 통화현과 유하현(柳河縣 : 류 허 현)이 비슷한 거리에 있었다. 통화현에서 삼원보로 오는 길은 산이 많 고 평야가 적어 결코 편한 길이 아니지만, 북쪽 유하현에서 삼원보로 오 는 길은 넓은 들이 펼쳐져 있었다.

안내인은 길림성 통화현 합니하를 따라 북쪽으로 방향을 잡아 갔다. 마록구가 나왔고, 곧이어 신개령이라는 커다란 준령을 넘었다.

그들이 마침내 도착한 곳은 영춘이었다. 박상진은 삼원보로 가기 전에 양제안이 일러준 대로 영춘에 잠깐 들러 하룻밤을 묵었다. 이곳에는 이상룡의 가족이 살고 있었던 것이다.

푸근한 인상의 안부인이 마치 어머니처럼 박상진을 따뜻하게 맞아주었다.

"어서 오세요. 선생님께서는 지금 삼원보에 있는 신흥강습소에 계십니다."

익히 알고 찾아온 그였다. 박상진은 깍듯하게 인사를 올렸다.

안부인은 정성스럽게 밥을 대접하면서 이 먼 곳으로까지 구국의 열정으로 기꺼이 찾아와 준 박상진에게 거듭해서 고마움을 표했다.

"올 4월에 경성 지역과 안동을 중심으로 경북 일원에서 모집한 이주민들이 처음 자리를 잡으면서 신한민촌을 건설했습니다."

안부인이 일러주는 그곳은 봉천성 유하현 삼원보 추가가(奉天省 柳河縣 三源堡 鄒家街 ; 봉천성은 1954년부터 요동성으로 개칭됨)였다.

"삼원보에 가시면 오라버니(김대락 : 金大洛)도 계시고, 집안 동생 김긍식(金肯植), 성재(이시영) 선생님도 계실 겁니다. 긍식은 이곳에서 이름을 동삼(東三)으로 바꾸었답니다."

박상진에게는 모두 스승 같은 분들이었다. 알고 보니 김대락 선생은 안부인의 오빠로, 이상룡 선생과는 처남 매부 사이였다.

이상룡 선생은 김동삼 · 류인식(柳仁植) 등과 대한협회 안동 지부를 조직(1905년)하여 협동학교를 설립해 후진을 양성하다가, 국권이 피탈되자 이곳으로 망명을 온 것이었다. 이름을 개명한 김동삼은 중국의 동북에 위치한 동삼성(東三省 : 길림성, 요령성, 흑룡강성)을 만주라고 부른다는 의미에서 동삼이라고 지었다고 했다.

내일이면 모두를 만날 수 있다는 기대감으로 하룻밤을 이상룡 선생 집에서 묵은 박상진은 다음 날, 삼원보를 향해 마차를 타고 길을 떠났다. 요지령을 넘으니 앞이 툭 트인 평야 지대가 펼쳐졌다.

마침내 박상진은 안내인과 함께 봉천성 유하현 삼원보 추가가에 도착했다. 추가가는 추씨 성을 가진 원주민이 모여 사는 두메산골이었다.

그는 안내인을 따라 신흥강습소로 발길을 향했다. 그곳은 삼원보에서 3, 4킬로미터 떨어진 곳이었다. 앞으로는 넓은 들과 멀리에서도 보이는 대고산이 자리 잡고 있고, 뒤쪽 소고산으로 연속해서 산들이 줄을 지어 있어서 유사시에 피신하기 좋은 곳이었다.

음력 8월인데 이곳에는 눈발이 흩날리고 있었다. 한국에서는 상상도 못 할 일이지만, 이곳에서는 흔히 있는 일이라고 안내인이 손짓 발짓으로 말했다. 이제 안내인과 헤어져야 할 시간이 되었다.

'그럼 선생님께서 하시고자 하는 일 잘 마치시고 편히 귀향하시길 바랍니다.'

안내인은 그런 뜻을 담고 두 손을 가슴에 모으고 박상진에게 허리를 깊이 숙여 인사했다. 박상진도 그가 잘 알아듣지도 못할 한국말로 인사를 전했다.

"수고했소. 무사히 단동으로 가길 바라오."

안내인은 마차를 타고 이미 어둑어둑해져 오는 길에서 총총히 사라졌다.

추가가마을에서 대고산으로 오르는 왼쪽 집들에는 이시영 여섯 형제가 살고 있었고, 오른쪽에는 석주 이상룡이 임시 거처로 쓰는 안동 유림의 집들이 있었다.

이상룡은 허위의 제자 박상진을 자식처럼 맞아주었다. 그 스승에 그 제자라고 모든 생각과 판단이 틀림없는 지사라고 생각하여 신흥강습소에 대해 세세하게 일러주었다.

"우당 이회영(友堂 李會榮) 일가가 쾌척한 돈으로 학교를 아주 어렵게 지었다네. 나라가 망해 망명한 이회영 일가의 재산이 곡마차로 열 차나 되었으니, 한족들이 생각하기에 망명한 사람이 이렇게 부잔가 싶었던 게지. 수상하게 여긴 원주민 한족이 유하현 경찰서에 고발했다네. 그래서 이회영, 나, 이동녕이 불려가 경찰에게 설명을 하는 상황이 벌어졌지."

"선생님께서는 중국 말이 통했습니까?"

박상진의 물음에 이상룡은 고개를 가로저었다.

"못하지. 하지만 한문으로 필답(筆答)은 할 수 있지 않았겠나. 여기에 온 목적을 묻기에 교육을 향상시키고 농사를 지어 독립운동을 하려고 왔다 설명했다네. 그게 계기가 되어 삼원보에서는 우리를 오히려 존경하더군."

하지만 현실적으로는 일본 군대가 들어올 것을 염려해서 원주민은 토지를 팔지 않으려고 했고, 수십 번이나 청원서를 공식적으로 신빈 자치현에 제출했지만 번번이 중국 당국으로부터 '토지 매매 불가'라는 답변을 들었다. 중국 정부가 이주한 지 10년이 되지 않으면 정식으로 귀화 입적을 할 수 없다는 등 한국인에 대해서는 아주 신중한 입장이라고 했다.

"돈을 가지고서도 땅을 살 수 없어서, 하는 수 없이 우당(이회영)이 총리대신 원세개(袁世凱 : 위안스카이)를 만나려고 북경으로 갔다네. 갑신정변에 고종이 납치되자 원세개는 청나라 사신으로 조선에 와 고종을 구출했고, 그때 이회영 집안과도 친분을 맺었지. 둘은 각별한 사이라서 우당이 북경까지 가서 원세개를 만나 담판을 짓고서야 이나마 땅을 구입할 수 있었다네."

이회영은 전 재산을 처분한 뒤, 망명을 주도하여 작년 추운 겨울에 가족과 하인들까지 60여 명에 달하는 대가족을 이끌고 이곳 삼원보에 정착했다. 그 집안이 처분한 재산은 40만 원(요즘 가치로 환산하면 600억 원)에 이르는 거금이었다. 그들이 두만강에서 배를 타고 건널 때 늙은 뱃사공한 테 원래 뱃삯의 두 배를 지불하면서 "일본 경찰이나 헌병에게 쫓기는 독 립투사가 돈이 없어 헤엄쳐 강을 건너려 하거든 우리를 생각하고 그 사람 들이 배로 건널 수 있도록 도와주시오"라고 했다는 일화는 유명하다.

이주민들은 1911년 5월 25일, 구국의 뜻을 모아 옥수수를 저장했던 허 름한 창고를 매입하여 '신(新)'을 취하고, 다시 일어나는 구국 투쟁의 의 미로 '흥(興)'을 취해 '신흥강습소(新興講習所)'를 설립했다. 망명객을 위한 첫 교육 시설이었다. 학교보다 등급이 낮은 강습소라고 이름 붙인 것은 토착민들의 의혹을 피하고자 함이었다.

박상진은 독립군 기지 삼원보에서 첫 밤을 맞았다. 단동, 사창, 관전현, 태평초, 사첨자, 항도촌, 통화현 등을 마차와 도보를 병행하면서 지나온 여정이 머리를 스쳐 지나갔다.

다음 날, 박상진이 대고산 쪽으로 오르자 산기슭에 자리 잡은 신흥강습 소가 나왔다.

초대 교장 이동녕이 반갑게 맞아주었다.

"박 선생, 먼 길 오시느라 수고가 많았습니다."

신흥강습소에는 박상진이 예상한 대로 독립지사들이 있었다. 만주와 연해주에서 활약하는 이상룡·김동삼·이시영 등이 수시로 방문하고 연 락하는 거점임을 실감할 수 있었다. 모두는 열악한 이주 환경에서도 각기 맡은 일을 해내며 바쁜 나날을 보내고 있었다.

강습소에서는 애국심에 불타는 40여 명의 청장년들이 구국이란 일념으 로 배움에 한창 열중하고 있었다. 그러나 강습소의 여건은 열악하기만 했 다. 하루에도 서너 번씩 하늘에서는 희끗희끗 눈발이 흩날렸다. 황량한 땅에 신흥강습소가 눈발에 휩싸이니 더욱 을씨년스러운 느낌이 들었다.

"이 강습소를 만들기 전, 올봄에 이주민 300여 명이 마을 뒤 대고산에서 천인대회를 열고, 새 땅에 정착했음을 하늘에 알리고, 조국의 독립을 기원했다네. 그 자리에서 전 이주민을 하나로 묶고 중국과의 공식 창구를 담당하는 역할을 하는 민난 조직을 만들자는 데 의견이 모아졌지."

설명은 이상룡이 했다.

"토지 개간과 농업 경영을 통한 경제적 자립을 위해 6월에 '경학사(耕學社)'를 조직했다네."

선생도 학생도 공부를 가르치며 배워가며 농장에서 고된 일도 했다. 재정 궁핍은 자연스레 따라오는 게 이주민의 삶이었다. 게다가 만주 토착민들과 지배계급인 군부 재벌의 배타적인 압력과 질시에 눈치를 봐가며 여간 조심하여 살지 않으면 안 되었다. 나라 없는 백성이 겪을 수밖에 없는 서러움이요, 처참한 현실이었다. 이주민들에게는 이제 이런 삶이 너무나 당연하게 받아들여졌다.

더구나 이곳에는 논이 없었다. 넓은 들판뿐인 이 지역에서 논농사를 짓기 위해서는 땅부터 개간해야 했다.

"한국인이 이주하고부터 처음으로 벼농사가 시작된 게야. 어찌 어려운 일이 아니었겠는가. 맷방석만 한 울로덩이를 걷어내야만 하는데, 거기에 버드나무 뿌리들이 땅속에 서로 뒤엉키어 있으니 버드나무까지 쳐내는 일이 여간 고역이 아니었다네. 겨우 땅을 고르고, 물을 대고, 비로소 논을 만들어 농사를 지었지만, 하늘이 우리를 돕지 않더군. 고향에서는 만석지기로 농기구를 만져보지도 못한 양반네들이 구국의 일념으로 논을 개간해서 살려고 몸부림을 쳤지만 농사는 실패였지."

잔뜩 엉켜 붙은 풀들을 울로초 혹은 울로덩이라고 했다. 이상룡의 눈가가 촉촉이 젖어들었다. 연장마저도 변변찮은 걸 보니 오죽이나 힘들었을까 싶었다.

듣고 있는 것만으로도 여간 죄송스럽지 않아 박상진은 자꾸만 고개가 수그러들었다.

"자네, 울고 있구먼."

이상룡은 자신도 모르게 흐르는 눈물을 감추느라 고개를 자꾸만 깊숙이 수그리는 박상진의 어깨를 가만히 쓰다듬어 주었다.

"그렇다네. 이국의 삶이 얼마나 힘든지 어찌 말로 다 할 수 있겠나. 겨울이 지나 해동이 되고 봄이 오니, 많은 사람이 풍토병으로 고생하다 더러는 죽기까지 했다네. 겨울에는 샘물이 얼어버려 눈을 녹여 먹었고, 봄에는 도랑물, 강물, 심지어 나무뿌리에 고인 물까지 먹어야 했으니 수토병에 걸렸지. 만주열이라고도 하는 수토병에 걸리면 약이 어디 있겠나. 먹는 것도 시원치 않은데 그저 민간요법에 의지할 수밖에 없으니 약도 제대로 써보지도 못하고 죽어갔다네."

그야말로 사는 게 비통함과 혹독함 그 자체였다.

신흥강습소 초대 교장 이동녕은 독립군 양성과 교포 교육에 전념하는 한편, 안동식·이윤옥·김창무 등과 함께 모여 주일마다 집에서 예배를 드리다가 삼원보교회를 세우기도 했다고 말했다.

"제가 할 수 있는 일이라면……"

박상진은 말끝을 채 맺지 못했다. 이 상황을 감히 어떻게 자신의 힘으로 도울 것인가. 정말 아무것도 아닌 자신이 말이다.

"지금 모금이 가장 시급하다네. 이곳에서도 비상수단으로 고향으로 사람을 보내 전답을 처분한 돈을 가지고 오기도 하지만, 거국적인 힘이 모아지지 않으면 독립운동의 성공은 기대하기 어려운 상황이라네. 교육도 시켜야 하고 무기 구입도 해야 하는데, 농사는 망치고 토착민의 감시와 질시로 경제활동은 안 되고 있으니……"

박상진은 마치 하늘에서 자신이 해야 할 일을 알려주는 듯한 느낌을 받았다. 비록 신흥강습소에 있는 우국지사들의 입을 빌려 나온 말이지만, 그 말은 계시처럼 들렸다.

'군자금을 모아야 한다. 메마른 땅에 물을 대주는 것처럼, 죽어가는 사

람에게 피를 나눠주는 것처럼 자금줄을 찾아 이곳에 공급해야 한다.'

박상진의 뇌리를 떠나지 않는 말은 단 하나였다. 그것은 바로 '구국(救國)을 위한 자금(資金)'이었다. 국내에서 자금을 모아 이곳으로 보내는 일이 바로 그가 당장 해야 할 일이었다.

그는 비록 며칠 동안이지만 안동 유림의 집에 머무르면서 신흥강습소를 체험했다. 이회영 여섯 형제를 비롯하여 이상룡·김동삼 등 신흥강습소 일을 맡은 여러 우국지사에게서 많은 이야기를 직접 보고 들으며 체험하는 소중한 시간을 가졌다.

스승의 가족과 재회하다

이번 여행의 목적지는 신민회가 중심이 되어 간도에 세운 독립군 기지 삼원보(三源堡)였다. 그는 이제 이곳에 온 목적을 충분히 달성했다. 그런데 이곳에서 그는 정말 반가운 소식을 듣게 되었다. 그것은 뜻밖의 수확이었다. 바로 스승 일가족에 대한 소식이었다.

우국지사들은 허위의 제자가 이곳에 왔다는 소식을 듣고서, 한일합방 이전부터 일제의 감시에 견디다 못한 스승의 가족이 이미 이곳 만주로 망명했다는 소식을 전해주었다.

"성산(허겸)께서 왕산의 가족을 모두 데리고 오셨소."

박상진은 너무 놀랐다. 이 먼 곳에서도 스승은 제자의 발길을 비추고 있었다.

"제가 성산 선생께 안내해드리지요."

스승의 가족과 만나도록 수고해준 안동 사람은 그도 유림으로서 잠시 동안 허겸에게서 배운 적이 있다고 말했다.

드디어 박상진은 스승의 가족과 만났다. 한동안 서로를 부둥켜 안고 울었다. 겨우 마음을 진정하고 그는 스승의 가족과 여러 신한촌 지사들에게 말해주었다.

"일제의 방해는 있었지만 스승님의 장례는 무사히 치렀습니다."

"수고가 많았네. 자네 스승께서 희생당한 뒤 우리 가족은 의병장 집안으로 낙인찍혀 헌병과 밀정의 감시에 극심하게 시달렸다네. 견디다 못해 우리는 이곳으로 왔다네."

"그동안 왕산 가족들이 겪은 고초는 보지 않고도 훤히 알 만한 일이지."

곁에 앉은 우국지사들이 말했다. 그들 역시 비슷한 이유로 이곳으로 온 터였다.

아버지의 회갑연만 아니라면 스승 가족들과 더 많은 시간을 나누었으면 좋으련만, 더는 지체할 수 없었다. 박상진은 스승의 마지막 모습을 우국지사들에게 말했다.

"주무시는 것처럼 평온한 얼굴이셨습니다."

"큰일을 하셨습니다. 이렇게 먼 길까지 와서 우리를 돕겠다고 하시니 뭐라고 위로와 감사를 드려야 할지 모르겠습니다."

"저는 스승님의 뜻을 살려 나라를 되찾는 그날이 올 때까지 목숨을 다 바칠 생각입니다."

모두들 박상진을 무한히 신뢰했다.

"이 난세에 한 목숨도 부지하기 어려운데 의인으로 산다는 것은 언제든지 목숨을 내놓고 살아야 함을 의미하오."

온 가족이 의병장으로, 독립운동가로 투신하고 있는 이 집안의 고초를 그 누가 알랴. 지금도 조선에서는 친일 세력과 간신배와 기회주의자 지식인들이 자신의 영달만을 위해 스스럼없이 살아가고 있는데, 간도로 이주한 이 많은 우국지사와 가족이 당하고 있는 고통을 그들이 감히 어떻게 알랴. 아마 한국 백성을 무심하게 지켜보는 하늘만이 이 모든 일을 아실 것이다.

박상진은 스승의 일가와 조우하고, 아쉬움을 뒤로한 채 삼원보를 떠났다.

떠나기 하루 전, 박상진은 이상룡·이시영·이회영·김동삼·김대락·류인식 등 여러 우국지사와 함께 빙 둘러앉아 앞으로 할 일을 논의했다.

이회영이 말했다.

"이주민의 입적과 토지 매매 문제가 어느 정도 해결이 되어서 지난 7월에 합니하에서 신흥무관학교 낙성식을 했습니다. 우리가 속히 독립군을 양성해서 일본군의 간담을 서늘하게 하려면, 가장 시급한 문제가 자금입니다. 고헌이 도와주시오."

"네. 힘껏 돕겠습니다."

박상진은 그들에게 약속했다. 신흥강습소나 경학사를 세울 수 있었던 것은 이회영 형제들이 가산을 정리한 돈을 쾌척하고, 여기에 앉아 있는 지사들이 적극적인 도움과 노력을 아끼지 않은 결과였다.

"만주 이민 사업도 적극적으로 추진해야 할 것입니다. 이곳에 사람이 있어야지 무관을 양성할 테고 여러 가지 독립운동을 할 수 있을 것입니다."

그들은 모두 동의했다.

"군자금 모금과 만주 이민 계획을 차질 없이 해서 이주민을 확보해야 합니다. 국내외에서 조선인이 일본에 저항하는 방법은 교육과 계몽, 군사 훈련 등 신민회의 맥락을 이어가는 것입니다."

박상진은 굳게 약속했다.

"귀국하는 대로 우국지사를 모아 군자금 지원과 만주 이주를 독려하겠습니다. 힘닿는 데까지 해보겠습니다."

"고맙소. 이렇게 열의를 가지고 이곳까지 찾아와 돕겠다고 하시니, 박 선생은 역시 왕산의 수제자입니다."

뜻이 통하는 사람들과는 별다른 말을 늘어놓지 않아도 마음과 마음이 열려 있어 서로 진심을 알 수 있다. 박상진을 아끼는 그들은 진정으로 그를 격려하며 칭찬했다.

삼원보를 떠나기 전 가을밤, 하늘에는 보름달이 둥실 떠 있었다. 그의 시린 마음이 투영되어 그런지 한월(寒月)이다. 황량한 만주의 산기슭에 자리 잡은 신흥강습소. 박상진은 울분과 비통, 그리고 앞날에 대한 묘한 기대와 흥분이 교차되어 좀처럼 잠을 이루지 못했다.

'앞으로 가야 할 이 길을 잘 갈 수 있을까……. 용기를 잃지 말아야지, 어떤 모진 고통이 닥치더라도 이곳에서 일하시는 저 우국지사들처럼.'

다음 날 박상진은 지사들과 일일이 악수를 나누었다.

"안녕히 계십시오."

"부디 건강하시오. 무사히 잘 돌아가시오."

서로의 마음은 비통한 가운데 오직 독립을 위한 희망으로 삶의 의지를 불태우고 있었다.

연해주에서 만난 우국지사들

　박상진은 다시 장도에 올랐다. 이번에는 수행원도 없이 혼자 발길이 닿는 대로 가볼 심산이었다. 아버지의 회갑연 며칠 전에만 도착하면 된다. 그는 유하현을 거쳐 해룡현에서 길림 쪽으로 가려 했으나, 만약 큰 눈이라도 만나면 여간 힘들 것 같지 않았다. 그래서 발길을 돌려 일단 장춘(長春：창춘)으로 가서 장춘에서 철도를 이용해 하얼빈으로 갔다.

　하얼빈 역에서 박상진의 가슴은 두근거렸다. 이토 히로부미를 사살한 안중근의 거사 현장에 서 있다는 사실만으로도 통쾌한 기분이 들었다. 그러나 곧이어 찾아온 서글픔이라니…….

　'스물일곱에 뜻을 이룬 안중근. 그러나 사람이 사람을 죽여야 하는 이 더러운 세상. 내 어릴 적에는 한 번도 꿈조차 꾸지 못했던 일이다. 청운의 꿈을 안고 배움의 길을 나섰던 내가 신학문을 익혀 그 학문을 바탕으로 한평생 직업인으로 살 줄 알았는데, 이젠 나라를 되찾기 위해 전사(戰士)가 되어가는구나. 아, 아! 조국을 잃은 비통함이여!'

　발길이 닿는 곳마다 서글픔이 묻어났다. 낯선 풍경을 대할 때마다 마치 앞으로 그가 헤쳐나가야 하는 낯선 인생길인 것처럼 스산했다.

　박상진은 하얼빈에서 동청철도를 이용해 러시아의 니콜스크―우수리

박상진의 중국 여행(활동)

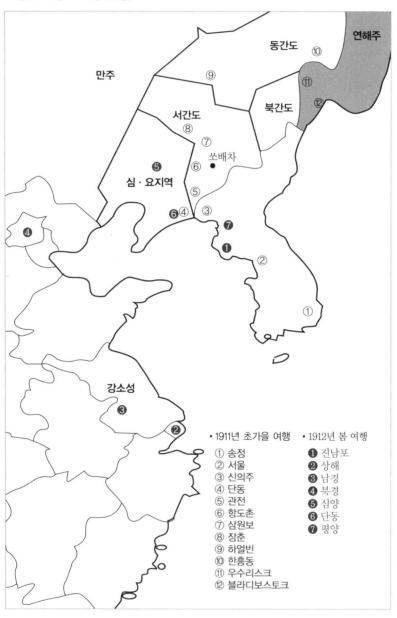

만주

동간도 ⑩ 연해주

⑨

서간도

⑪

북간도

⑧

⑫

⑦

쏘배차 ●

⑤

⑥

심 · 요지역

⑤

⑥④ ③

❼

❶

④

②

①

강소성

❸

❷

• 1911년 초가을 여행

① 송정
② 서울
③ 신의주
④ 단동
⑤ 관전
⑥ 항도촌
⑦ 삼원보
⑧ 장춘
⑨ 하얼빈
⑩ 한흥동
⑪ 우수리스크
⑫ 블라디보스토크

• 1912년 봄 여행

❶ 진남포
❷ 상해
❸ 남경
❹ 북경
❺ 심양
❻ 단동
❼ 평양

스크로 향했다. 우수리스크에는 양정토론회에서 만나 친분 관계를 유지하던 보성학교 출신 동암 서상일(東菴 徐相日)의 형 서상규(徐相奎)가 자리 잡고 있었기 때문이다.

기차는 자리도 넓고 손님도 별로 없어 쾌적했다. 그는 드넓은 벌판을 가로지르는 기차에 앉아 깊은 생각에 잠겼다. 지난 5월에 청나라는 철도 국유령을 발표하여 그때까지 민영으로 운영하던 철도를 담보로 해서 열강으로부터 거액의 자금을 빌려 재정난을 타개하려고 했다. 하지만 전국적인 반대 운동이 일어나더니 결국에는 사천(四川 : 쓰촨)에서 대규모 무력 봉기까지 일어나고 말았다. 나라의 국운마저 돈이 좌지우지하는 세상이다. 그는 국민의 지지가 없는 정치는 모래 위에 집을 짓는 것과도 같다고 느꼈다.

박상진은 우수리스크에 도착해 서상규를 만나러 갔다. 하지만 서상규가 멀리 출타하고 없었기 때문에 만나지 못했다.

그래서 그는 발길을 돌려 밀산부 봉밀산(密山府 蜂密山)에 위치한 한흥동(韓興洞)으로 갔다. 그곳에서 그는 대계 이승희(大溪 李承熙)와 부재 이상설(溥齋 李相卨) 두 사람을 만났다.

"고헌, 참으로 먼 길을 왔소이다."

대계와 부재는 박상진을 반갑게 맞아주었다.

스승 허위는 한때 이승희의 부친인 성리학자 한주 이진상(寒洲 李震相)에게서 배운 바가 있었고, 이상설은 허위와 함께 금산의진에 의병으로 참여한 바 있었기에 구국이란 명제 아래 세 사람은 금세 마음이 합해졌다.

박상진은 한흥동에 머물면서 대동청년단에서 활동했던 동갑내기 서세충과 경기도 용인에서 명륜학교를 설립(1906년)한 20년 손위인 맹보순(孟輔淳) 등도 만나 구국의 의지를 다졌다.

100여 가구의 한인들이 마을을 건설하여 한국을 부흥시킨다는 의미로 한흥동(韓興洞)이라 이름을 지었고, 한민학교(韓民學校)를 세우는 한편

민약(民約)도 실시하고 있었다.

　박상진은 다시 목단강을 건너 국경도시 포그라니치나야를 지나 남쪽으로 가서 내친김에 블라디보스토크까지 갔다. 블라디보스토크에는 조선인들로만 이루어진 거리가 있다고 했다.

　"우리도 함께 가지."

　이승희와 이상설도 블라디보스토크까지 동행했다. 그들은 그곳에서 〈해조신문〉을 발행하면서, 러시아령인 연해주와 가까운 지역을 돌아다니며 항일운동을 하고 있었다.

　푸근하고 친밀감이 도는 자리에서 콧수염을 기른 신사 이상설이 말했다.

　"헤이그 특사로 파견된 일은 실패했고, 이준 검사마저 갑자기 사망하니 눈앞이 캄캄해지더군요. 이위종 군과 함께 유럽 여러 나라를 다니면서 한일합병의 부당성을 설득하다가 우린 러시아에서 헤어졌소. 나는 미행하는 일본 자객을 따돌리고 중동철도(동청철도)에 몸을 싣고서 대계 선생님의 제자가 되려고 이곳으로 왔소."

　이상설은 한 살 많은 이동녕과 형제처럼 지냈다고도 했다. 이동녕도 이듬해 초에 일제 형사대가 파견되었으니 피하라는 연락을 받고서 급히 이곳 블라디보스토크로 와서 〈해조신문〉을 돕게 된다.

　박상진은 마음 같아서는 내친김에 러시아 최초의 한인 마을인 지신허와 가까운 연추(煙秋) 지역까지 돌아보고 싶었다. 연추는 러시아와 북한의 접경지대였다. 또한 안중근이 동의회와 단지동맹을 결성(1908년)한 곳이기도 하다. 하지만 아버지의 회갑연 날짜가 바짝 임박해 옴을 느끼고 장도의 길을 접을 수밖에 없었다. 그는 이번 여행을 통해 자신이 이 난세에 무엇을 해야 할지 아주 명확해졌다.

　박상진이 노루골로 발걸음을 되돌린 것은 장도에 오른 지 달포가 훌쩍 지나서였다.

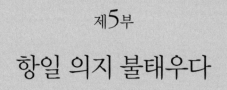

제5부

항일 의지 불태우다

경천어동지회敬天語同志會를 만들다

더부룩한 수염에 때 이른 두툼한 솜옷을 입고 털모자까지 쓴 박상진은 어둑어둑해지기 시작하는 녹동으로 접어들었다. 집집마다 일찍 저녁상을 물리고 호롱불 심지를 돋울 때다. 가을의 풀벌레 소리가 구슬프게 들려왔다.

박상진은 숫을지붕을 보자, 그제야 아내 영백과 두 아이가 가슴속으로 파고들었다. 안채부터 들르고 싶었지만, 발길은 사랑채 앞에서 멈추어졌다. 헛기침을 두어 번 했다. 행랑아범이 인기척에 놀라 얼른 달려와서 "어이구, 무사히 오셨능교?" 하며 절을 했다. 이내 아버지가 장지문을 열고 밖을 내다보았다. 늘 귀를 기울이며 아들이 무사히 돌아오길 기다린 모양이었다.

"왔구나."

박상진은 방 안으로 들어가 큰절을 올렸다.

"무사히 귀국해서 다행이로구나. 시장하지?"

"아닙니다. 요기를 하고 오는 길입니다."

이역만리에 떨어져 바쁘게 사람들을 만나고 다녔지만 그 마음속으로 늘 가족이 그리웠을 것이다. 아버지는 아들이 타지에서 겪었을 고생을 지금 앞에 앉아 있는 초췌한 모습을 봐서 짐작할 수 있었다. 아들이 어서 가족을 만나 쉴 수 있도록 했다.

"피곤할 테니 들어가 쉬도록 해라."

"네."

박상진은 만주 여행을 아버지께 소상하게 말씀드린 다음, 혹시라도 회갑연을 완강히 사양할지 모르니 은밀한 계획을 알려드리는 게 좋겠다는 생각이 들었다.

"아버님께서는 회갑연을 안 하시겠다고 말씀하셨지만, 이번에 꼭 대연을 베푸셔야 합니다. 그래야만 일경의 눈을 피해 그날 동지들을 한꺼번에 모을 수 있기 때문입니다."

박상진에게는 아버지의 회갑연이야말로 아들 된 도리를 하면서도 동지들을 규합할 좋은 기회였다. 이것은 오래전부터 계획한 일이었다.

"그렇기 때문에 아버님의 회갑연은 더욱더 필요한 것입니다."

아버지는 마침내 선선히 허락을 했다.

"하는 수 없구나. 회갑연을 열도록 하자."

"네, 아버지."

사랑에서 물러 나온 박상진은 마당에서 심호흡을 했다.

'이제부터 시작이다.'

그는 천천히 안채로 향했다.

아내 영백은 몰라보게 수척해진 남편을 보니 그동안 혼자서 집안의 안주인 노릇하느라 힘들었던 일은 다 잊히고 남편이 무사하다는 사실만이 감사할 따름이었다. 박상진은 아내의 고운 얼굴에 흐르는 눈물을 가만히 닦아주며 말했다.

"나도 보고 싶었소. 모든 게 불편했지만 당신과 두 아이를 생각하면서 잠자리가 불편해도, 먹을 것이 마땅치 않아도 견뎠소. 우리 아이들이 내 나이일 때는 조선이 떳떳한 독립국이 되어야만 하오."

두 살이 많은 누이 같은 영백에게 상진은 그 누구에게도 하지 못했던 심중의 말을 토로했다.

"고생했어요. 무사히 돌아오셨으니 다행입니다. 이젠 마음 놓고 편히 쉬세요."

벌써 경중은 열한 살, 창남은 여덟 살이다. 두 아이와 아버지는 오랜만에 함께 뒹굴었다. 마당 한가운데에 있는 감나무 가지를 꺾어 칼싸움도 하고, 나뭇가지를 들고서 권총인 양 탕 탕 소리를 내가며 까르르 웃어댔다. 모처럼 시름없는 웃음이 집 안에서 터져 나왔다.

최영백은 남편이 좋아하는 별미를 만들었다. 남편은 특히 칼국수를 좋아했다. 밀가루에 생콩 가루를 섞어 반죽을 해서 밀대로 밀었다. 면발이 얇게 밀리면, 가느다랗게 송송 썰었다. 멸치와 다시마를 우려낸 국물이 펄펄 끓을 때, 국수를 집어넣고 휘저었다. 영백의 콧잔등에는 땀방울이 송글송글 맺혔다. 그래도 남편이 맛있게 먹을 생각을 하면 즐겁기만 했다. 잘 익힌 국간장으로 간을 맞추고, 고추장에 묻어놓았던 빨간 무장아찌를 채 썰고, 달걀노른자로 지단을 만들고, 실고추, 채 썬 홍당무, 부추를 고명으로 얹어 올리면 예쁜 손칼국수가 만들어졌다.

최영백은 남편이 맛있게 먹는 모습을 보니 그동안의 마음 졸임이 일시에 달아나는 듯했다. 아이 둘은 이때 먹었던 칼국수가 가장 맛있었다고 두고두고 말하곤 했다.

박상진은 귀국 후 얼마 동안은 아버지의 회갑연 준비로 바쁘게 지냈다. 초대장을 보내고, 장보기와 음식 준비를 아내에게 맡기고, 원거리 손님들의 숙박 문제 등등을 생부와 형제들과 상의했다.

그는 오랜만에 집안의 장자로서 제자리를 `찾았다. 집안은 활기에 넘쳤고, 두 아버지도 기분이 여간 좋은 게 아닌 모양으로 웃음이 가득 번졌다. 온 집안은 맏이가 낯선 만리타국에서 긴 여정을 무사히 마치고 돌아온 끝이기에 기쁨이 더했다.

박상진은 친지들과 어른들의 친구들을 빠짐없이 초대했다. 초대 글은 가까운 곳은 동생들과 집안의 하인 등 인편으로 전했고, 먼 곳은 우편으로 보냈다. 그리고 동지들 역시 회갑연을 빙자해 모일 수 있도록 긴밀히 연락했다.

어느 날 밀양에 사는 소눌 노상직(小訥 盧相稷)에게서 편지 한 통이 왔다.

노형(老兄)의 생신이 다가오니 돌아가신 부모께 효도를 다하지 못한 슬픔이 떠오르고 감정이 배가 되어 억제하기 어려운 듯합니다. (중략)

형은 해상(海上 : 단동현이나 밀산부 한흥동으로 추정)에 머무르고 큰아이는 벼를 점검하고 있으며 하산(夏山 : 창녕)의 작은아이는 그곳으로 갈 것입니다.

병든 몸이 자못 뒤뚱뒤뚱 거립니다. 동생 되시는 분이 서울에서 돌아오는 길에 이 고을을 거쳐 가셨는데 늘 만나지 못했습니다. 지난겨울에는 대구에서 체류하고 있었는데 또 만나지 못했으므로 안타깝습니다. 여아(女兒)는 또 건강한 사내아이를 낳았으니 가상합니다. 삼가 절을 올립니다.

신해(辛亥 : 1911년) 9월 24일. 사제(査弟 : 사돈) 노상직(盧相稷)은 절하고 절합니다.

소눌 노상직과 대눌 노상익(大訥 盧相益) 형제는 우국지사였다. 소눌은 부친과 형을 따라 김해부사인 성재 허전의 문하에서 수학했다. 그러니 박상진의 집안과 스승 허위 집안과 소눌 집안은 학통을 통해서도 같이 연결되어 일찍부터 교유가 있어왔던 것이다.

노루골(녹동)이 관문성 한길에서 한 걸음 비켜난 한갓진 마을이다 보니 잔칫날은 마치 장시가 열린 듯 시끌벅적했다. 오가는 사람들 때문에 더욱 분주해진 것은 부인네들만이 아니었다. 외지 사람들에게 호기심 어린 눈망울을 굴리는 동네 아이들, 이웃집 개들도 꼬리를 흔들며 온 동네를 쏘다녔다.

최영백은 찬모들과 함께 햅쌀로 정성껏 떡을 빚었다. 녹두 속을 넣어 송편을 빚고, 모시 잎을 따서 모시떡을 만들고, 소나무 껍질을 벗겨 송기떡도 만들었다. 모두 회갑연에 쓰려고 봄부터 마련한 것들이다. 경단에는 노란 콩고물을 입혔다. 봄에 따다 말려놓은 진달래 잎, 가을에 딴 햇국화로 화전을 붙이기도 했다. 고사리 나물, 호박 나물, 콩나물을 만들어놓고, 생선도 굽고, 남정네들이 직접 잡은 돼지로 수육도 만들어놓으니, 잔치 준비는 다 끝나가고 있었다. 구수한 냄새가 집 안을 가득 메웠다.

둘만의 시간이 되었을 때, 상진은 아내의 등도 주물러주고 피곤이 풀리도록 발도 주물러주고 손도 매만져 주었다.

"괜찮아요."

영백은 수줍게 웃었다. 박상진은 그저 흐뭇하게 아내를 바라보며 등을 토닥여주었다.

연회는 대성황이었다. 친지들은 잠시나마 나라 잃은 슬픔을 뒤로하고 교리공 박시룡의 축수를 기원하며 덕담을 나누었다.

연회석과 달리 별채에 마련한 은밀한 자리에는 저녁이 다 되어서야 동지들이 하나둘씩 모여들기 시작했다. 노복은 새로 보는 사람을 한눈에 알아보고서는 한갓진 별채로 재빨리 안내했다. 누가 달리 알려준 적도 없는데 그들도 알아서 별석에 자리를 차지하고 앉았다. 워낙 일경의 감시가 심한 때이고 은밀한 만남인지라, 이런 일에 익숙한 그들이었다. 박상진은 아주 가까운 동지 몇 사람에게만 은밀히 서신을 보냈는데, 어느새 동지들은 각처에서 모여 벌써 서른여 명이나 되었다.

"저는 경북 의성에서 왔습니다."

주로 경주와 비교적 가까운 경산·대구·김천·상주·문경·포항·영
덕·평해·밀양·양산·김해·진주·사천 등지에서 왔지만, 더러는 먼
곳에서 온 사람도 있었다.
　"저는 충청북도 제천에서 왔습니다."
　"저는 광주에서 왔습지요."
　서로들 반갑게 인사를 나누며 탈 없이 그동안의 안부를 확인했다. 음식
을 먹으며 이야기를 나누었다. 누가 봐도 의심을 품지 않을 정도로 떠들
썩하게 잔칫집 분위기를 내며 술잔을 주고받았다.
　술이 순배를 돌면서 박상진은 만주 이야기로 자연스레 화제를 옮겼다.
마침 중국 여행을 마치고 돌아온 직후였으므로 그의 말은 진지했다.
　밤이 이슥해졌다. 이미 돌아갈 사람은 돌아가고 며칠을 유해야 할 사람
은 다른 방과 인근에 있는 일가 집으로 안내를 받았다. 친척들이 모인 안
채나 떠들썩할 뿐, 노복과 동생들에게 미리 지시한 대로 출입을 통제한
별채 근처에는 사람의 왕래가 없었다. 기다림 끝에 가진 자신들만의 시간
이었다.
　박상진은 신흥강습소와 그곳에서 만난 독립지사들을 소개해주며 그곳
의 사정을 말하기 시작했다.
　"가장 시급한 문제가 독립군을 양성하는 일입니다. 그러기 위해서는
사람과 교육 시설과 재정이 필요합니다. 먼저 해야 할 일은 이주민 사업
이지요. 특히 부호들의 이주를 꼭 실현시켜야 합니다. 부호의 재산으로
토지를 구입해 농사를 짓고, 소득 중의 일부를 기부받는다면, 재산은 재
산대로 보존하면서 안정적으로 군자금을 조달할 수 있을 것입니다. 그리
고 이주한 사람들로 하여금 군사훈련을 받게 한 다음, 그 광활한 평야 지
대에서 농지를 개간하게 해 평소에는 농사를 지으며 생활하고 있다가 유
사시에는 독립군으로 편성할 계획입니다. 중국에서는 신해혁명도 일어났
고, 국제 정세가 우리에게 유리하게 흐르고 있는 듯합니다. 조만간 신해

혁명의 현장을 보러 중국으로 가려고 합니다. 다녀와서 여러 동지에게 고스란히 전달해드리겠습니다. 아무튼 우리 조선인이 힘을 모아, 간도에서 국내로 진공하는 한편 국내에서도 때맞춰 독립군과 호응한다면 빼앗긴 나라를 되찾는 일도 불가능한 일이 아닐 것입니다."

박상진은 신해혁명이 가진 의미와 앞으로의 정세에 대해 나름대로의 견해도 힘주어 말했다.

"우리 한국 사람도 합심해서 노력하면 신해혁명 같은 것도 가능할 것입니다."

처음에는 호기심으로 반신반의하던 이들이 나중에는 가슴 벅찬 희망으로 눈빛마저 달라져 가고 있었다. 모두가 시간 가는 줄도 모르고 그의 말에 귀를 기울였다. 어떤 동지는 나라의 처지를 탄식했고, 어떤 동지는 치밀어 오르는 울분에 가슴을 치기도 했다. 밤을 지새우면서 누가 먼저랄 것도 없이 이대로 가만히 앉아 있을 수만은 없다는 생각을 공유하기 시작했다.

"시작이 반이라고 우리도 해봅시다."

열기를 더해가면서 서간도에 이어 북간도와 연해주로 무대를 옮겨가며 이야기는 계속되었다. 동이 틀 무렵에야 비로소 은밀한 이야기는 끝이 났다. 노복들도 밤을 지새우면서 꼼짝도 않은 채 별채를 지켰다. 모두 이심전심 한마음이 되었다.

"그럽시다. 저도 언제까지 숨어 지내며 무위도식할 수 없습니다."

"저도 동감하오."

"이제부터 우리가 해야 할 일이 생긴 것 같소."

비록 지금은 막연하지만 암흑과 같은 현실에서 구국의 희망을 갖는 것만으로도 모두의 가슴이 설레었다. 다들 잠자리에 들었지만 잠은 쉬이 오지 않았다. 희망적인 이야기를 나누었지만, 일제의 억압과 모진 앞날을 생각하면 또다시 엄습해오는 암울함이 마음을 짓눌렀다. 가는 코 고는 소리, 몸을 뒤척이는 소리, 여기저기에서 낮은 신음 소리와 한숨이 별채에 뒤섞였다.

잠깐 눈을 붙이고 나니 어느새 해는 중천이다. 별채에 머무는 손님들은 안주인 최영백이 손수 끓인 시원한 된장국에 늦은 아침을 먹고 다시 목소리를 낮추어 만주 이민을 추진하기 위한 여러 방법을 의논했다. 잠은 설쳤지만 어제 이야기에 고무되었음일까, 부숭부숭한 얼굴에는 걱정보다 희망이 일렁였다. 얼굴 표정부터 어두움이 걷혔다. 그리고 여기저기에서 실현 가능한 계획이 나오기 시작했다.

"우선 평소 의기를 보이는 인물들의 명단을 작성한 뒤 개인별로 접근하기로 합시다."

"글쎄요. 그건 적극적인 인물을 확보한다는 이점은 있지만, 그 범위가 너무 한정되는 건 아닐지요?"

박상진은 오랫동안 생각해왔던 의견을 좌중에 내놓았다.

"적극적인 방법이 있긴 합니다. 본시 모든 일은 자연스럽게 흘러가야 합니다. 자연의 이치를 거스르는 대표적인 논리가 바로 강대국이 주장하는 진화론입니다. 일제가 조선을 강압적으로 강탈하게 된 것도 모두 자연의 이치를 거스른 겁니다. 제가 생각한 자연스런 방법은 유세대(遊說隊)를 운영하는 겁니다. 전국 방방곡곡을 돌아다니며 만주 이민을 설명하고 설득하는 것입니다. 물론 드러내 놓고 유세를 할 순 없겠지요. 그러자면 보부상으로 가장해서 사람들과 자연스럽게 접촉할 수 있는 장시를 이용한다면 어떨까 싶습니다."

"호오…… 아주 좋은 방법이로군요."

박상진은 고개를 끄덕이며 구체적인 방안을 제시했다.

"유세대는 되도록 많은 사람을 모을 수 있는 방법이지요. 그러니까 보부상으로 가장한 유세대가 양호필(羊毫筆 : 양털로 촉을 만든 붓), 비룡풍무(飛龍風舞) 같은 육각묵(六角墨), 여러 종류의 담뱃대, 옥(玉)물찌, 웅

담(熊膽), 생부자 등등 사람들에게 인기 있는 상품을 판매하는 겁니다."

"비단이나 안동 모시도 좋겠고, 한지도 좋겠소."

"아녀자들이 좋아하는 골무나 비녀도 손쉽게 접근하는 수단이 될 것이오."

박상진은 자연스레 토론을 이끌어나가게 되었다.

"그럼 유세대에는 모두 이의가 없군요. 그렇다면 우리끼리 비밀을 지켜야 할 텐데 우리만 사용하는 암호를 만들면 어떻겠소?"

"아주 좋은 생각입니다. 자연스러워야 일이 술술 잘 풀릴 것이오. 그러니 자연에서 암호를 따오는 게 어떨까 하는 생각입니다. 동지들끼리 서로 알아볼 수 있도록 모든 사물에까지 경어를 사용하는 겁니다. 가령, '비가 오신다', '바람이 부신다', '구름이 흐리시다'라는 표현을 하는 겁니다."

누군가 무릎을 탁 쳤다.

"하! 기가 막힌 발상입니다. '노루가 뛰십니다', '토끼 눈이 빨가십니다', '거북이가 기어가십니다', '나무가 크십니다'. 하하! 모든 자연에 경어를 쓴다고 생각하니 갑자기 인격이 고매한 사람이라도 된 기분이 듭니다."

모두들 빙그레 웃었다. 동지들은 스스로를 '경천어회인(敬天語會人)' 또는 '경천어주의자(敬天語主義者)'라고 부르는 게 옳다고 말했다.

박상진은 회합의 결론을 내렸다.

"그러면 우리 모두는 경천어동지회(敬天語同志會) 회원입니다."

회갑연에서 뿔뿔이 흩어진 동지들은 보부상으로 가장한 유세대가 되어 계획대로 활동을 시작했다. 사람들이 모이는 장시로 가서, 먼저 "요즘 남만주가 살만 하다고 하더라"라는 이야기를 하고, 관심을 보이는 사람들에게는 "무엇보다도 왜놈에게 당하는 괴로움이 없다"라고 하며 접근했다. 이후 개별적인 접촉을 한 뒤 사람을 설득해 만주 이민으로 이끌었다.

하지만 실제 부딪히는 어려움은 한두 가지가 아니었다. 신출내기 장꾼들에 대한 장터 토박이들의 텃세는 약과였다. 자산가나 명망가들을 찾아갔다가 더러는 동지들을 당국에 밀고하려는 조짐도 보여 여간 조심하지 않으면 안 되었다. 또한 곳곳에 항일을 막으려는 일제 앞잡이들의 번뜩이는 눈을 피하기가 보통 어려운 게 아니었다. 때로는 무슨 대단한 벼슬인 양 으스대는 헌병 보조원들에게 끌려가 경을 치기도 했다. 하지만 저들도 "만주가 살기 괜찮다더라"란 말만으로는 딱히 어쩔 수 없는 터였다.

동지들이 유세대 활동을 하는 한편, 박상진은 경성에서 발간되는 신문에 만주 사정을 보다 좋게 보도해줄 것을 여러 경로를 통해 부탁하면서 동지들을 직간접으로 지원했다.

시간이 지날수록 만주 이민 사업의 성과가 차츰 눈에 보이기 시작했다.

신민회가 1912년 데라우치 마사타케 총독 모의 사건에 관련되어 회원들이 투옥되거나 망명하여 자연히 해산되자, 지하로 숨어든 회원들 중에 경천어동지회의 입소문을 듣고 가담하는 경우도 있었다.

경천어동지회는 회칙도 없고, 집회 장소도 없으며, 회의 사상적인 근거도 뚜렷하게 없었다. 박상진은 자연스레 동지들로부터 신임을 얻었고, 그리하여 그를 통해 모든 일이 의논되고 승인되었으므로 그 자신도 모르는 사이, 너무나 자연스럽게 그는 경천어동지회의 대표가 되어 있었다.

경천어동지회 사람들은 박상진을 '박 선생'이라고 불렀다. 그리고 맏아들 박상진의 일을 도와주려고 사재를 턴 두 아버지의 덕분으로 그는 구휼 사업을 하는 동시에 부호를 모아들이고 만주 이주민 사업도 함께 해나감으로써 만주에 망명한 독립지사들뿐만 아니라 스러진 나라에 통분하는 대중에게 희망을 주는 구국 운동의 주역이 되어갔다.

당시 총독부의 자료에 의하면 1912년 1월부터 9월 말까지 경북 각지에서 만주로 이민한 이민의 총수는 3225명으로 집계되어 있다. 이런 경향은 처음에는 안동에서 시작하여 점점 남쪽으로 이동해갔다. 특히 경주 군내에서 같은 기간 동안 이민자 수가 983명에 달했다. 경천어회 동지들의 노력이 상당한 성과를 거두었다고 보아도 무방할 것이다.

그리고 당시 간도 지방으로 이주하는 뜨거운 열기에 관한 기사가 당대 신문에서 다수 발견된다. 또 다른 일제 측의 기록에 의하면, 1911년까지 5만 7천여 명이던 남북 만주 이주민이 1912년에는 23만 8천여 명으로 급증했는데, 그 원인으로 1910~1911년 사이에 농사가 시원치 않았던 점과 한일합병에 불평을 품은 계급의 선동과 교사를 들고 있어, 이러한 기록들은 경천어동지회의 활동을 뒷받침해주고 있다.

상해上海를 다녀오다

　1912년 아주 이른 봄, 박상진은 신해혁명의 핵심 지역인 상해에서 혁명의 현장을 참관하려고 여행을 서둘렀다. 상해는 정치 · 외교 · 군사 · 경제 면에서 혁명 세력의 중요한 거점이었다.

　여행을 떠날 계획이 안주인 최영백으로부터 전해지면 침모(針母)는 밤을 새워서라도 여벌의 옷을 만드느라 손길이 바빠졌다.

　상해까지 배를 타고 가는 길은 멀미가 뒤따르긴 했으나, 박상진은 진남포에서 상해 간을 운행하는 뱃길을 택했다.

　마침내 상해 선착장에 도착했다. 상해에도 한인 망명객들이 살고 있었고, 어김없이 여관을 가장한 독립군 기지가 세워져 있었다. 조선인 단체도 있었다. 그곳 한인들은 박상진과 일일이 악수를 나누며 자기들과 함께 활약하기를 청했다.

　박상진도 그들에게 화답하며 말했다.

　"망국의 민족이고 더구나 적수공권(赤手空拳)인 우리가 조선 정부라는 간판만 가지고서 어찌 구국 활동을 할 수 있겠습니까? 나는 외국 조계(租界)에 원조를 요청하여, 조선에서 인물다운 인물을 모아 국내외 정세에 맞게 상응해가며 일반 무역 사업도 진행하겠습니다."

"좋은 의견입니다. 이곳 상해에 있는 우리와도 결약합시다. 우리도 박 선생님을 적극 도우며 나라를 위해 나서겠습니다."

박상진은 천군만마를 얻은 것처럼 힘이 솟아났다.

그는 하룻밤을 묵고, 한인들이 손문(孫文 : 쑨원)에 대해 아는 바를 이것저것 쏟아놓는 말을 들었다.

"손문은 이곳 상해에서 의학 공부를 한 의사였지요. 중국 사람들은 고전 교육이 결핍된 사람은 사람 축에도 끼워주지 않아요. 그런데 손문은 그런 약점이 있는데도 민족에 대한 사심이 없는 열정이 대단한 사람입니다. 제가 듣기로는 모질지 못하고 인간미가 물씬 풍기는 위인이라고 합니다. 다소 엉뚱하기조차 한 면이 오히려 편안해 주위에 사람들이 모이고 동지들의 신뢰를 확보할 수 있어 혁명을 성공시켰다고 합니다."

그해 첫날(1912년 1월 1일), 손문을 임시 대총통으로 한 남경(南京) 정부가 수립되었고, 손문의 삼민주의(三民主義)를 그 지도 이념으로 한 중화민국이 발족했다.

"손문이 주창한 삼민주의는 민족(民族) 즉 멸만흥한(滅滿興漢 : 청 왕조 타도), 민권(民權 : 공화제의 수립), 민생(民生 : 지주의 불로소득 억제)을 목표로 하는 겁니다. 이를 실현하기 위해서 손문은 연소(聯蘇), 용공(容共), 농공부조(農工扶助)가 뒤따라야 한다고 했지요."

옛것이 너무 낡고 더러워지면 당연히 새것으로 바꾸어야 한다. 새순처럼 돋아나는 민심의 새로운 갈망을 가장 저해하는 요소는 바로 백성의 삶을 돌아보지 않는 눈먼 전제정치였다. 새롭게 일어나는 정치 구조는 공화제가 적당할 것이다.

한국을 둘러싼 국제 정세, 특히 러시아혁명(1905년)과 신해혁명(1911년)은 모두 불가분의 관계에 있었다. 1911년 5월, 청나라는 민영으로 경영하던 철도를 담보로 열강의 금융자본 연합체인 4국 차관단으로부터 거액의 자금을 빌려서 자금난을 타개해보려고 철도 국유령을 발표했으나 광범위하게 반대 운동이 일어났고, 특히 사천에서는 무장투쟁으로 발전하자 청나라는 폭동을 토벌하려고 호북신군(湖北新軍 : 후베이신군)을 동원했다. 이에 우한(武漢) 지구에서 문학사(文學社)와 공진회(共進會) 등을 조직하여 신군(新軍) 공작을 전개해오던 혁명파는 10월 10일 우창(武昌)에서 봉기하여 중화민국 군정부를 설립함으로써 신해혁명의 도화선이 되어 모든 성이 호응하기에 이르렀다. 그리고 마침내 12월 29일 전국 17개 성에서 뽑은 대표자들이 모여 손문을 대총통으로 선출했던 것이다.

이번 상해 여행에서 돌아오는 길은 철도를 이용했다. 상해에서 남경으로, 남경에서 다시 북경, 북경에서 다시 심양, 심양에서 단동으로 길을 잡았다. 일제의 대륙 침략을 목적으로 경부선은 1905년에, 부산에서 신의주까지 가는 직통 급행열차 융희호(隆熙號)는 1908년에, 부산에서 만주까지 가는 직통 급행열차는 1911년에 이미 개통되어 있었다.

상해에서 돌아오는 기차 안, 박상진의 뇌리를 떠나지 않는 화두는 혁명의 주요 수단이었다. 이미 국권을 상실한 한국 사정으로서는 중국보다 더 강력한 무엇이 필요하다는 생각이 들었다. 그는 청나라의 전제정치를 일제의 잔혹한 탄압으로 대치시켜보았다. 중국 국내에서 벌어지는 전제정치와 공화정의 대립, 한국에서 벌어지는 교활한 일제의 잔혹한 행위와 우국지사의 대결은 근본적으로 악을 응징하는 싸움인 것이다. 신해혁명의 주요 수단은 암살과 폭동이었다. 전제정치에 맞서려면 사실 그 방법밖에는 없지 않은가.

"암살과 폭동……."

그는 두 단어를 가만히 되뇌었다.

'안중근처럼 대도적(大盜賊) 이토 히로부미 같은 외세의 주모자들을 암살함으로써 한국이 건재함을 세계에 알리고, 나라 안 친일 세력을 암살함으로써 백성들에게 우리가 대한국인이라는 사실을 일깨우고 경각심을 갖게 하는 일일 것이다. 그리고 폭동이다. 백성의 지지를 얻어 백성과 함께 호흡하는 혁명을 일으키는 것이다. 국내외로 독립군의 힘이 강성해질 때 온 국민과 함께 힘을 모아 폭동을 일으킨다면, 일제는 꼼짝없이 물러나게 될 것이다.'

박상진은 품속으로 가만히 손을 집어넣었다. 손안에 잡히는 쇠붙이는 상해에서 한인에게 부탁해서 구입한 단총(短銃)이었다.

그는 단동에서도 우국지사들을 만나 앞으로의 계획을 상의하면서, 상해 여행 도중 얻은 많은 생각을 전했다. 그리고 평양에 잠시 들러 양정의숙 친구 김덕기를 비롯해 조선환 등을 만나 앞으로의 일을 숙의했다.

"이번 상해 여행에서 만난 지사들과 무역을 트기로 합의했습니다."

박상진은 여정의 도중에 만난 상해 동지들, 중국에 망명한 지사들의 이야기도 했다. 또한 평양의 우국지사에게도 우리 민족이 처한 형편을 호소하면서 혁명의 방략과 이념에 대해서 말했다.

"제 생각으로는 우리나라 각지에 독립군 기지로 사용할 상회를 열었으면 합니다. 각지에 있는 부호뿐만 아니라 일반인에게서도 재원을 얻을 수 있다면, 상해에서 만난 조선인 단체 여러 사람과 결약한 바가 있는 무역업까지 할 수 있다고 생각합니다. 망국의 민족인 우리가 적수공권(赤手空拳)으로서는 독립 활동을 도저히 할 수 없기 때문이지요. 자금이 없어서는 절대 할 수 없는 일이 바로 구국입니다. 외국 조계(租界)의 원조도 받으면서 우리가 국내외에서 서로 연락하고 적절하게 상응해가면서 일반 사업도 진행하는 게 어떻겠습니까?"

그 누구도 박상진의 제안에 반박하는 사람이 없었다. 그들 대부분은 거부에다 나라를 위해서는 모든 것을 아끼지 않고 희생하겠다는 우국지사들이었다. 상해에서도 그곳에 사는 조선인들이 국권을 회복하려고 일을 계획한다는 사실은 그들 모두에게 매우 고무적인 일이었다. 더욱 뜻깊은 일은 양정의숙 시절부터 삼총사였던 김덕기와 오혁태가 박상진과 함께 상회를 열기로 약속한 것이다.

상덕태상회尚德泰商會를 열다

상해에서 돌아오자, 박상진은 곧 상회를 열 장소를 물색했다.

그는 대구가 적합한 장소라고 결론을 내렸다. 대구는 경부선 개통
(1905년)으로 교통이 편리하고, 울산이나 녹동과도 비교적 가까운 거리면
서도 국채보상운동의 발원지이기도 했다. 또한 일본인들이 진출해 활발
하게 활동하고 있었으며, 그들의 필요에 의해 상업과 정치적으로 재도약
하는 신흥도시로 성장하고 있었다. 이에 영남 각지에서 물산이 모였으며
각지에서 온 인물들이 다양한 활동을 했다. 한일병탄을 계기로 시작된 데
라우치 총독과 아카이시 정무총감의 가혹한 무단정치 때문에 대구에서
활동하던 달성친목회를 비롯한 우국 계몽주의 계열 단체들이 한동안 재
기조차 꿈꾸지 못하고 있었지만, 대구에 상회를 개설한다면 다시 동지들
을 규합하고 활동하는 장소로 이용할 수 있을 것이었다.

박상진은 상해에서 돌아온 그해(1912년)에, 양정의숙 동창 김덕기 · 오
혁태와 공동출자해서 동업 형태의 상덕태상회(尙德泰商會)를 세웠다. 박
상진의 '상' 김덕기의 '덕' 오혁태의 '태'를 합해 '상덕태상회'라고 이름
붙인 것이다. 상덕태상회는 대구 본정(本町 : 지금의 북성로와 향촌 일대의
약령시장 부근)에서 곡물상으로 시작했고, 만주로 일본으로 무역업을 하

기도 했다. 상덕태상회가 있는 본정 쪽에는 주로 일본인이 활동했고, 대구역 쪽으로는 한국인이 활동했다.

상덕태상회의 세 친구의 뜻은 하나로 모아졌다.

"상덕태상회의 업종을 곡물상으로 택하는 게 좋겠네. 일본이 자기들 본국은 물건을 생산하는 생산 기지로서 공업을 육성시키고, 식민지 조선은 식량 자원의 공급 기지로 만들어 일본 본토에서 생산한 상품을 소비하는 주된 지역으로 역할을 국한시키고 있다네. 교활한 일본 제국주의자들의 정책과 부합되면서도 가장 규제가 심하지 않은 업종이 바로 곡물상이네."

"맞네. 우리 상회가 무역을 동시에 해야 하는 이유는, 날로 포악해지는 데라우치 총독의 무단통치 속에서도 무역을 핑계로 국내외로 자유롭게 다니며 항일운동을 하는 것이 가능하기 때문일세."

"그렇지. 곡물 무역뿐만 아니라 광범위하게 사업 영역을 확장해보는 것도 좋을 것 같네. 일테면 위탁판매 형식으로 얼마든지 다양한 종류의 물건도 판매한다면 순이익을 많이 남겨 항일 투쟁을 하는 데 도움이 되지 않겠나? 또한 무역 업종이기 때문에 해외로 군자금을 보낼 때도 위장 송금이 가능하지 않겠는가?"

"좋은 생각이군. 상회란 점을 이용하면 동지들의 잦은 출입과 왕래가 자연스러울 테니, 동지들의 연락 거점으로 사용하기도 쉽고 항일을 위장한다는 이점도 있지."

그리하여 상덕태상회는 겉으로는 곡물상이지만, 기실은 독립운동 기관인 셈이었다.

박상진은 동지들과 은밀한 만남이 필요할 때는 울산 송정에 있는 집에서 만났고, 동지들과 수월한 소통을 위한 만남이나 연락은 주로 상덕태상회를 이용했다.

재산이 있는 다른 동지들도 잇따라 상회를 설립하여 독립 거점을 마련했다.

1913년 1월 1일, 박상진은 송정 생활을 접고 경주 녹동으로 거처를 옮겼다. 동지들과 송정에서 가진 모임이 회를 거듭할수록 남의 이목을 끌게 되었다는 생각을 한 후 내린 결단이었다. 광복회를 결성하는 데 핵심적인 인물들을 이즈음부터 만났다.

그는 대구와 녹동(노루골)을 오가야 하는 입장인지라 아내 영백에게는 소상하게 알렸다.

"이 상회를 여는 목적은 만주 지역 독립군 기지에 자금을 조달하는 데 있소. 독립군 기지 건설, 교육기관 설립, 무기 구입, 이 모든 게 돈이라오. 항일 투쟁에 있어서 자금 조달은 마치 수혈을 하는 것과 같소. 경찰의 눈을 피해 자금을 조달하는 거점이 바로 상덕태상회요."

어느 세상인가. 무단통치를 하는 일본이 얼마나 무서운지 조선 사람이면 다 안다. 영백은 눈물을 보이지 않으려고 돌아앉았다. 그러면서도 영백은 고개를 끄덕거리며 남편에게 말했다.

"가족은 염려하지 마시고, 아무쪼록 구국의 뜻을 이루면서 몸 성히 다니세요."

사실, 상회가 점점 번창하면서 일본 삼정물산주식회사(三井物産株式會社) 부산 출장소에서 상덕태상회 앞으로 발행한 청구서(1915년 2월 18일자)에는 위탁 '금건납석탑인(金巾蠟石塔印 : 곱돌탑)' 5,000개, 단가 5원 30전, 총 금액 26,500원이라고 기재되어 있었다. 당시의 화폐가치로 보아 1회 거래가가 26,500원이라면 상당한 거액이고, 이로써 상덕태상회의 거래 규모를 짐작할 수 있다. 또한 상덕태상회는 곡물을 비롯하여 포목 등 곱돌탑과 같은 다양한 품목에 대해서도 위탁판매까지 취급한 큰 무역상회였다.

그는 녹동과 대구를 오가면서 독립운동에 더욱 적극적이었다.

대구 상덕태상회의 살림은 막내 박호진(蒼淑 朴琥鎭)이 맡았고, 녹동은 바로 아래 동생 박현진(晋仲 朴玹鎭)이 맡아주었다. 식구들이 제각각 궂은일도 마다 않고 묵묵히 알아서 해주었기 때문에 박상진은 사람을 관리하는 등의 불필요한 일에는 신경을 쓰지 않아도 되었다. 그는 겉으로 내색하지 않았지만, 언제나 그림자처럼 묵묵히 자신을 도와주는 두 동생이 안쓰럽기도 하고 마냥 고맙기만 했다.

각지에 설립되는 상회와 독특한 투쟁 방법

박상진은 재력이 되는 뜻있는 동지들에게 독립 기지를 위한 상업을 권유했다.

양산(梁山) 사람 대지주 윤현태(尹顯泰)에게 권유하여 갑인상회(甲寅商會)와 이춘상회(離春商會)를 설립하게 했다.

또한 그는 안희제(白山 安熙濟)에게 권유하여 부산에서 백산상회(白山商會)를 설립(1916년)하게 했다. 안희제는 고향 의령에 의신학교, 입산리에 창남학교를 설립하고, 조카인 경남은행 대주주 윤상은이 설립한 구포의 구명학교에서 2년간 교편을 잡다가, 북간도를 거쳐 블라디보스토크에 정착(1911년)하여 최병찬과 〈독립순보〉를 간행하는 등 활동을 했으며, 귀국하여 한동안 고향 의령에서 활동했다. 안희제는 후일(1919년) 구포의 윤현태 등과 자본금 100만 원으로 백산상회를 백산무역주식회사로 조직 변경하게 된다.

안희제는 국내 지주들이 기부, 기탁한 자금의 어음을 경남은행 본점에서 할인하여 상해로 송금하는 책임을 도맡아 했다. 백산상회 역시 상덕태상회처럼 겉으로는 이윤을 추구하는 상업 기관처럼 보였으나, 내면으로는 해외 독립운동의 국내 연락과 그 자금 공급을 목적으로 설립한 민족운

박상진의 국내 활동

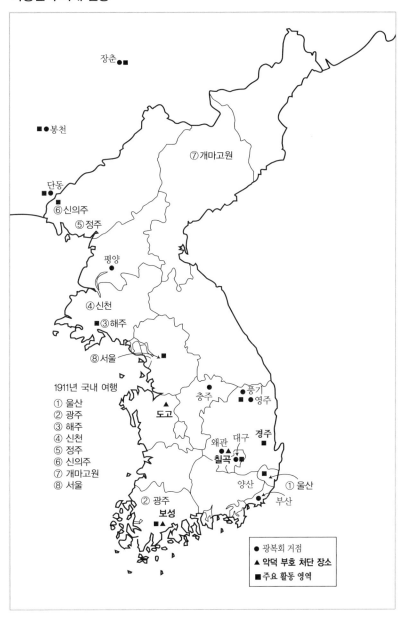

장춘●■

■●봉천

⑦ 개마고원

단동
●
■ ⑥신의주
⑤정주

평양
●

④신천

■③해주

⑧서울

1911년 국내 여행

① 울산
② 광주
③ 해주
④ 신천
⑤ 정주
⑥ 신의주
⑦ 개마고원
⑧ 서울

도고
▲

충주
●

풍기
●
●영주

왜관 대구 경주
●▲ ■
칠곡 ●■

양산
● ① 울산
■
부산
●

② 광주
보성
■▲

● 광복회 거점
▲ 악덕 부호 처단 장소
■ 주요 활동 영역

173

동의 국내 후원 기관이었다. 백산상회는 경영난과 일제의 탄압 및 방해로 해산될 때(1927년)까지 독립운동의 자금 조달과 국내외 독립운동의 연락 등 국내에서 지원하는 독립운동의 중추적 역할을 수행했다. 또 부산부에 거주하는 한국 자본가들이 백산상회를 중심으로 1919년 11월경 기미육영회를 조직하고 한국 청년들 중 수재를 선발하여 일본 및 기타 외국에 유학시키고 장학금을 지급했다.

그리고 박상진은 평양인 이인실(李仁實)에게 권유하여 평북상회(平北商會)를 설립하게 하고, 충주인 김성환(金聖桓)에게 권유하여 충주상회(忠州商會)를 창립하게 해 암암리에 부호들의 재력을 끌어들였다.

이렇게 설립한 상회들은 각지에서 음으로 양으로 독립운동에 기여했다. 그건 박상진 특유의 투쟁 방법의 하나이기도 했다. 신의주와 단동 두 곳에 세운 안동여관을 시작으로 하여 상덕태상회와 각지에 기창한 상회는, 동지들 상호 간에 필요한 연락과 만남을 상무(商務)로 위장하여 자유롭게 해주었을 뿐 아니라, 상업 활동에서 생기는 잉여금을 독립운동 자금으로 쓸 수 있었기 때문에 매우 유용했다.

군자금과 밀접한 관계가 있는 거점과 상회들은 이 외에도 대구에서 서상일이 운영하는 태궁상회(太弓商會), 왜관에서 윤상태가 운영하는 향산상회(1911년), 영주의 대동상점(1915년), 단동에서 박광이 운영하는 신동상회(信東商會 : 1913년), 봉천현에서 이해천(李海天)이 경영하는 해천상회(海天商會)·정순영 등이 운영하는 삼달양행(정미소), 대구에서 이시영이 운영하는 전당포, 이관구가 운영하는 단동의 삼달양행(1916년)과 장춘의 상원양행(1917년) 등이 있었다.

이런 박상진의 독특한 전술은 애초에 신민회에서 추진한 민족산업운동에서 연유한 것이었다. 민족산업운동은 신교육운동과 마찬가지로 국권회복을 위한 실력 양성의 일환으로 전개한 애국계몽운동의 한 방법이지만, 상덕태상회를 비롯한 일련의 상업 활동들은 단순한 실력 양성의 차원을 넘어, 보다 적극적으로 독립운동을 전개하기 위해 상업을 투쟁 일선에 직접 활용한 발전적인 형태였다. 후일 독립운동에 크게 이바지하게 되는 백산상회, 아일랜드인 조지 쇼가 중국 단동에 설치한 이륭양행(怡隆洋行)은 대표적인 선행 사례이고, 그들 모범 사례 중 하나가 바로 상덕태상회였다.

박상진은 대구에서 내외물산이라는 포목 무역상을 개업(1914년 3월)하기도 한다. 그러나 포목 무역상은 6개월 만에 생사 가격의 대폭락으로 회복 불능의 손실을 보고 폐업을 하게 된다. 서울 영성사(永成社)를 경영하는 채권자 이경칠은 이 소식에 담보로 제공받은 부동산에 대해 법률 조치를 해서라도 채권을 확보하려고 했다. 이에 박상진은 채권과 재고 상품을 양도해 상환하고, 나머지는 경주와 울산에 있는 가옥과 토지로써 대물변제하여 채무를 상환했다.

그러나 대물변제 받은 자산을 추심하는 과정에서 현격한 계산 차이가 발생했고, 이경칠은 전부 상환받지 못해 손해를 봤다고 생각한 끝에 근저당권을 행사하려고 했다. 박상진은 이경칠과는 달리 채무를 오히려 초과 상환했다고 생각했기 때문에 변호사 김응섭과 사촌 처남 최준(汶坡 崔浚)과 함께 수습책을 상의했다.

이경칠이 두 번째 근저당권자로 권리를 행사하려는 사태를 막으려고 박상진·김응섭·최준은 삼정물산과 교섭하여 경매를 통해 박상진의 재산을 정리하기로 했다. 결국 박상진은 채무 5년 분할 상환을 조건으로 하면서 최준에게 명의를 신탁했다.

어느 날 박상진은 두 분 아버지를 모시고 최준에게 재산을 위탁하는 문제를 상의했다.

"제가 국내외로 다니며 바삐 활동하고 있으니 재산을 관리할 수가 없습니다. 사촌 처남이 성실한 사람이니 그에게 맡기는 게 좋을 것 같아 의

논드립니다."

두 아버지는 아들이 하는 말이라면 팥으로 메주를 쏜다고 해도 믿어주고 지지해주었다.

"네 생각에 그게 좋겠다면 그렇게 하렴."

박상진은 재산 문서를 챙겨 집을 나서서 곧장 경주 최준의 집으로 갔다.

"잘 부탁하네. 알다시피 나는 안정된 생활을 할 수 있는 형편도 아니니 자네가 나 대신 우리 집 재산 관리를 잘 맡아주게."

"염려 말게."

그렇게 약속한 최준이다.

그런데 최준은 제1차 세계대전 후 쌀값이 폭등하자 그동안 분할 상환을 하고 남은 잔액을 일시불로 상환하고서 소유권을 자신 앞으로 이전해버린다. 후일 최준은 자신이 보관하고 있던 박상진 집안의 도장을 이용하여 임야 195만 평까지 명의 이전해버린다. 이 결정적인 사건으로 후일 박상진의 사후에 아내 최영백, 두 아버지, 아들 박경중, 그리고 광복 후에는 우재룡·권영만까지 나서서 그 부당성을 법적으로 대응하기도 하고 최준에게 질책하고 호소도 했으나, 이때 최준의 명의로 이전된 박상진의 재산은 끝내 되찾지 못했다.

조선국권회복단과
두 노선의 갈등

1913년에 접어들면서 대구 지역과 경북 일원에서 움츠리고 있던 우국지사들의 움직임이 여러 형태로 시작되고 있었다. 대구 지역에서 먼저 조선국권회복단이 창립되었다.

박상진은 상덕태상회를 발판으로 삼아 지역 내 인사들과 교류를 확대해나갔다. 그 과정에서 이듬해 조선국권회복단에도 가입하게 된다.

1913년 정월 15일, 경북 달성군 수성면(현 대구시 대명동)에 소재한 안일암에 지인(知人) 윤창기가 요양 중이었다. 청년 지사 윤상태 · 서상일 · 이시영 · 정운일 · 박영모 · 홍주일 · 서병룡 · 윤창기 등은 시회를 가장해 안일암에 모였다. 이중 서상일은 박상진과 서울에서 교남교육회와 달성친목회에서 활동한 인물이다. 그들은 단군대황조(檀君大皇朝)께 제사를 지내고 서약서를 작성한 후, 몸과 마음을 다 바쳐 국권 회복을 위해 싸울 것을 맹세하며 비밀결사단을 조직했다.

단원들은 온건한 계몽주의 계열에 속한 인사들로서 비교적 안정된 생활을 영위하고 있었고, 다수가 상업에 종사하거나 더러는 유학 경험도 있었다. 차츰 세력을 확장하면서 의병 출신, 천도교, 불교, 기독교 등의 신자들, 은행원과 변호사를 비롯하여 당시 인근에서 활동하던 각계의 지도

자들을 참여시켰다.

조선국권회복단은 1년이 지난 이듬해(1914년)에도 정월 대보름에 1년 전과 동일한 장소인 안일암에서 모임을 가지고 단의 조직 체제를 구체화했다.

중앙총부를 대구에 두고, 그 우두머리에 통령을 두며, 그 밑에 외교부 · 통신부 · 기밀부 · 문서부 · 권유부 · 유세부 및 결사대를 조직했다.

그들은 동지들을 영입해 단세를 확장하기로 하고, 통령 윤상태는 지인 이영국을 가입시킨 뒤, 의병 경력이 있는 김규 · 황병기 · 정순영 등을 영입했다.

박상진은 서울 유학 시절부터 익히 알고 지낸 서상일이 중심인물로 있는 조선국권회복단이 조직 체제를 완비하고, 단원을 영입해 단세를 확장시키려고 동분서주하던 시기에 가입했다.

"고헌, 잘 와주었네. 고맙네."

조선국권회복단에서 외교부장으로 있는 서상일은 든든한 동지 박상진의 가입에 고무되어 다른 산하단체의 가입도 권유했다.

"한일병탄 이후로 자연 해산이 되었다가 이번에 조선국권회복단의 산하단체로 재흥한 달성친목회, 강의원간친회도 함께 활동해보지 않겠나?"

"그러지."

박상진과 서상일은 이미 서울 유학 시절에서부터 서로 일제에 대한 투쟁 의지를 잘 알고 있었으며, 또 서로 협력하는 관계에 있었다.

1914년은 세력 확장을 위해 조선국권회복단 전 단원이 혼연일체가 되어 노력했다. 하지만 조선국권회복단은 조직의 확대를 마친 후부터 분화가 시작되었다. 차츰 현실에 안주해 모험을 거부하려는 단원들과, 팽창하는 자금 수요에 적극적인 대응을 주장하는 단원들 사이에 의견 충돌이 생겼다.

강경파들이 서창규 등을 상대로 강제 모금을 추진하기 시작하면서 두

진영은 심한 갈등을 빚게 되었다. 그 결과 두 계파 사이에 갈등은 증폭되어, 일부 단원들이 이탈하는 일이 발생했다.

그리고 후일 대구권총사건(1916년)으로 국권회복단의 활동은 일시 중단되고, 단원들도 생업에 종사하게 된다. 만세사건 때에도 온건파는 체포되었다가(1919년) 전원 석방되고, 이때 서상일은 조선국권회복단에서 다시 활동하면서 실질적인 중심인물이 된다. 1920년대에는 개량주의 노선을 걸어가면서 휘청대다가 끝내는 친일의 길로 서서히 접어들던 여느 계몽주의 운동가들과 다름없는 길을 간다.

하여튼 이때 강경파 노선을 걸은 사람들은 1916년 대구권총사건으로 체포되어 수감 생활을 하거나 망명의 길을 택해 이국 땅에서 설움 많은 투쟁을 계속한다. 그리고 1918년 광복회가 와해될 때 또 한 번 몸서리치는 옥고를 치르거나 끝내는 목숨까지 바치는 성스러운 가시밭길을 걸어가게 된다.

손문孫文 총통을 만나다

박상진은 상회를 설립하고 여러 단체에서 활동하느라 바쁜 나날을 보냈다. 그런 가운데에서도 국내외를 넘나들며 동지들을 결속하고 무기를 구입하느라 동분서주했다.

1913년 7월이다. 박상진은 많은 자금을 가지고 황포강(黃浦江 : 황푸 강)을 건너 다시 상해로 갔다. 그는 황포에서 무역상을 만나 곡물 계약뿐만 아니라, 다른 판매 물품 등에 대해서도 계약을 했다. 황포는 상해 도심 중앙에 위치한 구(區)다.

그 다음 날 박상진은 철도로 남경에 갔다. 신해혁명의 결과 1912년에 중화민국 임시정부가 들어선 남경은 수륙 교통의 접촉지로서 천진, 상해 등으로 가는 철도의 분기점인 동시에, 양자강(揚子江 : 양쯔 강)을 이용한 수상 교통도 발달해 철도역, 선착장을 중심으로 창고가 밀접해 있었다.

박상진은 남경에서 손문의 부실(副室) 노월화(魯月華)의 소개로 손문을 방문하게 되었다. 그는 마침 혁명당사에서 업무를 보던 손문을 수월하게 만날 수 있었다.

손문은 그를 반갑게 맞았다. 손문은 자신의 이념을 설명하고, 프랑스혁명부터 시작한 유럽 나라들이 공화정을 성취하기 위해 얼마나 처절한 싸

움을 했는지를 피력했다. 조금 어설픈 듯한 손문의 언변은 오히려 인간미를 느끼게 했다. 손문은 박상진의 이해를 도우려고 직접 글을 써가며 필담(筆談)을 나누기도 했다. 한학을 일찍이 익힌 박상진은 한문을 써가며 손문과 대화를 나누는 데 별 어려움이 없었다.

손문은 한눈에 박상진이 조선을 충심으로 위하는 우국지사인 것을 알아보고는 반가워했다. 박상진은 손문에게 구체적인 부탁을 했다.

"저는 중국과 무역을 원활하게 하고 싶어서 이렇게 찾아뵙게 되었습니다. 또한 신해혁명을 보면서 중국군관학교(中國軍官學校)에 한국인 특설부를 설치해주실 것을 부탁드리려고 왔습니다."

손문은 박상진의 장렬한 의지를 찬양했지만, 자신의 현재 입지로 박상진의 부탁을 다 들어줄 만한 처지가 못 되어 곤란하다는 듯이 말했다.

"이렇게 멀리까지 와서 방문해주셨는데 우리 중국의 복잡한 사정으로 도움을 주지 못해 안타깝습니다. 그대가 조국을 위하는 성의를 깊이 삽니다. 그리고 그대의 젊은 의기도 높이 삽니다. 감사하는 뜻으로 내가 가지고 있는 최신 미제 권총 한 자루를 드리겠습니다."

손문은 책상 서랍 속에서 탄환이 장전된 총을 꺼냈다.

"박 선생님께서 다니다가 신변에 위험한 일이 생길 때가 올 것입니다. 이 총을 요긴하게 쓰길 바랍니다. 악에 대항하려면 그보다 더 악해져야 할 때가 있습니다. 정의는 값진 희생을 치를 때 비로소 찾을 수 있는 광맥입니다. 난세에는 피의 대가를 치러야만 정의를 되찾을 수 있다는 말입니다. 그 대표적인 것이 나라를 위해 싸우는 군인이지요."

손문은 의미심장한 말을 하며 단총(短銃)을 박상진에게 주었다.

"감사합니다."

박상진은 단총을 소중하게 받아 들고 품속 깊숙한 안주머니에 집어넣었다. 하지만 이 권총은 호신용으로 잠시 동안 가지고 있다가, 후일 체포되면서 결국 일제 원수의 악한 손아귀에 압수되고 만다.

중국을 돌아다니며 무기를 구입하다

　이듬해(1914년)에도 여러 일로 바쁜 일정 속에서 박상진은 다시 만주 쪽으로 여행했다.

　이번 목적지는 단동, 봉천, 삼원보였다. 귀국길에는 무기도 반입하려는 계획이었고, 이번 여행에는 경주에 사는 이복우(李福雨)도 함께했다.

　단동의 안동여관에 들른 박상진에게 양제안이 풍기에 사는 채기중을 만나보도록 권유했다.

　"풍기에 가면 소몽 채기중이란 사람이 있네. 한번 만나보게. 나와는 사돈 관계라네. 소몽은 자네를 익히 알고 있다네. 내가 수차례 말했기 때문이지. 나는 자네와 소몽이 함께 일을 도모하는 것이 바람직하다고 생각하네."

　작년(양력 1913년 1월경)에 벽도 양제안은 단동의 안동여관을 잠시 떠나 풍기를 방문했다. 1913년 2월 6일은 설날이라, 설이 되기 전에 단동에 도착해 채기중을 잠시나마 만날 생각이었다. 풍기는 일제 강점이 시작되면서 시국에 불만을 품은 지사들이 정체를 숨기고 은신하기에 더없이 좋은 곳이어서, 팔도에서 의기충천한 인물들이 이주해 살고 있었다. 양제안은 김원식과 정성산의 권유로 풍기를 방문했다. 이때 양제안과 채기중은 의기를 투합하여 함께 활동하기로 했으며, 그 징표로 양가의 혼인을 약속했던 것이다.

1913년 1월에 풍기광복단을 결성하여 광복단의 중심 역할을 하는 채기중은 국내 활동을 주도했고, 양제안은 단동에서 재외 독립운동 기관들과 연락을 취하고 있었다. 또한 양제안은 둘째 아들 양한위를 풍기로 이주시켜 채기중을 보좌하게 하면서 유기적으로 연락하고 있었다. 이 유기적인 연락 기능은 후일 박상진의 광복회에서도 그대로 사용하게 된다.

"네. 귀국하는 대로 풍기에 가서 소몽 선생님을 만나뵙겠습니다."

단동을 떠난 박상진은 삼원보로 향했다.

그곳에는 허위의 중형 허겸이 활동하고 있었다. 허겸은 박상진에게 화사 이관구(華史 李觀求)를 소개해주었다. 박상진은 그때 이관구를 처음 만났다. 이관구는 허겸과 상당히 친밀한 관계에 있었다. 허겸이 말했다.

"우리 가족이 만주로 이주할 때 화사를 찾아 도움을 요청했다네."

이관구는 참의(參議)를 지낸 조부 이영직(李英稙)과 아버지 이윤규(李允珪)의 지도로 한학을 배우다가 의암 유인석(毅菴 柳麟錫) 문하에서 배운 인물이었다.

"화사도 신구학문을 공부했고 중국군관학교까지 졸업한 인물이니 앞으로 고헌에게 해서와 관서 지방 출신 여러 인물과의 만남을 용이하게 해줄 것이네."

이관구가 아는 사람들 대다수는 유림 출신이거나 의병 전력이 있었다. 이관구는 상경하여 〈대한매일신보〉에서 활동하다가(1907년경), 신학문을 배우려고 평양으로 가 대성학교와 숭실학교에서 공부하던 중 한일병탄을 맞았다고 했다.

"어찌 분한지 일본으로 갔더랬지요. 일본 내 불평분자들과 손잡아서 일본을 전복시켜볼까 했습니다. 반년 정도 살았더랬지만, 소득이 없었지요. 조선은 일본놈들 세상이고, 기래서 내래 다시 이곳 중국으로 왔습니다."

이관구는 남경에 있는 상강실업학교, 북경에 있는 회문대학, 명륜대학 등등을 전전하다가 절강성에 있는 항주군관학교 속성과를 졸업한 뒤, 후일에 일어난 남경 2차 혁명에 참전하기도 한다. 그는 신구학문을 다 공부한 혁신 유림이었다.

"내래 러시아, 유럽도 갔고, 미국 하와이를 갔더랬지만 입국을 시켜주지 않더구먼요. 그래서 1년 만에 다시 중국에 와 만주, 노령으로 동지들을 결속시키려고 다닙니다."

박상진은 뜻이 같은 이관구를 만나게 되어 든든했다.

이관구는 그해 황해도 해주에서 유림(儒林) 이종문(李種文) · 오순원(吳淳元) 등과 밀의하여 항일 격문을 작성해 배포했다. 그리고 박행일(朴行一) · 김우상(金遇常) · 오순구(吳淳九) 등과 함께 활동하다가, 1915년 7월 박상진의 광복회 결성에 동참하게 된다.

박상진은 이관구가 알고 지내는 사람들과도 만났다. 그들은 화서 이항로(華西 李恒老), 연재 송병선(淵齋 宋秉璿) 등에게 배운 유림이 대다수이며, 대부분 의병 활동을 하거나 위정척사 사상에 동조하는 인물들이었다.

"인사하게나. 이쪽은 이근석(李根奭), 유준희(柳準熙), 최응선(崔應善)이라네."

그들은 신학문을 이수했거나 최소한 이해하는 사람들이었다.

그리고 박문일 · 박문오 문하생도 있었다. 대개는 복벽주의 성향이 강한 사람들이었지만, 사상적으로 전회(轉回)해 계몽운동에도 참여했던 박동흠이라고 하는 사람도 있었다. 박동흠은 해방 후에 사학 연구회를 조직하고 저술 활동도 한다.

"이렇게 만나 뵙게 되어서 반갑습니다."

1913년과 1914년, 2년에 걸쳐 고헌 박상진은 중국을 돌아다니며 무기를 구입하여 은밀하게 국내로 반입했다.

신흥무관학교

이번 만주 여행의 종착지는 삼원보에 있는 신흥강습소였다. 다시 가는 학교였다. 일제의 감시와 중국과의 마찰을 피하기 위해 학교라는 이름 대신 강습소라는 이름으로 출발한 신흥강습소는 통화현의 합니하(哈泥河)로 이전한 뒤(1912년), 이듬해 교사(校舍)를 신축하여 신흥중학교(新興中學校)로 개칭했다. 신흥중학교는 중학반과 군사반을 두었다가 얼마 뒤 중학반은 지방 중학에 인계하고 군사반에 전력했다. 이후 각지에서 지원자가 몰려오자 유하현 제3지구의 고산자가(孤山子街)로 이전하여 신흥중학교를 폐교하고, 대신 신흥무관학교를 설립했다.

신흥무관학교는 1914년 그해에 제1회 졸업생을 배출했다.

신흥무관학교의 주 무대는 합니하(현재의 광화)였다. 합니하강 북쪽 언덕 위에 있는 학교는 지형 그 자체가 뛰어난 요새였다. 언덕을 감싸며 합니하강이 흐르고 뒤로는 험한 산이 연달아 있었다. 학교는 주변에서 흔히 구할 수 있는 나무로 통나무 교실을 지었고, 교실은 산허리를 따라 숨듯 나란히 있었다.

신흥무관학교 설립 당시 교장은 이세영(李世永), 부교장은 양규열(梁圭烈), 학감은 윤기섭(尹琦燮), 훈련감은 이장녕(李章寧) 등이었다. 교관은 본교 졸업생인 박두희(朴斗熙) · 성준용 · 백종렬(白鍾烈) · 오상세(吳祥世) · 원병상(元秉常) 등이 맡았다. 그리고 통화현 쾌대모자(快大帽子), 임강현(臨江縣 : 린장 현) 토애(土崖), 해룡현(海龍縣 : 하이룽 현) 성수하자(聖水河子) 등지에 분교를 두고 있었다.

박상진이 어렵게 모아 온 군자금을 이세영 교장에게 전달했다.

"참으로 고맙소."

이세영 교장은 눈물을 글썽였다.

학교는 학생들에게 전혀 돈을 받지 않는 데다가 토지며 건축비며 운영비도 만만치 않은 상태에 농사를 망치는 일이 해마다 거듭되니 학교 재정은 피폐하기 짝이 없었다. 학생들은 검은색으로 염색한 천으로 교복과 모자를 만들어 입었다.

넓은 연병장 안쪽에는 큰 병영이 자리 잡고 있었는데, 병영에는 비품실 · 나팔반 · 취사장 · 사무실 · 식당 · 숙직실 등이 갖춰져 있었다.

새벽 6시, 기상나팔 소리가 학생들을 깨웠다. 각 기숙사에 있는 학생들은 재빨리 일어나 내무반을 정리했다. 내무반 안에는 생도들의 이름이 부착된 총가(銃架)가 설치되어 있었고, 생도들이 쓰는 총은 나무를 깎아 만든 목총에다 쇠 방아쇠를 부착한 것이었다.

생도들은 복장을 단정히 한 다음, 넓은 연병장으로 달려 나갔다. 인원 점검을 하고 보건체조를 했다. 체조가 끝나면 청소를 하고 세수를 했다.

7시, 식당에서 아침 식사를 했다. 식사는 중국인들은 사료로도 쓰지 않는 썩은 조밥 한 덩어리와 기름에 전 콩장 두어 조각뿐이었다. 퀴퀴한 냄새까지 났으나, 배가 고픈 생도들은 군말 없이 밥을 먹었다.

그 다음은 아침 조례 시간이었다. 보통 때는 이세영 교장 선생의 훈시가 있었지만, 그날은 학감이 대신 했다. 눈바람이 살을 에는 혹한에도 윤기섭 학감은 풀모자를 쓰고 홑옷을 입고 나와 학생들에게 쩌렁쩌렁한 목소리로 훈시했다.

"만약 누가 한쪽 눈이 없는 단점이 있다면, 그 사람을 두고 말할 때 한쪽 눈이 있는 사람이라고 장점을 말해야 합니다."

윤기섭 학감은 나라 없는 설움을 되찾을 나라가 있다는 말로 하자는 뜻을 그렇게 에둘러 학생들에게 가르쳤다.

다음으로는 교가에 이어, 용진가, 애국가를 우렁차게 불렀다.

오전 수업에 학생들은 군사학과 일반 교육을 배웠다. 신흥무관학교의 기본 목적은 군사 양성에 있었지만, 독립 이후를 대비해 인재 양성에도 힘을 쏟아야 했으므로 군사훈련 못지않게 일반 중등교육 과정도 철저히 이행했다.

아침과 대동소이한 점심을 먹고, 오후에는 군사훈련과 영농 활동을 했다. 학제는 3년제인 중등과와 1년제인 군사과로 나뉘어 있었지만, 과와는 상관없이 군사훈련은 기본이었다. 넓은 연병장에서 대한제국 무관학교 출신인 이세영 교장을 비롯한 여러 선생님의 지도 아래 실시하는 군사훈련은 실전을 방불케 할 정도로 열의를 가지고 공격전과 방어전을 폈다. 체력을 단련하기 위해 야외훈련도 했고, 어떤 때는 70리 강행군을 할 때도 있었다. 군사 과목으로는 총검술·유격·축성학·육군 형법·구급 의료·측도학·격검 등이 있었다. 게릴라전을 대비해 산악 훈련도 철저히 시켰다. 그야말로 강인불굴의 독립군을 길러내는 군사 양성소였다.

학생들은 학교 재정에 보태려고 영농 활동도 성실하게 했다. 산비탈을 갈아 밭을 만들었다. 한겨울에는 허리까지 차는 눈을 헤치고 땔감을 구해야만 했다.

"우리 생활은 학(學)·병(兵)·농(農) 투쟁입니다."

학생들은 박상진에게 자신들의 삶과 공부 그 자체를 투쟁이라고 말했다.

"정말 말 그대로 삶이 투쟁이네."

함께 동행한 이복우도 처절한 그들의 삶에 숙연해졌다.

교육과정으로는 하사관반 3개월, 특별훈련반 1개월, 장교반 6개월 과정 등을 두었고, 폐교될 때까지 2100여 명의 독립군을 배출했다. 이들은 청산리전투, 친일 앞잡이 주살 등 독립 전선의 각 분야에서 활동하게 된다. 의열단을 처음 시작한 열세 명 중에서 여덟 명이 신흥무관학교 출신이며, 3·1운동 뒤에는 지청천(池靑天)·이범석(李範奭) 등 유수한 무관들이 이곳으로 오게 되고, 입학 지원생도 늘어난다. 그러나 일제의 가중되는 박해와 잇단 사고로 1920년 가을에 폐교되고 만다. 신흥무관학교가 폐교되자, 지청천은 생도 300여 명을 이끌고 백두산 지역의 안도현(安圖縣)에서 홍범도(洪範圖) 부대와 연합하고, 김좌진 부대를 뒤따라 대한독립군단 결성에 참가한다. 광복 후인 1947년 이시영이 신흥무관학교의 역사와 전통을 이을 신흥전문학원(新興專門學院)을 설립하고, 1949년 신흥초급대학(新興初級大學)이 되었으나 6·25전쟁 때 조영식(趙永植)이 인수하여 경희대학교(慶熙大學校)로 바뀌게 된다.

이 신흥무관학교가 이렇듯 수많은 인재를 양성할 수 있었던 것은 자신의 가산을 내놓고, 몸을 전혀 사리지 않고 교육에 힘쓰며, 군자금을 마련하려고 투쟁도 불사한 박상진과 같은 우국지사들의 숨은 노력이 있었기 때문이다. 이 신흥무관학교에 군자금을 대주기 위해 행했던 모든 일은 숭고한 목적을 위한 희생인 동시에 참으로 뜻깊은 일이었다.

풍기광복단 채기중과 결의하다

　박상진은 귀국하는 길에, 동행했던 이복우와 함께 곧장 채기중을 만나러 풍기로 향했다. 이복우의 외가는 경주 교촌 최 부잣집이었고, 박상진의 처가도 교촌 최 부자 작은집인 관계로 두 사람은 경주와 사업, 그리고 교촌이라는 세 가지 공통점으로 친분이 두터웠다. 이복우는 박상진이 광복회를 결성한 뒤에 사무총괄을 담당하게 된다.

　두 사람은 양제안의 작은아들 양한위를 만나서 함께 채기중의 집으로 향했다. 1906년부터 풍기로 옮겨 와 살고 있던 전통적인 지식인 채기중은 1912년부터 주민들의 추천을 받아 이장을 맡았고, 이듬해 이사한 동부리에서도 이장을 맡아 주민들 사이에서 신망이 두터웠다. 그 점은 동지들을 규합하는 데 도움이 됐고 신분 위장에도 유리했다.

　풍기에 간 박상진은 채기중을 만났다. 채기중은 갓을 쓰고 두루마기를 입은 온화한 선비의 모습이었다.

　"오시느라 수고가 많았습니다. 반갑습니다."

　박상진은 채기중이 소개한 여러 동지와도 만났다.

　박상진은 그들과 함께 시국과 구국의 방향을 오랫동안 이야기했다. 그는 참으로 오랜만에 의기충천한 참선비를 만난 기쁨으로 가슴이 뛰었고,

채기중 역시 세계 정세를 줄줄이 꿰는 젊고 당찬 젊은이가 이야기하는 구국 방안을 듣고 있노라니 가슴이 뻥 뚫리는 것같이 시원했다. 두 사람 사이에 열한 살이란 나이 차이는 문제가 되지 않았다.

"우리 힘을 합해 국권을 회복하는 데 신명을 바치도록 합시다."

의기는 어렵지 않게 투합이 되었다.

오래전부터 풍기에서 규합한 동지들과 함께 풍기광복단을 이끌어온 채기중과의 만남은, 풍기광복단원들이 거의 고스란히 박상진의 광복회와 함께 투쟁 방략을 세우고 함께 활동하게 되는 뜻깊은 사건이었다.

박상진은 풍기광복단을 자세히 파악했다.

경북 지방을 중심으로 활동하던 풍기광복단은 우국 양반 유림이거나 의병 전력이 있거나 지사다운 풍모를 지닌 인물들을 규합하여 결성되어 있었다.

박상진에게 채기중을 소개한 양제안부터 금산의진, 민종식의진, 산남의진을 거쳐 두마리에 학교를 설립하고 국채보상운동에 참여하는 등 다양한 경력을 가진지라, 다른 사람의 면면도 거의 비슷비슷했다.

김원식·정성산·유장렬·유창순·한훈은 민종식의진에서 활동했고, 강병수는 이강년의진 출신이며, 양제안·김원식·정성산은 이강년의진과도 상당한 친분 관계에 있는 인물이었다.

박상진은 흡족하여 채기중에게 거듭 감사의 예를 올렸다.

"감사합니다. 우리 모두는 한국 군대를 이어가는 군인입니다. 군대는 나라를 위해 존재하듯 우리는 한국을 위해 존재하는 군인 정신으로 살아가야겠습니다."

"그럼요."

풍기광복단이 결성된 시기는 의병이 독립군으로 전환해가는 시기였다. 때문에 수많은 우국지사가 독립운동을 하려고 국외로 망명하기도 했지만, 역으로 국내로 진출해 인적 자원과 군자금을 확보하려고 동분서주하기도 했다. 국내에 잔류해 있던 세력들도 1913년을 전후로 점차 비밀결사를 통한 투쟁의 필요성을 느끼고 그 가능성을 살펴보고 있었다.

박상진은 며칠 동안 채기중의 집에 머물렀다.

그는 전통 유학을 공부한 사람, 성리학에 바탕을 두고 의병 활동에 직간접으로 참여했거나 대체로 친의병적인 사람, 왕정복고에 거부감을 느끼지도 않고 새로운 정치체제나 이념에도 비교적 무관심한 사람, 새로운 정치체제나 이념에 거부감을 가진 사람 등 풍기의 여러 독립지사와 많은 이야기를 나누었다.

그 뒤 의병 출신들로 풍기광복단을 확장시킨 사람은 김원식과 정성산이고, 양제안은 조직의 확장에 노력을 아끼지 않으면서도 이를 계기로 박상진의 광복회 결성에도 풍기광복단과 연결하여 많은 지원을 해주었다.

풍기광복단을 구성한 지사들은 그들의 됨됨으로 말미암아, 처음에는 복벽주의를 견지하다가 후일 박상진과 광복회를 결성함으로써 신지식인들과 함께 공화주의 이념을 서서히 수용하게 된다. 의병장이기도 했던 스승(허위)의 인맥으로 알게 된 양제안이 풍기광복단 결성에 참여하게 된 일은 박상진에게는 노련한 의병 출신의 든든한 인맥을 갖추어주는 계기가 되었다.

제6부

물오른 항일운동

독립 위해 하나가 되다

　만주에서 돌아오자, 고단한 몸을 쉬일 틈도 없이 박상진은 더욱 바빠졌다. 그가 채기중과 함께 광복회를 조직하기로 약속한 뒤 착수한 일은 경남 창녕 출신의 백산 우재룡(白山 禹在龍)을 영입하는 일이었다.

　구한국군 출신인 우재룡은 산남의진 의병장 정용기(丹吾 鄭鏞基)가 재차 창의(唱義)할 때 정용기와 함께 산남의진에서 연습장(練習將)으로 활동하다가 체포되어 무기징역을 선고받고 복역하던 중에 한일병탄이 되면서 감형이 되어 출옥했다. 그 뒤로 김천군 지례에 이거해 우이현(禹利見)이란 이름으로 신분을 숨겼다. 그의 다른 이름에는 경옥(景玉)·김재수(金在洙)·김상호(金尙浩)도 있었다.

　동지들이 그를 영입하려고 수차례에 걸쳐 노력했음에도 불구하고 그는 때를 기다리며 은인자중하고 있던 터였다.

　양제안과 채기중이 여러 차례 우재룡을 만나 회유하고 권유했으나 우재룡은 그때마다 사양했다.

　"사람을 만나고 술을 마시고 하는 일은 전쟁에서 패한 군인이 하는 일이 아닙니다."

　박상진은 실천력이 강한 인재가 필요했다. 채기중의 말을 들으니 벌써부터 우재룡에 대한 호의가 생겼다. 그는 양제안의 큰아들 양한기에게 부탁했다.

"수일 이내로 풍기로 가겠소. 우재룡 의병장에게 가서 나를 만나러 풍기로 꼭 와달라는 말을 전해주시오."

이에 양한기는 은거해 있는 우재룡에게 박상진의 말을 전달했다.

우재룡은 박상진이 풍기에 온다는 전갈을 받고서, 풍기읍에 있는 주막에서 박상진을 기다렸다.

두 사람이 만났다.

박상진은 형형한 눈빛을 발하며 힘주어 우재룡을 설득하기 시작했다.

"나의 원대한 포부를 말하겠습니다. 만주 진야(滿洲陳野)에 조선식 수도(水稻 : 무논에 심는 벼농사)를 장려하고, 지나(支那 : 중국)와 노령(露領 : 연해주)에 거주하는 조선인 동지들과 함께 국내외로 상응하려고 합니다. 그리고 구미 제국과 외교를 통해 국권을 회복해야 합니다. 이건 우리가 살아가면서 반드시 해내야 할 임무입니다. 우리가 못 하면 우리의 뒤를 이어 후임을 세우고 또 그 다음에 후임을 세워서라도 해야 하는 막중한 일입니다. 저의 소원을 꼭 들어주어 부디 함께 활동했으면 좋겠습니다."

우재룡은 '막중한 일'이라는 말에 마음이 흔들렸다. 내심 박상진의 말에 승복하지 않을 수 없었다. 박상진의 뜨거운 열정에 감복되어 우재룡의 닫힌 마음의 빗장이 일순간에 열렸다.

"내가 산남의진에서 패배한 뒤 무기징역을 선고받고 감옥에 있었을 때, 오사로란 노인이 있었소. 내가 감형이 되어 풀려나와 오랜만에 고향으로 돌아가니 부친은 이미 돌아가셨고, 처자 권속들마저 죽고 나니 눈앞에 보이는 게 없을 정도로 비통하기 짝이 없더이다. 전국 각지로 방황하다 하양에서 조응서 씨의 따님에게 장가들어 자식을 얻고 살다가, 감옥에서 만났던 오 공(吳公)이 사는 지례로 갔었소. 오 공께서 나에게 자(字)를 이현(利見)이라 지어주어서 그곳 사람들은 내 원래 이름을 모른답니다. 이제 겨우 마음을 잡아가고 있는데, 이렇게 박 선생께서 내 마음을 흔드는구려. 내 그대의 말에 따르리다. 나는 영원히 조선 군인으로 살겠습니다. 박 선생과 생사를 같이하기로 맹세합니다."

"고맙습니다. 생사를 같이하기를 맹세합니다."

어렵게 만난 박상진과 우재룡이었지만, 의외로 쉽게 마음이 합해져 두 사람은 손을 굳게 마주 잡았다. 구국을 향한 진정한 마음과 열정이 두 사람 모두 똑같았기에 가능했다.

채기중도 크게 기뻐했다. 풍기광복단원들이 모인 자리에서 박상진은 새로운 광복회의 필요성을 피력했다.

"광복회라는 명칭은 왕년에 이갑(李甲)과 신민회를 창설하는 데 주된 역할을 했던 도산 안창호가 서북학회를 조직하고 국가의 위급함이 크다는 것을 설명하면서 국민의 자각을 일깨울 때 쓰려고 했습니다. 도산은 공화주의자입니다. 미국에서 생활하면서 의회민주주의를 수년 간 목격하고서, 광복회란 명칭을 사용하려고 했던 게지요."

박상진의 말에 채기중이 미간을 찌푸렸다.

"그렇다면 광복회는 공화정을 목표로 한다는 게요? 나는 조선 왕실을 다시 세우는 복벽주의를 주장하는 사람이외다. 태황제(고종)께서 도로 조선의 주인이 되어 백성은 왕을 중심으로 신하의 도리를 다하며 태국안민(太國安民)을 누리기를 바라기에 이 일을 하고 있는 것이외다."

우재룡도 언짢은 표정이 역력했다.

"나도 소몽(채기중)처럼 왕을 다시 세우는 복벽주의에 동감이오. 태황제께서 살아 계시는 동안, 일반 민초들에게는 공화주의 건설이라는 목적으로 광복회가 구국 활동을 한다고 하기보다는, 구한국의 건설을 위해 독립운동을 한다고 하는 게 더 설득력 있다고 생각하오."

박상진은 특히 어렵게 열린 우재룡의 마음이 도로 닫히지 않으려면 자신이 한발 뒤로 물러나야 한다고 판단했다. 사실, 소수의 신지식인들을 제외하면 공화주의를 공공연하게 말해서 선뜻 이해해줄 만한 사람도 없었다. 더구나 전통 유림이나 의병 출신들에게는 구한국의 국권 회복이라는 목적이 훨씬 더 값있는 목적이 될 것임은 자명한 일이었다. 박상진 역시 전통 양반 가문 출신으로서 자신도 조선의 국왕이 그대로 존재하고 조선의 국권이 예전처럼 되살아나기만 한다면 얼마나 좋을까 하고 꿈같은 상상을 수백, 아니 수천 번이나 하지 않았던가.

"사실 구한국을 회복한다는 의미에서 복벽주의도 광복회의 취지와 맞습니다. 거기에 무슨 이론이 있어서 드리는 말이 아닙니다. 다만, 세계 정세와 국민을 위해서 앞으로 우리 회가 어떤 방향으로 가는 게 더 바람직할지는 신중하게 연구해야 할 것입니다. 우리는 오직 독립이라는 이름을 위해 하나가 되어야 하지 않겠습니까?"

박상진의 회유에 전통 유림 세력과 의병 출신들은 그제야 안도한 듯 고개를 끄덕거렸다.

"그렇소. 공화정치는 나중의 일이오. 나라가 없는 판에 공화정이 될 법한 말이겠소? 우선은 독립이오. 하루속히 독립을 되찾는 데 주력해야 합니다."

그리하여 복벽주의 노선을 지향하는 전통 유림이든, 공화정치를 지향하는 혁신 유림이든, 광복회는 오직 독립을 위해 하나가 된 단체로 만들기로 뜻을 모았다.

"오직 독립을 위해!"

광복회를 결성하는 데 있어서 이견(異見)들이 다소 반복적으로 교환되었지만, 오직 독립이란 하나의 목적을 위해 사사로운 의견은 접으며 광복회를 만들어가는 데 모두 주력했다.

그때는 마침 제1차세계대전(1914~1918년) 소식이 들려온 시점이었고, 일본은 그해 8월 23일에 독일에 선전포고를 함으로써 연합국 측에 가담했다. 일본이 독일에 맞서 참전했다는 소식에 조선인은 일본의 패배에 기대를 걸고 독립의 희망을 버리지 않고 있었다.

"국내에서는 데라우치 총독이 펼치는 무자비한 무단통치가 항일 의지를 마비시켜가고 있는 데다, 시간이 흐름에 따라 식민지 지배 정책에 사람들은 면역이 되어가고 있습니다. 그러나 만주와 연해주뿐만 아니라, 중국 관내와 미국과 유럽 쪽에서는 우리 조선 독립운동가들의 움직임이 활발해지고 있습니다. 그런데 국외에서 벌이는 활발한 독립운동에 비해 자금의 공급은 개인이 감당하기에는 현실적으로 너무나 벅찹니다. 여러분이 도와주셔야 합니다."

박상진은 평소 뜻이 통하는 동지들에게 누누이 그렇게 호소했다. 동지들도 무엇인가 국내에서도 변화가 필요하다고 공감했다. 좀 더 조직적이고 효과적으로 움직일 수 있는 단체가 필요했고, 아울러 강력하고 실질적인 투쟁 대책이 절실한 때라고 모두는 느끼고 있었다. 광복회가 필연적으로 태동하는 시기였다.

1914년 11월, 우재룡은 가족들을 이끌고 마침내 경주 녹동(노루골)으로 이주했다. 그가 후일 주비단사건으로 재판을 받을 때 주소지는 박상진과 같은 경주군 녹동 469번지였다. 주비단은 광복회원들이 우재룡과 권영만을 중심으로 3·1운동 후 활동을 재개하다가 임시정부와 연계하여 국내에서 조직한 비밀결사 단체이다.

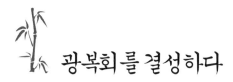
광복회를 결성하다

    바쁜 하루하루를 보내고 있던 어느 날, 모처럼 노루골에 들른 박상진에게 뜻밖의 반가운 손님이 찾아왔다. 의형제 김좌진이었다. 김좌진은 북간도에 독립군사관학교를 설립하려고 자금 조달차 돈의동에 사는 족질 김종근(金鍾根)을 찾아간 것이 원인이 되어, 서대문형무소에 투옥되어 2년 6개월간 수감된 후 출옥(1913년 9월)하고, 홍성에서 10개월여 동안 연금되었다가 가까스로 풀려나 지내던 중 불현듯 녹동으로 그를 찾아온 것이었다.

    박상진은 옥고를 치르느라 비쩍 말라버린 김좌진을 반갑게 맞이했다. 김좌진은 박상진으로부터 그동안의 소식을 듣고서 광복회 결성에 적극적으로 참여하겠다고 말했다.

    "고헌 형님, 제 생각에는 무엇보다 행동으로 활동할 수 있는 의병 경력의 동지를 구하는 일이 시급한 것 같습니다."

    박상진도 고개를 끄덕였다.

    "맞네. 무단통치 시대이니 조선국권회복단이 온건 노선을 가려고 하는 것도 무리는 아닐세. 온건 노선이 주장하는 계몽 노선도 나름대로 뜻이 있는 활동이지. 하지만 나는 내 할 일이 따로 있네. 노령과 만주 등지에서 이뤄지고 있는 항일 투쟁에는 군자금이 무엇보다 급한 일이네. 온건 노선으로 방향을 잡아가는 국내 운동을 방치하다가는 독립은커녕 독립군의 씨가 다 말라버릴지도 모르네."

"맞습니다, 형님. 몸을 사려서는 안 됩니다. 저도 만주든 국내든 무슨 일이든지 형님을 돕겠습니다."

두 사람은 역시 의기가 투합되는 동지였다.

박상진은 심각하게 김좌진에게 진심을 토로했다.

"우선은 일제의 눈에 띄지 않는 만주로 가서 당분간 있다가 수시로 연락하며 오가기로 하지. 몇 년 동안 만주를 다니면서 나는 절실하게 느꼈다네. 간도에는 의병 출신의 뜻있는 지사들이 많이 있네. 하지만 그들의 의욕에 비해 그들이 처한 환경이 얼마나 비참하고 열악한지 자네도 알 거야. 나는 그들에게 군자금을 지원해주기로 약속했다네. 그곳에 있는 애국 지사들과 국내에서 연계 투쟁을 해야 한다네. 그런데 국내 지사들의 인식 부족도 문제인 데다, 현실로는 모두들 구국을 외치지만 미온적이고, 당장 만주 땅에 큰 도움이 되지 못해 안타까울 뿐이야. 국내에 뿌리를 둔 모태 조직이 없네. 그걸 만드는 문제가 가장 시급하다네."

"그렇지요. 하긴 근거가 없는 부초 같은 떠돌이에게 누가 군자금을 대주겠습니까? 형님 말씀대로라면 의군이 변형된 뭐랄까…… 신식 군대 같은 강력한 조직이 필요하겠는데요."

박상진은 김좌진의 말에 고개를 끄덕였다.

"백야! 바로 그거야. 그 때문에 지금 광복회를 추진하는 것 아닌가? 현재 국내 상황에서는 비밀이 우선 보장되는 지하조직이어야 하지만, 우리가 만주 쪽 사람들과 힘을 합쳐 거사를 일으킬 때에도 전혀 이질감이 없이 하나가 되려면 군인 정신이 철저한 사람이어야만 한다네."

"고헌 형님, 시작이 반이라고 이제 일은 거의 된 거나 다름없습니다. 저도 국내에 있는 동안에 형님의 뜻을 받들어 동지들을 규합해보겠습니다.

의병도 대한의 군인, 비밀 신식 군대의 군인도 군인입니다. 군인은 살아서도 군인, 죽어서도 군인이지 않습니까?"

박상진은 김좌진의 말이 마음에 썩 흡족하게 닿아서 빙그레 웃었다.

"역시 백야답네."

이후로 박상진 · 채기중을 비롯한 풍기광복단원, 우재룡과 권영만을 비롯한 영남 지역 출신의 의병장들, 김좌진을 비롯한 호서 지방 인사들, 조현균 · 성낙규 · 조선환 등이 앞장선 관서 지방의 지사들, 이미 만주에서 만났던 이관구의 연고지인 황해도 지역의 인사들은 서로 긴밀한 연락을 취하면서 서서히 뜻을 모아갔다. 그리고 매우 당연하게 상업 조직으로 위장한 항일 인사들과 조선국권회복단 단원들 중에서 강경파 인사들과도 자연스럽게 접촉했다.

박상진은 광복회를 창단할 때부터 참여한 김좌진에게 아내 영백의 사촌 동생인 최준을 천거했다. 최준은 1917년부터 백산상회에 출자했다. 곡물 · 면포 · 해산물 등을 판매하는 개인 상회로 출발한 백산상회는 1919년 5월에 자본금 100만 원과 총 주식 수 2만 주, 주주 수 182명의 백산무역 주식회사로 확대 개편되고, 대구 · 서울 · 원산 · 봉천(奉天) 등지에 지점과 연락 사무소를 설치하는 등 대규모 회사로 성장하게 된다. 최준은 대한임시정부 주석 백범 김구에게 거액의 군자금을 보내기도 한다. 해방 직후에는 재산을 기증하여 계림대학과 대구대학을 설립, 오늘의 영남대학교에 이른다.

박상진은 동지들 앞에서 최준을 아주 훌륭한 인물로 칭찬했다.

"최준은 경주 교촌에 있는 내 처가가 있는 곳에서 태어났다네. 나와는 동갑내기이고, 내 아내 영백과는 사촌지간일세. 처가 자랑을 하는 일이 쑥스럽기는 하네만, 최준은 9대 진사 12대 만석지기 최 부잣집 아들이네."

"그렇다면 고헌 형님과 가까운 사이이니 앞으로 광복회 재무를 맡기는 것도 좋을 것 같습니다."

그러나 이들의 제의를 받은 최준은 머뭇거렸다. 그는 국권회복운동에 동참할 용기가 선뜻 나지 않았다. 그 길이 얼마나 험난한지 아직 가보지는 않았지만, 익히 알고도 남음이 있었다. 수많은 우국지사의 항일 투쟁에는 목숨과 가산마저 내놓아야 하는 위험이 실과 바늘처럼 언제나 따라다녔다. 그 역시 식민지 시대에 이렇듯 위험한 선택을 했다가 어떤 불이익을 당하게 될지 알 수 없었다. 그래서 김좌진 명의로 최준에게 군자금을 요청하는 협박장을 보내고 박상진이 무마해주는 형식으로 하여, 최준은 광복회 일에 동참하게 된다.

마침내 광복회(光復會)가 결성되었다.

1915년 음력 7월 15일(양력 8월 25일)이었다. 그날은 명일(名日)의 하나인 백중(百中)이었다. 사람들로 붐비는 대구 달성공원 한쪽에 한 무리의 사람들이 모여 있었다. 한복을 입은 사람과 양복을 입은 사람이 뒤섞여 있고, 노년에 가까운 사람이 있는가 하면 20대 젊은이도 있었다. 가까이에서 보니 종이에 쓴 시제(詩題)가 걸려 있고, 사람들마다 가지고 온 지필묵(紙筆墨)을 앞에 펼쳐놓고 있었다. 시회(詩會)를 하는 모양이었으나 유심히 보면 사람들의 표정은 어딘지 굳어 있었고, 경계하는 듯했다. 하지만 그들은 주위의 들뜬 분위기에 이내 묻혀버렸다.

눈을 뜨고 있을 때나 감고 있을 때나 광복을 꿈꾸는 사람들이 그곳에 모였다. 그들은 광복회를 결성하는 오늘이 있게끔 희생을 마다 않고 앞장선 박상진을 총사령으로 추대했다.

사람들 앞에 선 총사령 박상진은 광복회의 의미를 풀이했다.

"광복회(光復會)라는 이름은 일본에게 빼앗긴 국권을 본래대로 돌이키고 사물을 원래대로 되돌린다는 의미에서 짓게 되었습니다."

일사분란하게 진행된 회의에서 총사령 박상진이 대표로서 먼저 맹세하

자, 단원들도 그를 따라 맹세했다.

선언(宣言)

하늘에는 경(經, 즉 도리)이 있고 땅에는 의(義)가 있어, 삼재(三才, 즉
하늘·땅·사람)는 하나이다.

우리는 오직 광복을 바랐을 뿐이나, 세월은 흘러 벌써 후손 대에 이르
렀도다.

마음이 어질어 편안함을 얻는 일은 만물에 흔치 않으나, 북을 울려 동족의 혼을 일으키려 함은 빼앗긴 나라를 위해 복(福)을 만들려고 함이다.

실천 방법(實踐方法)

우리는 우리의 대한 독립권을 광복(光復)하기 위하여 우리의 생명을 희생하려 함은 물론이고 우리의 일생의 목적을 달성하지 못할 때는 자자손손이 계승하여 불구대천의 원수 일본을 완전하게 축출하고, 국권을 완전히 광복하기까지 절대불변하고, 일심으로 육력(戮力)할 것을 천지신명에게 서약한다.

一. 무력 준비 : 일반 부호의 의연(義捐)과 일본인이 불법 징수하는 세금을 압수하여 이를 위해 무장을 준비한다.

二. 무관 양성 : 남북 만주에 사관학교를 설치하고 인재를 양성하여 사관(士官)으로 채용한다.

三. 군인 양성 : 우리 대한에 유래한 의병, 해산된 군인 및 남북 만주 이주민을 소집하여 훈련해서 채용한다.

四. 무기 구입 : 중국과 러시아에 의뢰해서 구입한다.

五. 기관 설치 : 대한, 만주, 북경, 상해 등 중요한 곳에 기관을 설치하되, 대구에 있는 상덕태상회에 본점을 두고 각지에 지점 격인 여관 혹은 광무소(鑛務所)를 두어서, 이로써 본 광복회의 군사행동의 집회를 소집하고 왕래하는 등 모든 연락을 담당하는 기관으로 한다.

六. 행형부(行刑部) : 우리 광복회는 행형부를 조직하여 일본인 고등관(高等官)과 우리 한인의 역적 분자는 수시로 어디서나 포살(胞殺)을 행한다.

七. 무력전 : 무력이 완비되는 대로 일본인 섬멸전(殲滅戰)을 단행하여 최후 목적을 완성하려 한다.

위의 내용은 총사령 박상진의 항일 투쟁의 방향을 고스란히 대변해준다. 중국의 신해혁명을 통해 받아들인 혁명적인 투쟁 방략이었다. 남북 만주에 군사 양성 시설을 설치해 사관과 군사를 양성하고, 이들을 무장시킨 다음 평소에는 농사 등 생업에 종사케 하다가, 기회가 오면 일본과 전쟁을 벌여 나라를 되찾은 후, 공화주의 국가를 건설하겠다는 단계적 투쟁 방략이다. 그러나 그가 구상한 단계적 투쟁 방략 중 해외 군사 교련 기관의 설립은 현실적으로 어려웠기에 그 대안으로 신흥무관학교를 지원하기로 했다.

　4대 강령(綱領)은 첫째는 비밀, 둘째는 암살, 셋째는 폭동, 넷째는 명령이었다.

　박상진은 이에 대해 설명했다.

　"광복회는 다양한 신분과 서로 다른 이론을 가진 이들로 구성되어 있습니다. 말하자면, 전통 유림과 의병 경력이 있는 회원은 복벽주의를 원하고, 혁신 유림이나 신지식인은 공화주의를 원합니다. 비밀과 명령이라 함은, 광복이란 목적을 달성하기 위해서는 일제 치하인 점을 감안하여 이렇게 다양한 구성원들 간의 차이를 극복하고 서로 간의 비밀을 유지하면서 명령에 따라야 하기에 그렇습니다. 우리 광복회가 군대 조직처럼 명령체계를 이루어야만 독립운동을 과감하게 할 수 있으며 내부 분열을 막을 수 있을 것입니다. 또한 암살이라 함은, 현재 세계 정치의 흐름에 비춰볼 때 우리가 추구하는 바가 궁극적으로는 공화정이 될 수밖에 없다는 사실에서입니다. 공화주의 국가를 건설하려면 무장투쟁은 불가피하게 따라올 수밖에 없습니다. 무장투쟁 방법 중 현실적으로 가능한 것이 암살입니다. 광복회는 무장투쟁 노선을 어쩔 수 없이 수용해야만 하는 시점입니다. 그리고 마지막으로 폭동이라 함은, 지금 당장은 실행하기 어렵겠지만, 후일 우리 광복회가 주동이 되어 거국적인 국민 봉기로 나라를 되찾자는 취지에서입니다. 광복회는 반드시 국민적인 호응을 얻어 일본에서 해방되는 날이 속히 오도록 노력해야 합니다."

오늘 광복회가 결성되기까지 사적인 자리에서 수도 없이 들어왔던 4대 강령이다. 회원들은 익히 알고 있었다. 잔학한 일제의 무단정치 아래에서 국내 비밀결사단으로서 할 수 있는 일이 있다면, 군자금 모금과 친일 부호 세력을 처단하여 일제의 간담을 서늘하게 하는 일과 국민들이 일제 식민지에 물들지 않도록 경각심을 일깨우는 것이었다. 그런 일을 하려면 반드시 비밀이 전제되어야 한다. 그리고 군대식 편제로 일사분란한 명령 체제를 유지하는 것도 필수적인 사항이다. 또한 광복회를 밀고할 우려가 있는 친일 세력을 암살하는 일은 그 자체가 미치는 파괴력과 영향력을 십분 이용하여 군자금 모집을 용이하게 하는 자명(自明)한 방법이었고, 시대적인 상황에서 의지만 가지면 언제든지 실천 가능한 유효한 방법이기도 했다.

"우리 광복회는 의를 위해 투쟁하며, 불의가 승리하지 못하도록 눈을 부릅뜨고 사명을 감당하는 비밀결사 단체입니다."

총사령이 의지를 가지고 의로움을 강조했고, 공화정치가 세계적인 대세라는 말을 자주 했기 때문에 전통 유림의 채기중 계열과 의병 출신의 우재룡 및 동지들도 이제 거부감을 느끼지 않았다. 다만, 그들은 아직까지도 구한국의 국권이 회복되어 고종이 다시 왕권을 잡길 간절하게 소원하고 있었다.

여하튼 총사령 박상진과 김좌진, 채기중 등의 노력으로 결성된 광복회는 의병 출신 장년, 계몽주의 노선 인사들, 정통 유림 출신 인사들, 신교육을 이수한 신지식인들, 양반 계층과 평민·상민 계층의 인사들이 함께했으며, 국권 회복이라는 오직 한 가지 목표 아래에서 한마음으로 단결되었다.

이들은 비밀 유지를 위해 지부 조직을 이중으로 결성하기도 하고, 소금물로 서류를 작성하고, 서류를 운반할 때에는 종이 끈으로 꼬아 전달하기도 했으며, 지팡이 속에 은닉하기도 했다. 필요한 때에는 변장도 하면서 모든 일에 신중을 기했다. 광복회원 한 명을 입회시켰을 때는 "광부 한 명을 얻었다"라고 했으며, 자금 조달할 회원 한 명을 입회시켰을 때는 "금광 1개소를 발견했다"라고 말하는 등 은어을 사용하기도 했다.

박상진의 독립 투쟁에는 전쟁이란 본질이 도사리고 있었고, 광복회원도 단순한 단원이 아니라 군인이라는 개념으로 군대식의 편제를 실행했다. 남만주를 주유하면서 스승 허위로 인해 알게 된 양제안을 비롯한 우국지사들과의 만남, 신해혁명을 둘러본 일, 손문을 직접 만나고 그에게서 선물로 받은 권총, 의동생 김좌진의 의견, 모든 기득권을 포기한 채 겪은 10여 년에 걸친 박상진만의 독특한 경험들이 녹아져 광복회는 그런 모습으로 필연적으로 탄생하게 되었던 것이다.

물론 그의 뒤에는 묵묵히 아들의 일을 도와주는 두 분 아버지 박시룡과 박시규, 그리고 두 분 어머니 조동원과 이석태, 가장 큰 힘이 되어주는 아내 최영백의 인내가 있었음은 두말할 필요가 없을 것이다. 또한 한참 아버지 품이 그리울 두 아이, 어느새 15세 소년으로 자란 아들 경중과 12세 딸 창남이 아버지를 나라에 양보한 갸륵한 마음은 어떠랴. 그러했기에 박상진은 오직 광복회 일에만 몰입할 수 있었다. 그는 광복회 지사들에게 누누이 일렀다.

"우리 광복회는 의병을 뛰어넘는 군사력을 동원해야 합니다. 신식 무기로 무장해서 현대전을 수행할 수 있는 능력을 길러야 합니다. 그러려면 만주에 있는 군관학교에 지원할 군자금이 필요합니다. 이주민도 모집해야 합니다."

회원들에게는 이제 모두 인식된 문제였다. 하지만 이 두 가지 큰 사업에는 계몽운동과 독립전쟁이 모두가 필요했다. 한 가지 방법만으로는 항일 투쟁이 불가능하다는 사실도 이제는 알고 있었다.

신의주 손 병사 집

광복회를 결성한 박상진의 발걸음은 더욱 바빠졌다.

1915년의 일이다. 박상진은 무역을 주선하는 일로 만주로 가는 길에 서울에 잠시 들렀다. 그런데 서울 거리 한복판에서 양정의숙 설립자와 친척 관계에 있으면서 졸업 후에는 정부 관리가 된 엄호동이란 친구를 만났다. 반가웠다.

"오랜만이네. 잘 지냈나?"

두 사람은 담소를 나누었다. 그런데 엄호동에게는 일행이 있었다.

"여보게, 기백이(璣伯 : 박상진의 字), 이분들이 누구신 줄 아나? 자네 스승의 친척분들이네. 이분들은 만주로 이민 가시는 길이라네. 성산(허겸)께서 신의주까지 이분들의 여정을 나에게 부탁하셨다네."

박상진은 깜짝 놀랐다. 우연하게 스승의 친척을 만난 것이다. 스승의 가족은 이미 허겸과 함께 만주에 살고 있고, 이번에는 친척들을 주선해 망명길에 올랐다고 했다.

중년의 남자 한 사람이 박상진의 손을 부여잡고 여러 번이나 고맙다는 말을 했다.

"저희는 박상진이라는 이름을 귀에 못이 박히도록 많이 들었습니다.

왕산(허위)께서 경성감옥에서 순국하셨을 때, 일가친척 그 누구도 경성감옥으로 가는 발걸음을 떼지 못하고 얼어붙어 있었습니다. 일가도 못 수습한 시신을 거두시고 지금도 스승의 뒤를 이어 구국 활동을 하신다는 말씀을 많이 들었습니다."

스승을 생각하면 어느새 눈가가 붉어지는 박상진이다.

일행 중 여덟 살 여자아이 허은이 슬픈 표정으로 박상진의 손을 꼭 잡고 말했다.

"저는 아저씨를 영원히 기억할 거예요."

스승의 친척들도 만감이 교차하는 듯 눈시울을 붉혔다. 스승에게 쏟은 박상진의 정성을 익히 들은 바가 있는 데다 허위의 덕을 추억하면서 금세 나라를 잃은 슬픔과 회한에 젖어들었다. 하지만 마냥 감상에 빠져 있을 수도 없었다.

"저도 마침 일이 있어서 신의주로 가려고 합니다. 신의주에 제가 잘 아는 숙소가 있는데 그리로 모셔도 되겠습니까?"

"그럼요. 감사할 뿐이지요."

조금 있으니 만주로 이민을 가려는 다른 일행이 속속 도착하여 70명이나 되었다. 그들과 함께 박상진은 경의선을 탔다. 만주로 이민 가는 사람들은 자리에 앉아 여러 상념에 젖은 듯 다들 말이 없었다.

"다 왔습니다. 여긴 신의주입니다."

일행은 신의주역에 내렸다. 역사를 빠져나오니 이주민의 삶이 앞으로 얼마나 험난할지 미리 알려주기라도 하듯 비가 억수같이 쏟아지고 있었다. 낯선 국경역에서 을씨년스런 궂은 비를 맞으며 일행은 말없이 걸어갔다. 국제도시 신의주는 유랑민이 되어 한국을 떠나는 사람들로 술렁거렸다. 이 땅 사람들의 발목이라도 붙잡아두고 싶은 듯 비를 흠뻑 빨아들인 땅은 질벅거렸다.

마침내 박상진은 스승의 친척들을 데리고 신의주 안동여관으로 갔다.

대나무 울타리가 쳐져 있는 아담한 집 안동여관을 사람들은 '손 병사(孫
兵使) 집'으로 불렀다.

　만주 이민자를 성심껏 돕던 손일민은 오랜만에 만난 박상진을 비롯한
일행들을 따뜻하게 맞이했다. 잘생긴 손일민의 아내는 비까지 맞은 일행
을 집 안으로 안내해 여정에 지친 마음을 편하게 해주었다. 안동여관은
주인의 부지런함을 말해주듯이 어디 한 군데 허술함 없이 모든 게 정갈하
게 정돈되어 있었다.

　허위의 친척들은 이틀 동안 안동여관에 머물렀다. 안주인은 방방마다
들여다보며 "불편한 데 없으신지요?"라며 친절하게 물었고, 밤에는 "지
친 심신을 풀어드리려고 왔어요" 하며 책을 읽어주었다. 모두들 안부인
배려에 편히 쉬다가 떠났다.

방환신 防丸申(방탄복) 실험

광복회에서 가장 관심을 가진 부분은 군자금 마련과 함께 무기와 실탄을 확보하는 일이었다. 무기는 박상진이 만주 등지로 다니면서 이미 여러 차례에 걸쳐 구입했지만, 거사를 도모할 때 부족함이 없도록 마련되어 있어야 했다.

1915년 10월의 일이다. 박상진은 광복회 결성 이후 의욕적인 일을 실행했다. 방환신(防丸申)을 개발해 그 성능을 녹동 깊숙한 골짜기에서 실험한 것이다. 방환신은 방탄복이었다.

정준영(鄭俊永)·양재환(梁在煥)·김규(金奎)가 방환신 실험에 참여했다.

그들은 깊은 노루골 안으로 들어갔다.

김규는 판자를 멀리 세워놓고 방환신을 판자 위에 입혔다. 김규는 권총으로 방환신을 향해 쏘았지만, 총알은 방환신을 관통하고 말았다.

"이건 도저히 방탄이 될 수 없겠소."

박상진은 고개를 가로저었다.

"이번에는 실패했지만 다음에는 성공해보겠습니다."

김규(金圭, 본명 김교훈 : 金敎勳)가 말했다. 충남 유성 출신인 그는 강원도 등지에서 의병 활동을 한 적이 있고, 조선국권회복단에서 권유부장으로 있으면서 광복회와도 긴밀한 연락을 담당하고 있었다.

우편 마차 세금 탈취 사건

　　1915년 12월 중순, 한동안 대구 상덕태상회에 머물면서 광복회 지부의 연계로 동지들을 만나느라 분주하게 지내던 박상진은 모처럼 녹동에 들렀다. 그때 마침 사촌 처남 최준이 그가 잠시 들렀다는 말을 듣고서 황급히 내방했다. 박상진의 집에는 작년 11월부터 녹동으로 가족들을 데리고 이사 온 우재룡도 있었고, 권영만(權寧萬)도 밀담을 나누려고 내왕한 참이었다.

　　경북 청송 출신 권영만은 아버지 권인환(權寅煥)을 수행하면서 의병대에서 활약한 적이 있는 인물로, 그는 후일(1920년 2월) 우재룡 등과 함께 주비단(籌備團)을 조직하고 계속 군자금을 모금하여 대한민국임시정부와 해외 독립 운동 단체에 보내 측면 지원하기도 했다. 한편, 재만북로군정서(在滿北路軍政署)의 비밀 지령을 받고 한국 내의 일제 통치의 폭압 여부를 조사하기 위해 미국 의원단이 내한하는 기회를 이용, 조선총독부의 수뇌부를 암살할 계획을 수립하지만, 비밀이 누설되어 일본 경찰에 체포되고 징역 8년을 선고받는다.

　　총사령 박상진, 지휘장 우재룡, 참모장 권영만, 재무부장 최준 이렇게 네 사람이 마주 앉았다. 박상진은 서울에서 뜻밖에 허위 선생 일가를 만나 신의주까지 안내하고 온 이야기와 상덕태상회의 진행 사항을 세 사람에게 알려주었다.

그때 최준이 심각한 표정으로 말문을 열었다.

"경주·영덕·영일, 이 세 개 군에서 거둬들인 세금을 실은 우편 마차가 24일에 경주를 출발한다는 정보를 입수했습니다."

자나 깨나 군자금 모집에 전력을 쏟아붓고 있던 박상진의 귀가 번쩍 뜨였다. 그 세금을 탈취해 군자금으로 보낸다면 독립군들에게 상당한 도움이 될 수 있을 것이었다. 우편 마차가 경주를 출발해 대구로 향한다면 무열왕릉을 지나 건천 쪽으로 가야 하니, 소태고개와 두대(斗垈)마을 사이그 어느 지점이 적당할 것 같았다.

"두대마을 앞에는 효현교가 있습니다."

"효현교는 목재 다리입니다."

"그렇소. 효현교와 광명리 사이의 도로에서 세금을 운반하는 우편 마차를 습격하면 될 것이오. 사전 답사를 하고 실행하는 일은 우재룡 동지와 권영만 동지가 해주시오."

박상진의 명령이 그 자리에서 즉시로 떨어졌다.

"네."

우재룡과 권영만의 얼굴에는 굳은 결의가 섰다. 두 사람은 모두 의병 출신으로, 군인으로서 그 역할을 감당하겠다는 강력한 의지를 가지고 있었다.

권영만은 출발 하루 전인 23일에 병색이 완연한 환자로 가장하고 마부를 방문했다. 우편 마차에는 외부 사람이 동승하지 못하기에 어떻게든 동승할 수 있도록 사유를 만들어야 했다. 38세 권영만은 일부러 밭은기침을 해가며 기운 없는 목소리로 마부에게 통사정을 했다.

"나는 폐병이라는 죽을병에 걸렸소. 내일 대구 병원에 치료를 받으러 가기로 의사 선생님과 약조가 되어 있소. 이번 기회에 치료를 받지 못한다면 죽을 것이니 꼭 나를 데리고 가주시오."

마부는 처음에는 완강하게 거절했으나 권영만이 하도 애절한 눈빛으로 통사정을 하니 애처로운 생각이 들었는지 마지못해 허락을 해주었다.

"그럼 하는 수 없소. 내일 새벽에 일찍 출발해야 하니 누추하지만 우리 집에서 함께 잠을 자는 게 좋겠소."

계획대로 권영만은 마부의 집에서 하룻밤을 묵었다.

그 사이에 우재룡은 마차를 강물로 들어가게 유인하려고 두대마을 앞에 있는 목재 다리 효현교 일부를 파괴했다. 엄동설한 추운 날씨였다. 온몸은 추위로 떨렸다. 우재룡은 그 근처 허름한 헛간에 몸을 의지해보았지만, 추위는 뼛속 깊이 파고들었다. 하지만 충천한 의기(義氣)가 사나운 한풍(寒風)을 곧 물리쳐 버렸다.

이튿날인 24일 새벽 2시 40분경, 출발 채비를 다 한 마부는 권영만에게 말했다.

"여기 짐칸에 앉으시구려."

"예, 예. 고맙습니다."

권영만은 여전히 기운이 없어 보이는 표정으로 구부정하게 허리를 깊숙이 숙이며 마차 뒤 짐칸에 앉았다. 매섭도록 추운 날이다. 마부는 다행스럽게도 그가 누구인지 아직도 전혀 의심하는 기색이 없었다.

마차는 대구를 향해 움직이기 시작했다. 아직 닭 우는 소리조차 들리지 않는 적막한 새벽길이다. 귀덮개가 있는 털모자를 쓰고 두툼한 방한복을 갖춰 입은 마부가 휘두르는 채찍 소리와 말발굽 소리만 찬 새벽 공기를 울리고 있었다.

겨울 새벽바람을 가르며 달리는 마차는 어느새 무열왕릉 언덕을 넘어가고 있었다. 그때에 한층 더 심하게 차가운 바람이 휘익 하고 불어오자 마부는 목을 외투 속에 더욱 깊숙이 박고는 채찍을 휘두르며 전진했다.

소태고개를 지나가고 있었다. 권영만은 효현교 아래에서 마차를 기다리고 있는 우재룡을 발견했다. 권영만은 품속에 숨겨놓은 칼을 빼내 세금을 담은 행낭(行囊)을 북 찢었다. 권영만은 일부러 커다랗게 만들어놓은 방한복 안주머니에 돈을 신속하게 집어넣은 뒤 짐칸 문을 조심스럽게 열고 도로 위로 가볍게 뛰어내렸다. 그는 수풀 속으로 재빨리 몸을 숨겼다.

덜컹!

별안간 마차 뒤에서 소리가 들렸다. 마부는 고개를 뒤로 돌렸다. 무슨 일이 생긴 듯했다. 마차를 세우고 뒤를 돌아가서 보니 짐칸 문이 열려 있고, 동승한 사나이는 온데간데없었다.

"이상한 일이다!"

마부는 놀라 중얼거리며 황급히 짐칸에 있는 우편 행낭을 살폈다. 그러고는 소스라치게 놀라고 말았다. 행낭은 날카로운 칼에 찢겨 있고, 돈은 사라지고 없지 않은가!

마부는 주위를 휘둘러보았다. 겨울바람이 씨잉 하고 황량한 빈 들을 훑고 지나가는 소리만 들릴 뿐, 주위는 지나치게 고요했다. 으스스 소름이 끼쳤다. 가슴이 철렁 내려앉았다.

마부는 잠시 멍한 채 어찌할 줄을 몰랐다. 아무리 걱정한들 이미 엎질러진 물이었다. 관금을 도난당했다는 사실만이 그의 머리를 맴돌았다. 그는 후딱 정신을 차리고 마차를 경주 방향으로 황급히 되돌려 경찰서로 향했다. 그리고 이른 새벽에 일어난 일을 경찰에 신고했다. 신고를 접수한 경찰은 곧 비상선을 치고 강력 범죄를 수사했다. 하지만 마부가 경찰에 신고한 때는 이미 그 사건이 일어나고 2시간여가 지난 뒤였다.

마부는 어제 자신의 집에 신원을 알 수 없는 중년 남자가 와서 잠을 잤다는 말을 할 수 없었다. 게다가 그 남자를 행낭이 있는 짐칸에 태우고 대구로 향했다는 말은 더욱 할 수 없었다. 그는 자신이 잘못한 부분은 결코 말하지 않았다. 마부는 경찰에 신고하는 일조차 두렵기만 해서 평소보다 훨씬 더 천천히 마차를 몰면서 '경찰에 가면 어떻게 말해야 하지?'에 대해서만 골똘하게 생각하며 경찰서로 왔던 것이다.

일제는 곧 비상을 선포하고 수색에 나섰다. 마부의 집에서부터 효현교, 광명리 등 경주 일대를 샅샅이 뒤졌다. 그러나 그날 오후까지도 실낱같은 단서조차 잡아내지 못했다.

눈에 불을 켜고 수색한 보람도 없이 이 사건은 영원히 풀지 못하는 영구 미제 사건으로 남았다.

그날 새벽, 마차 뒤를 계속 따라오던 우재룡은 세금 탈취에 성공한 권영만을 두대마을과 광명리 사이에 있는 당가(堂家) 앞에서 만났다. 둘은 서로 얼싸안았다. 그리고 무사히 녹동으로 귀환했다.

세금은 세어보니 8,700원이었다. 보통 규모의 곡물상을 개업하는 데 평균 2,000원이 드는 것과 비교해보면 상당히 큰 금액이다. 오랜만에 단비 같은 군자금을 거둬들였다.

길림 지부 결성

경주 우편 마차 탈취 사건으로 수사망은 점점 좁혀 들어올 것이다. 박상진은 잔혹한 일제의 전략을 스승과, 의형 신돌석의 죽음을 통해 이미 뼈저리게 겪고 보았던 사람이다. 그는 거사를 성사시킨 우재룡에게 즉시 군자금을 가지고 만주로 떠날 것을 명령했다.

"수고하셨소. 가족은 염려 마시고 속히 이곳을 떠나시오. 그게 안전할 겁니다. 그리고 영주에서 권영목을 만나 함께 손회당(손일민)에게 가시오. 그곳에서 함께 연락해서 만주 지부와는 별도의 조직을 만들고 삼원보 쪽에 가서 기다리도록 하시오."

"네. 그렇게 하겠습니다."

우재룡이 경주 녹동으로 가족을 이주시킨 데에는 만일의 경우에 대비하려는 이유가 있었다. 그의 의도는 적중한 셈이다. 총사령 박상진의 아내 최영백은 든든한 후견인이 되어줄 것이다. 우재룡은 총사령 박상진과 숙의 끝에 가족을 맡긴 뒤, 사건 당일에 경주 녹동을 재빨리 빠져나갔다.

경주를 떠난 우재룡은 피곤한 몸으로 빠듯한 일정을 감행해야만 했다. 녹동을 빠져나간 우재룡은 영주로 향했다. 권영목을 만나기로 약속한 장소에 가는 것이다. 그해(1915년) 8월 3일 경북 영주시장에 박제선과 함께 대동상점(大同商店)을 개설한 권영목(權寧睦)은 대구에서 도서기로 재직했다. 대동상점은 상덕태상회처럼 상업 활동을 위장한 독립운동 기지로서 그곳에서 독립운동 자금 조달과 밀의가 이루어졌다.

박제선은 풍기공립보통학교 교사로 있었다. 그는 한일병탄 때에는 경성사범학교 교수였는데, 학생들에게 병탄의 불가성을 주장하다가 경찰에 불려 가기도 했다. 그는 그 뒤로 줄곧 경찰의 주목을 받고 있었다.

안 그래도 박제선과 권영목은 만주로 이주할 계획을 세우고 있던 차였다.

권영목은 우재룡이 오길 기다리고 있다가 우재룡이 오자 황급히 대동상점을 빠져나와 경성(지금의 서울)으로 갔다. 두 사람은 경의선을 타고 우선 신의주에 내려 손일민이 경영하는 안동여관에 들렀다. 손일민은 우편 마차 사건을 크게 기뻐했다.

"수고하셨소. 우선 몸을 녹이고 요기부터 하시지요."

그제야 우재룡은 꼬박 이틀을 굶었다는 사실을 알았다. 추위와 긴장으로 보낸 이틀이었다. 안주인은 정성을 다해 두 사람을 대접했다. 우재룡과 권영목은 고단한 몸을 편히 눕혔다. 한겨울에 한데서 강추위를 이겨내야 했던 우재룡에게 고단함이 한꺼번에 밀려왔고, 이내 코 고는 소리가 들렸다.

다음 날, 두 사람은 의기충천한 우국지사답게 거뜬하게 일어났다. 손일민, 우재룡, 권영목 세 사람은 배를 타고 압록강을 건너 단동으로 향했다.

그들은 단동현 안동여관에 들러 양제안을 만났다. 양제안도 우재룡이 전하는 우편 마차 탈취 사건의 성공을 듣고서 크게 기뻐했다.

"장한 일을 하셨소."

우재룡은 양제안에게 박상진이 당부한 말을 전했다.

"군자금이 필요한 신흥강습소로 빨리 가라는 총사령의 명령을 받았습니다. 그리고 가능하다면 길림광복회도 결성하는 게 좋겠다는 명령도 함께 받았습니다."

"그렇게 하시지요. 내 총사령에게 들었던 사람들에게 빨리 연락하리다."

양제안은 여러 동지를 만날 것을 주선해주었다.

"봉천성 밖에 있는 중국인 집에서 동지들과 만나기로 약속했습니다."

며칠 뒤, 모두 일곱 명이 중국인 집에 모였다.

본부 측 인사인 우재룡, 안동여관을 경영하면서 연락 거점을 맡은 손일민, 울진 출신이며 신민회 회원이던 주진수(朱鎭洙), 양재훈(梁在勳), 이홍주(李洪珠), 김좌진, 권영목이었다.

우재룡이 말문을 열었다.

"광명리 우편 마차에서 세금을 탈취하여 이곳 만주로 제가 온 것은 총사령의 명령을 받고서였습니다. 오늘 길림광복회를 결성하는 것은, 본부와 유기적인 연락망을 구축해 만주에 사령부를 두고, 군대를 양성하며, 시기를 엿보아 호기가 오면 전쟁을 통해 구한국의 국권을 회복하는 데 목적이 있습니다. 우리 광복회의 광(光)은 해와 달의 빛을 뜻하고, 복(復)은 구한국의 국권 회복을 뜻하는 것인 줄 동지들은 알 것입니다. 여기 권 동지가 자금을 마련한 것이 있어 가지고 왔으니 함께 열심히 일을 도모해봅시다."

우재룡은 대부분의 의병 출신들이 원하는 복벽주의 입장을 견지하고 있었다. 의병 출신 회원들은 태왕인 고종이 하루속히 조선왕조를 이어가길 간절히 바라고 있었다. 모두 가슴에서 울컥 치밀어오는 설움과 분노가 일렁거렸다.

권영목이 돈뭉치를 동지들 앞에 내놓았다.

"내가 7만 원을 준비해 왔소. 이것을 길림광복회 지부의 자금으로 써주시오."

"이렇게 큰돈을 내놓은 권영목 동지, 참으로 고맙소이다."

그 자리에 동석한 양재훈과 주진수는 신흥학교 관계자로서 신흥무관학교와 부민단 설립에도 깊이 관련되어 있었다. 손일민과 양제안은 신흥강습소 관계자인 이상룡·김동삼과도 늘 연락을 주고받고 있었다.

그리하여 그날(1915년 음력 12월), 김좌진을 비롯한 광복회 동지들은 만주 봉천에서 광복회를 조직했다. 그것이 바로 길림광복회였다.

활성화되는 광복회

만주에는 원래 지부가 설치되어 있었다. 지부장은 광복회 부사령인 기천 이진룡(己千 李鎭龍)이 맡았고, 만주에서 특히 무장투쟁에 관련한 활동은 그가 전담하다시피 했다. 박상진은 앞으로 점차 북경, 상해 등지에도 거점을 늘려갈 계획이었다.

동지들은 말로만 듣던 그 유명한 해서명장(海西名將) 이진룡의 휘하에서 활동하게 되었다는 사실만으로도 영광스러워했다.

"기천은 황해도 평산(平山) 출신이오. 을사조약 때 박정빈과 의병을 규합하고 지홍기 부대와 연합했소. 예성강 부근에서 승리하여 해서명장이라는 명예로운 이름을 얻었지요."

박상진은 그 이름만 익히 아는 남쪽의 동지들에게 이진룡이 어떤 사람인지 소상하게 말해주었다.

"기천은 의암 유인석(毅菴 柳麟錫)의 문인으로 성품이 강직한 데다 용력이 남보다 뛰어난 명장이오. 국내에서는 의병 운동이 불가능하게 되자, 조맹선 동지와 함께 압록강을 건너 남만주로 망명(1911년 10월)했소. 지금은 무송현에서 조맹선(趙孟善)·이종협(李鍾協) 등 여러 동지와 재기를 꾀하며 활동하고 있소."

"만주 지부 부사령에 이진룡 장군이 되셨으니, 정말 든든합니다."

후일 이진룡은 박장호(朴長浩) · 윤세복(尹世復) · 조맹선 · 홍범도(洪範圖) 등과 같이 장백(長白), 무송현(撫松縣) 등지에 근거를 두고 포수단을 조직하여 군사훈련에 힘을 기울이는 한편, 만주 각지에 산재한 한국 이주민들을 규합하여 국내와 긴밀한 관계를 유지하면서 애국 청년 소집과 군자금 모금 운동에 주력하게 된다. 하지만 이진룡도 조맹선 등 여러 동지와 함께 운산금광 수송 마차 습격에 실패한 뒤, 임곡(林谷)의 밀고로 관전현(寬甸縣 : 관뎬 현)에서 체포되어 1917년 평양감옥에서 사형당하고 만다.

이 만주 지부와는 별도로 1916년 김좌진은 봉천과 길림 지역에서 마립 보라는 인물과 함께 길림광복회의 책임자로서 광복회 활동을 했다. 박성태(朴性泰)도 이 조직에서 일하면서 길림 본부라고 일컬을 정도로 활발한 활동을 했다.

박상진은 만주 지부의 중요성을 누누이 강조했다. 만주에서도 역시 박광이 경영하는 단동현 신동상회, 이해천의 해천상회 같은 상업 조직도 유기적으로 연락하면서 다양한 활동을 했다. 이곳은 국내에서 도피한 동지들의 피신처가 되기도 했다.

한편 해주 지역 성낙규는 김좌진, 경상도 지사들, 함경도와 평안도 지사들과 연락이 수월하도록 도왔으니, 활발했던 인간관계를 독립운동에 이용한 셈이었다. 그는 이관구가 의거할 때마다 물심양면으로 도와주었다.

신천 지역 조선환도 각처로 다니면서 동지를 구했고, 어느 날에는 경상도까지 왕래하여 광복회 총사령 박상진과 결탁했다.

"우리는 남북 간에 서로 호응하면서 독립운동을 합시다."

박상진과 조선환은 굳게 맹약했다.

조선환은 그 후 광복회 일을 하다가 발각되어 어려움을 겪기도 한다.

그러니까 성낙규와 조선환은 이관구가 독립군단(광복회 황해도 지부)을 조직하기 이전에 이미 광복회에 가입해 남북 본부, 황해도, 평안도 조직 사이의 연락을 도맡아 했던 것이다.

한편, 김좌진은 서울과 김천 일원에서 군자금을 모집했고, 1916년 최익환 · 이기필 · 감익룡 · 신효범 · 성규식 · 강석룡 · 성욱환 등과 함께 군자금을 모집한 일은 예심에서 증거 불충분으로 면소 판결을 받았다.

최익환은 홍성 출신으로 서대문형무소에서 김좌진과 처음 인연을 맺었고, 두 사람은 서울을 근거로 활동했다.

그 뒤에도 김좌진은 그들 외에 김규묵 · 박중화(朴重華)와 활동하기도 했다.

경주 출신 박중화는 청년학우회, 신민회, 대동청년단에도 가입하고 활동했으며, 감익룡과 신효범은 신민회 출신이었고, 신효범은 황해도 지부장 이관구와 함께 심양에서 지하운동을 전개하기도 했다.

사람은 사람을 알아보는 법이다. 스승인 왕산 허위, 의형제 신돌석과 김좌진, 번종례 외교관, 헐버트 목사, 이준 열사, 손일민, 양제안, 이상룡, 김동삼 등에 이어 채기중, 우재룡, 김한종, 권영만, 길림광복회 부사령 이진룡 등 기라성 같은 우국지사(憂國之士)들과의 만남은 박상진에게 있어서는 독립운동이라는 거대한 바다에서 조우한 필연적인 인연이었고, 가치 있는 만남이었다.

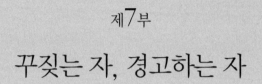

제7부

꾸짖는 자, 경고하는 자

조선총독 처단 시도, 원보산元寶山의 밀담

    광복회가 모양새를 갖추게 되자, 원활한 업무 수행을 위해 일부 지부장을 선임하거나 교체해야 할 형편이 되었다. 일부 단원을 국외로 파견하기도 해야 했다.

    1916년 음력 5월경, 서울에서 지도부가 모였다. 주된 의제는 조직 개편이었다. 광복회 황해도 지부장 이관구가 국내로 복귀했고, 새로운 단원들이 가입했다.

    이관구는 조선총독 하세가와 요시미치의 암살 계획을 은밀히 세우고 있었다. 이관구는 해주 출신 성낙규, 신천 출신 조선환과 함께 조선총독 암살을 모의하고 양기탁, 신채호 등과도 만나 실행 가능성을 살폈다. 그래서 이관구는 단동에서 박상진과 관계자들끼리 만나기로 하고 연락을 취했다. 독립운동, 그것도 총독 암살이라는 중대사를 놓고서 관계자 몇 명만 참석한 비밀회의를 갖기 위해서였다.

    1916년 음력 6월, 광복회는 조선총독 암살을 계획했다. 조선총독 하세가와 요시미치 암살 계획은 박상진 · 이관구 · 조선환 · 성낙규를 중심으로 이루어졌다.

    박상진은 단동현 안동여관에서 이관구를 만나 권총 두 자루를 교부했다.

"이곳은 사람들이 들락거리니 사람들 이목이 없는 곳에서 거사를 숙의합시다. 이후를 위해서라도 목격자가 없는 게 좋소."

황해도 지부장 이관구는 단동현으로 성낙규와 조선환을 다시 불렀다. 단동현 원보산공원 등지를 다니면서 숙의한 끝에, 이관구는 두 사람에게 조선총독 암살을 지시했다.

"안중근의 예를 봐서라도 조선총독 암살을 세 번 정도 시도한다면 열국의 동정을 얻을 수 있고, 조국을 다시 부흥시킬 수 있을 것이오."

이관구는 박상진으로부터 받아두었던 권총 두 정을 성낙규와 조선환에게 각각 한 정씩 나눠주었다. 성낙규와 조선환은 결의를 다졌다.

"암살 임무를 실수 없이 실행하도록 하겠습니다."

세 사람은 조선총독을 암살하는 장소로 단동현을 정하고, 만일 실패하면 장춘에서 하기로 협의했다. 그러나 조선총독 암살은 계획대로 실행되지 못했다. 안중근이 이토를 사살한 이후로 일본은 요직에 앉은 관료들을 경호하는 데 철두철미했다. 24시간 철통같은 삼엄한 경비를 하는 통에 좀처럼 기회를 잡을 수 없었다. 게다가 어느 날은 두 사람이 일경의 불심검문을 받아 지서로 가서 곤욕을 치르기까지 했다.

"이상하지 않습니까? 우리가 총독 암살을 계획하는 일은 지도부 이외에는 아무도 모르는데 일경이 어떻게 알았을까요?"

"어떻게 알긴. 우리가 자꾸만 총독 주위를 배회하니 왜놈들이 낌새를 차린 게요."

두 사람은 지부장에게 가서 말했다.

"죄송합니다. 아무래도 지금은 시기가 좋지 않은 것 같습니다. 기회를 엿보다가 적당한 때에 거사를 꼭 성공시키겠습니다."

하지만 두 사람이 암살에 성공하지 못하자 이관구는 질책했다.

"안중근을 본받을 수 없었소?"

이관구는 조선환과 성낙규에게서 권총 두 정을 회수했다. 그리하여 이

두 자루의 권총은 결국 박상진에게 돌아온다. 그리고 이 권총은 얼마 뒤 장승원 처단을 비롯해 광복회 활동에 주요 무기로 사용된다.

조선총독 암살 사건 시도 후 이관구는 그동안 가재를 팔아 마련한 자금으로 1916년 9월(양력) 단동현에 삼달양행(三達洋行)을 설립하고, 이듬해 1월(양력) 장춘에 상원양행(尙元洋行)을 설립하여 광복회 연락 거점을 삼으면서 신흥무관학교에 자금을 대주는 한편, 친일 부호를 처단하는 일과 독립군을 양성하는 일을 했다.

조선총독 암살을 위한 이 일에는 총사령 박상진이 깊이 관여했다. 1916년 7월에 단동현에서 양기탁과 만났다는 일제의 기록이 있다. 그리고 신채호도 관련이 있는데, 신채호는 박상진, 이관구와도 친분이 있었기 때문에 이들과 함께 암살 계획에 참여했다.

한편, 황해도 지부에는 이관구를 중심으로 성낙규 · 양택선 · 변동환 · 조선환 · 윤현 · 고후조 · 조용승 · 조백영 · 오찬근 · 박원동 · 이근영 · 이근석 등이 있었다. 후일 군자금 모집에 큰 희생을 치른 오찬근은 김구의 스승 고후조의 소개로 이관구를 알게 되었고, 황해도 지역 유림들과 서북간도 유림들을 연결하는 역할을 맡았다. 이관구가 황해도 · 평안도 · 함경도 지역으로 활동 영역을 넓힐 수 있도록 크게 기여한 동지는 성낙규였고, 다수의 유림들을 참여시킬 수 있었던 배경에는 해주 출신이자 유인석 문인인 양택선과 오찬근의 노력이 있었다. 또한 박원동과 양택선은 초기 만주 부사령 이진룡과 함께 평산의진 출신이며, 이근영은 1912년부터 이진룡과 만주에서 활동을 같이하며 주재소를 습격한 경력이 있었다. 이진룡은 국망 이후 함께 무장투쟁을 전개한 유인석 문인 계열인 이근영 · 이근석 · 조선환 등과 밀접한 관계에 있었던 것이다.

신채호가 고시문을 작성하다

박상진이 만주를 떠나기 전, 안동여관에서는 박상진, 양제안, 양기탁, 신채호, 이관구 이렇게 다섯 명이 마주 앉아 조선총독 암살이 성공되길 기원하면서 이런저런 이야기를 나누었다.

"내 조선총독을 암살한다는 계획을 화사(이관구)에게서 듣고 이렇게 총 사령을 만나려고 왔소이다."

그렇게 말하는 양기탁은 어느덧 46세의 장년이 된 모습으로 머리가 희 끗희끗하게 세어 있었다. 그동안 신한촌과 신흥무관학교에 전심전력 애 쓴 흔적이 고스란히 담긴 모습이다. 그는 자신이 설립한 〈대한매일신보〉 에 신채호를 논객으로 천거할 정도로 신채호를 아꼈다.

"단재(신채호), 우리가 신민회를 이끌고 〈대한매일신보〉에다 정론직필 (正論直筆)의 필봉(筆鋒)을 휘두를 때가 그립소이다. 그때만 해도 희망이 있었는데……."

신채호도 감회가 깊은 표정이었다.

"그랬습니다. 제가 〈대한매일신보〉 논설위원으로 일할 때만 해도 국운 을 회복시키는 데 희망이 있었지만, 이렇게……."

문필가답게 신채호는 금세 눈가가 붉어졌다.

박상진은 신채호를 보며 위로하듯 부드럽게 말했다.

"저는 단재께서 전에 학부대신으로 계셨던 신기선 문하에서 글을 익힌 것으로 압니다. 사실 돌아가신 저의 스승 허위 선생님께서도 신기선의 추천으로 관직에 나서게 되셨습니다."

"아, 그렇지요!"

신채호의 얼굴이 조금 밝아지는 것을 보며 박상진은 내처 말을 이어갔다.

"광복회는 강제 모금을 하려고 집행할 때, 미리 고시문을 발송하여 당사자에게 자금을 준비케 하고 있습니다. 단재께서는 유려한 문체로 지금 시대에 가장 뛰어난 문필가로 명망이 높습니다. 광복회 고시문을 하나 만들어주시면 뜻이 깊을 듯도 해서 이렇게 만난 자리에서 부탁드립니다."

이관구가 거들었다.

"단재께서 쓰신 고시문에 불응하는 자는 처단될 수밖에 없겠소이다."

양기탁이 허허 웃었다.

"그렇소이다. 단재의 고시문은 비록 지금 박상진 총사령의 입을 빌린 명령이지만, 그것은 하나님의 명령이기도 하외다."

그러나 신채호는 아무 말도 않고 한동안 잠자코 있었다. 모두는 그가 어떤 말을 할지 기다렸다. 신채호는 고개를 끄덕였다.

"제가 쓰겠습니다. 저는 구국을 위해 쓸 것입니다."

양기탁이 침착하게 말했다.

"우리는 두려워 말고 담대해야 합니다. 십계명(十誡命) 중에는 '살인하지 말라' 라는 명령이 있습니다. 그렇지만 성경에 나오는 수많은 하나님의 전쟁에서 위대한 하나님의 사람들이 승리하기 위해 수많은 사람을 죽이는 것을 어떻게 설명해야 하겠습니까? 나는 다만 살상의 논쟁이나 정치적인 목적으로 떠들어대는 인간들의 더러운 입에서 벗어나, 구국을 위해 이 난세에 각자가 가진 능력을 십분 발휘하여 소명대로 치열하게 살다가 모두 하나님 앞에 설 것을 부탁드리는 것입니다."

박상진은 형형한 눈빛을 번쩍이며 무겁게 말했다.

"그렇소이다. 심판은 오직 천지신명(天地神明)께 맡기겠소. 이후에 국권을 회복하게 되었을 때, 이 나라의 역사가 우리를 평가할 것이오. 역사가 우리를 의로운 자들이라고 일컬어준다면, 우리는 부활할 것이외다. 만약 이 일을 하다가 일제의 법에 의해 어떤 죄목이 구형되더라도 그건 원수의 법에 의한 구형이므로 무효입니다. 원수는 우리의 몸을 죽일 수는 있을지언정 우리의 정신은 결코 죽일 수 없소."

양기탁이 고개를 끄덕였다.

"총사령의 말씀이 맞습니다. 저들 도둑놈들이 주인더러 죄목을 뒤집어씌우는 이 무법천지가 반드시 정당한 법으로 다스려질 날이 올 것이오."

신채호는 심호흡을 했다.

"좋습니다. 제 혼을 불어넣어 고시문을 작성하겠습니다. 악에 대항하기 위해서는 더 센 악이 필요하지요. 만약 의인이 악을 다스리지 못하고 악을 이기지 못한다면, 이 세상은 악이 승리하여 악이 판을 치는 무법천지 세상이 될 것이오. 나는 공의를 위해 고시문을 만들어보겠소. 그리고 우리 모두의 값진 사명을 위하여!"

박상진도 말을 받았다.

"악을 이기기 위해서 악한 방법이 동원되는 것이 군인 정신입니다. 국가의 존속을 위해!"

침묵이 흘렀다.

다음 날 아침, 박상진은 그들과 헤어져 만주를 떠났다.

신채호가 작성한 고시문은 후일 일제의 판결문에 의하면 임봉주(세규)가 지팡이 속에 숨겨 국내로 가져왔다고 하며, 충청도 지부에서 사용하게 된다. 신채호는 평생 유생으로, 무정부주의자로 지내면서 종교 성향과도 거리를 둔다. 그는 민중 혁명의 대열에 앞장섰다가 여순감옥에 투옥되어

1936년에 생애를 마감한다.

　광복회에는 신채호 외에도, 한학을 공부한 전통 유림이 많았으므로 이후에 사용되는 공식 서한 작성에는 당대 최고의 지성인이 동원된 셈이다. 특히 만주에서 작성하고 발송한 공식 서한문에는 중국 현지에서 사용되는 한문뿐만 아니라 『논어』에 나오는 문구들이 인용되어 있어, 전통 유림이 아니고서는 도저히 흉내 낼 수조차 없을 정도로 높은 학식을 소유한 자가 작성했음이 여실히 드러나고 있다.

대구권총사건

광복회 조직이 차츰 안정을 되찾자, 그동안 군자금 모금에 실패한 동지들이 심기일전하여 다시 시도하는 일이 많아졌다.

"작은 딱새는 자기 몸집보다 무려 대여섯 배가 되는 매가 습격하면 자신의 둥지를 지키려고 온갖 기지를 동원하고 용기를 다해 쫓아냅니다. 매가 울부짖으며 쫓겨날 때는 몸집이 크고 작은 게 아무 영향을 미치지 못한다는 사실을 알게 됩니다."

의병 출신답게 동지들은 자연의 동향까지도 잘 파악했다. 작은 일본이 중국을 삼키고, 작은 영국이 세계를 제패하는 이해할 수 없는 세상이다. 게다가 약소국의 땅을 차지하는 제국주의 국가들은 진화론을 내세워 그 정당성을 합리화하고 있다. 정글의 법칙이 사람 세상에도 적용되는 짐승의 세상이다. 하지만 우국지사들은 한일병탄으로 국권이 상실됐을망정 딱새처럼 강인한 의지를 키워 조선의 가치와 빛을 세상에 드러내야 한다는 지론을 펼쳤다. 유구한 역사를 이어온 조선인이 딱새보다 못할까. 돌이켜보면 그래도 강대국 속에서도 면면히 역사를 이어나갔던 충성스러운 선조들의 힘이 얼마나 큰지 잘 알고 있었다.

모두 대구 출신인 정운일(鄭雲馹)·최병규(崔丙圭)·김진만(金鎭萬)

등이 총사령 박상진에게 의견을 내놓았다.

"우선 대구 부호 정재학(鄭在學)·이장우(李章雨)·서우순(徐佑淳) 등에게 군자금을 요청하는 공식 서신을 발송하는 게 좋겠습니다."

박상진은 동지들의 중지를 모아 광복회의 서신 문안을 작성하기로 했다. 그동안 광복회는 몇몇 인물을 상대로 군자금을 요청했으나 신통한 결과를 얻지는 못한 터였다.

1915년 8월에 광복회를 결성하고, 11월경에는 대구를 중심으로 하는 동지들이 모여 군자금을 모금하는 방안을 다시 논의하고 계획했으나 쓰라린 경험들만 하게 되었다. 1915년 4월에는 최준명이 서창규에게 군자금을 요청했으나 거절당했고, 6월에는 정운일·김재열·최병규가 권총까지 소지하고 다시 서창규에게 군자금을 요청했으나 끝내 거절당했다. 서창규는 1913년 정재학·최준·이병학 등이 출자한 대구은행에 발기인으로 참여했고, 조양무진주식회사(朝陽無盡株式會社) 사장도 역임한 부호였다.

광복회 이름으로 몇몇 부호들에게 정식으로 자금을 요청하는 공식 서한문이 만들어졌고, 기본 문구에 액수만 바꿔 정재학에게는 5만 원, 서우순에게는 1만 원을 기재하여 만주 봉천현 정거장으로 가져올 것을 요구했다. 그러고서 대구 출신이며 김진만의 동생이기도 한 김진우(金鎭瑀)를 현지로 보내 대기시켰으나, 아무도 가져오지 않았다.

그리고 이듬해인 1916년 8월 하순경이었다. 정운일의 집에 조선국권회복단 회원이기도 한 최병규·최준명·김진만·김진우·이시영·김재열·홍주일(洪宙一)·권상석(권백초)·임병하(임세규) 등이 모였다.

정운일은 성주 출신으로 대구에서 전당업을 하고 있었고, 최병규·최준명과는 달성친목회 회원이기도 했다. 김진만과 김진우는 형제 사이이고, 이시영은 대구 부호로 전당포를 경영했다. 김재열은 경북 고령 출신으로 곡물상을 운영했다.

홍주일은 경북 청도 출신으로 1910년대에는 서상일이 경영했던 태궁상점에 근무했고, 20년대에는 교남학교를 설립하고 교사로 근무했다. 권상석(백초)은 홍주의병 출신이고, 임병하(세규)는 광복회 행형부원으로 고시문 발송뿐만 아니라 자금 모집과 의협 투쟁에도 많은 활동을 했다.

군자금 모집이 여의치 않은 상황에서 여러 가지 의견이 오고 가는 중 어느 동지가 김진만에게 넌지시 물어봤다. 김진만은 서우순의 사위였다.

"김진만 동지의 장인어른께서는 대구에서도 알아주는 대부호요. 특히 그 댁은 현금을 은행에 맡기지 않고 집에 보관한다는 말을 들었소. 안 그렇소?"

남들에게 지극히 인색한 수전노라고 소문이 나 있는 서우순은 현금 보관 확률이 가장 높은 인물이니 그를 턴다면 자금 확보가 가능할 것이라는 뜻이 내포된 말이었다. 김진만은 고개를 끄덕거리는 것으로 의견에 동의했다.

"처남(서상준)에게도 부탁하겠습니다. 처남은 우리를 도와줄 것입니다."

그리하여 그해 1916년 9월 3일 오전 2시경, 정운일 · 최병규 · 김진만 · 김진우 · 권상석 · 임병하 등은 서우순의 집이 있는 진골목(전 주택은행 대구지점 뒤)으로 향했다. 이 일대는 달성 서씨 세거지(世居地)였다. 그들은 중인 출신이었지만 부를 이루고 있었고, 서우순은 지주로서 상당한 재산을 모은 사람이었다.

동지들이 가려는 그 집은 서우순 소실의 집이었고, 대문은 열려 있었다. 집 안은 조용했다. 이들 중 두 사람은 서우순의 침실로 얼른 들어섰고, 나머지는 숨을 죽이며 대문 안과 밖에서 집안 행세를 살폈다.

침실로 들어선 행동대원 두 사람이 회중전등을 비추며 침실을 살폈다.

이때 잠에서 깨어난 서우순은 깜짝 놀랐다.

"누구냐?"

두 사람은 조금도 기척 없이 가만히 서 있으면서 서우순이 잠잠해지면 자금을 탈취하려고 했다. 하지만 놀란 서우순은 집안사람들의 원조를 얻으려고 큰 소리를 질러댔다.

"도적이야! 도적 잡아라!"

그만 도주해야 하는 급박한 상황이 되어버렸다. 두 사람이 대문으로 나오는데 이 집의 머슴 우도길이 앞을 막아섰다.

"서라!"

우람한 체구의 우도길은 힘이 장사였다. 서로 엉겨 붙어 격렬한 몸싸움이 되자, 힘으로는 도저히 안 되겠다 싶었던 김진우가 품속에서 육혈포를 꺼내 우도길을 향해 쏘았다. 가슴에 총을 맞은 우도길은 그 자리에 쓰러졌다.

우도길이 쓰러져 신음하는 사이, 동지들은 모두 달아날 수 있었다.

우도길은 집안 식구들에 의해 응급치료를 받고, 즉시 자혜의원으로 옮겨져 엑스레이를 찍었다. 탄환이 오른쪽 가슴에 박혔으나 생명에는 지장이 없었다. 우도길은 수술을 받고 회복을 되찾았다.

사건 신고를 받고 이내 달려온 경찰은 행동대원 두 사람이 남기고 간 신발을 단서로 대수색 작전을 벌였다. 샅샅이 행방을 찾은 결과, 권상석과 임병하를 제외한 사건 관련자 열한 명이 모두 체포되고 말았다.

박상진은 서울에서 광복회 집행부와 1차로 조직을 개편한 뒤, 만주로 가서 이관구와 조선총독 암살을 계획하고 권총을 전달한 후, 동지들을 만나고 서울로 돌아왔다.

예상했던 대로 대구에서 일어난 거사는 '양반권총사건'이라고 신문에 대서특필되어 사람들의 호기심을 자극시키고 있었다.

박상진은 채기중과 김선호를 만나 만일에 대비했다.

광복회가 도모하는 거사가 점점 격렬해감에 따라 자신의 신변에 언제

갑자기 위험한 일이 닥칠지도 모른다고 판단했기 때문에, 경기도 지부장으로 있는 채기중에게 부탁했다.

"광복회가 수행하는 일이 점차 막중해갑니다. 만일의 사태를 대비해 소몽(채기중)께서 경상도 지부장을 맡아주십시오. 그리고 경기도 지부장은 김선호 동지가 맡아주십시오."

"그러겠습니다."

대구권총사건이 발생한 뒤로부터 4일이 지난 1916년 9월 7일, 박상진은 서울의 예동진여관에 투숙하려고 지친 발걸음을 옮기고 있었다. 이 여관은 장소를 옮기면서 동지들을 만나던 많은 거점 중의 하나였다. 서울로 출장 온 대구경찰서 박경부는 탐문 끝에 이 여관 앞에서 박상진을 기다리고 있었다.

"박상진, 대구권총사건에 무기를 제공한 혐의로 체포한다."

이 대구권총사건에서 사용된 권총은 모두 네 자루였다. 박상진이 가지고 있다가 사용된 두 정과 김재열이 가지고 있다가 사용된 두 정, 탄환 280발을 일제에 압수당했다. 박상진은 1913년과 1914년, 두 해에 걸쳐 봉천 방면으로 갔을 때 권총을 구입했으며, 김재열은 단동현에서 박광이 경영하는 신동상회에 체류하고 있다가 귀국하면서 구입했던 것이다. 고령 출신의 김재열은 곡물상을 경영하면서 이 일에 가담한 차였다.

일제는 이 사건을 '통감단(統監團)사건'이라고 했고, 일각에서는 '애국단사건(愛國團事件)' 혹은 '광복단사건(光復團事件)'이라고 했다. 언론과 일반인은 '양반권총사건'이라고 부르면서 호기심을 드러냈다. 양반 출신 지식인 청년들이 권총을 들고 벌인 강도 사건은 당시 사회의 이목을 끌기에 충분했다. 9월 중에는 여섯 차례나 신문에 보도되었고, 재판 과정과 결과도 세 차례에 걸쳐 보도되었다.

이듬해 1917년 4월 18일과 19일에 걸쳐 개정된 대구지방법원 법정에는 수백 명의 방청객이 몰려들어 북새통을 이루는 바람에 다 입장하지도 못했다.

1917년 4월 24일, 대구지방법원과 그해 6월 18일 대구복심법원에서 재판이 개정되었다. 그 결과 김진우는 징역 12년, 김진만·정운일·최병규는 징역 10년, 권국필(상석·백초)·임병일(병하·세규·봉주)은 결석재판으로 징역 10년, 최준명은 징역 2년, 박상진·김재열은 징역 6개월, 홍주일은 징역 5개월, 이시영은 징역 4개월이 선고, 확정되었다.

"박상진·김재열·홍주일·이시영, 위 사람은 선고한 형기 중에 이왕 구류된 미결 일수 100일을 산입한다!"

작년 9월에 체포되어 4월 말에 끝난 재판인데 미결 일수가 고작 100일이라니, 억울한 판결이었다. 미결 일수 일부만을 포함시켜 가혹한 판결을 한 셈이다. 일제의 조선인 탄압과 무법천지가 여실히 드러난 공판이었다.

판결을 받고 박상진은 항소를 포기했다. 그리고 1917년 7월 19일에 만기 출옥했다.

박상진이 감옥에서 나오니, 생부가 기다리고 있었다. 박상진은 걸음을 제대로 걸을 수 없어 절뚝거리며 겨우 발걸음을 옮겼다. 사상범은 함께 수감되는 게 원칙이지만, 일제도 그를 병감에 두었을 정도로 고문의 후유증이 컸다.

일제에 항거하다 투옥된 지사들은 악랄한 일제의 고문에 치를 떤다. 천장에 매달아놓고 몽둥이질하는 것은 장난에 불과하다. 쇠꼬챙이를 화롯불에 달구어 그것으로 맨살을 지진다. 일제는 이 지독한 방법으로 다른 동지들의 이름이 독립지사들의 입을 통해 나오길 기대한다. 그래도 독립지사들이 꿈쩍 않으면, 손가락 사이에 모난 막대기를 넣고 그 막대기 두 끝을 노끈으로 꼭 잡아매기도 하고, 손톱 사이에 바늘이나 끝이 뾰쪽한 대나무를 쑤셔대다가 박아버리기도 한다. 그뿐인가. 거꾸로 매단 다음 코에 물을 붓기도 한다. 독립지사는 때로 이 모진 고문을 당하다가 의식을 잃고서 영영 깨어나지 못하고 죽기도 한다. 짐승에게도 못할 짓을 일제는 죄의식조차 없이 해댔다.

독립지사들은 목숨을 부지하려고 그들에게 살려달라고 사정하거나 비굴하게 행동하지 않았다. 어떤 지사는 옷 위로 맞는 것이 덜 아프다고 하면서 일부러 내복도 벗고 맨살에 매를 맞기도 했다. 그들에겐 오직 국권을 회복하려는 일념뿐이었다.

생부 박시규는 아들 박상진의 정강이뼈가 허옇게 드러난 것을 보자 가슴이 미어졌다. 아들의 몰골은 몰라보게 망가져 있었다.

"얼마나 지독하게 고문을 당했으면 이리 되었노?"

아버지는 아들을 데리고 대구 소재 병원으로 데리고 갔다.

박상진은 병원에서 일주일 동안 치료를 받고 겨우 회복해 생부와 함께 7월 27일에 경주 녹동으로 돌아왔다.

백서농장 장주 김동삼, 노루골로 찾아오다

　박상진이 고문 후유증으로 거동이 불편해 한동안 노루골에 칩거할 때, 광복회 여러 동지가 찾아와 그동안의 활동을 보고하고 돌아갔다. 다행스럽게도 자신이 감옥에 있는 동안에도 광복회는 단절 없이 일을 진행해나갔다.

　1916년 10월경, 채기중이 이끄는 광복회와 김낙문(慕竹 金洛文)이 이끄는 민단조합이 연합하여 일본인이 경영하는 영월군 영월중석광을 공격했다. 우재룡·박한진(박상진의 동생)·이식재·조우경·권재하·정운기·강순필(병수) 등이 참여했지만, 신통한 결과는 얻지 못했다.

　"수고가 참으로 많았습니다."

　박상진은 동지들에게 격려를 아끼지 않았다.

　채기중도 노루골로 찾아와 그동안 조직이 일부분 개편된 과정을 보고했다. 이 자리에는 박상진이 가장 신뢰하고 아끼며 노루골에서 함께 살고 있는 우재룡, 대구에서 온 동지 등도 함께 있었다. 음력 6월이었다.

　"만주 부사령관(이진룡)이 운산금광을 습격하다가 체포되었습니다. 이로 인해 발생한 피해를 최소화하고 조직을 보강해야겠습니다."

　박상진은 중국 화폐를 위조한 만주 지부의 활동도 보고받았다.

"올해(1917년) 음력 4월에는 만주 지부 김좌진이 중심이 되어 송인황 · 김광열 · 김석연 · 김석범 동지와 함께 단동에서 중국 화폐를 위조할 계획으로 자금을 마련했습니다. 기계 구입비로 이기홍과 윤영상은 570원, 이현삼은 600원을 제공했습니다. 또 음력 6월에는 홍성에 사는 오영근과 홍상희가 600원을 제공하기로 했지만, 아직까지 받지 못했다고 합니다."

"냄새를 맡은 일경이 만주 지부를 주목하기 시작한 모양입니다. 삼달양행 주변이 일경의 감시 구역이 되는 바람에 분위기가 으스스하다고 합니다."

국내에서도 김석연은 이기정, 이철순과 함께 국내에서 유통되는 50전짜리 은화를 위조하는 데 성공했다. 그리고 이를 대량으로 제작하려고 기계 구입 비용을 마련하고 설계까지 마쳤지만, 발각되고 말아 뜻을 이루지 못했다.

모든 보고를 들은 박상진은 신중하게 생각했다.

"모두들 수고 많았소이다. 아무래도 이번에 국외 조직은 개편하는 게 좋겠습니다. 만주에는 안동여관으로 시작하여 여러 거점이 확대되었습니다. 이제 거점들 간의 효율적인 연락과 관리가 필요한 때입니다. 그러니 만주 지역을 보강하는 게 좋겠습니다. 이 일은 지휘장 백산(우재룡)께서 맡아주십시오. 국내외를 연락할 책임자는 대구권총사건 뒤 탈출해 지금 봉천현 삼달양행에 있는 정순영 · 임봉주(세규), 서인선납치사건으로 지금 만주에 있는 한훈, 국내에서는 배상철 · 김진택, 또 신뢰할 만한 몇몇 동지들에게 전담시키는 게 좋겠습니다."

결국 광복회의 조직이 다시 개편된 것이다.

음력 6월에 박상진과 채기중은 직산광산을 공격하기로 했으나, 의연금 모집에 집중하기 위해 실행하지 않기로 했다.

동지들이 조직 개편에 따라 분주하게 움직이고 있던 어느 날, 노루골로 김동삼이 박상진을 만나러 왔다. 서간도 통화현 쏘배차(小北岔)에서 백서 농장을 운영하는 김동삼이 국내로 잠입한 것이다. 삼원보에서 만난 이후로 박상진이 만주 이민 사업을 추진하고, 신흥무관학교에 군자금을 계속 대주고 있었기 때문에 두 사람 사이에는 늘 특별한 교류가 있어왔다.

박상진이 그를 반갑게 맞았다.

"어쩐 일이십니까? 오시느라 피곤하셨을 텐데 어서 들어오십시오."

"그동안 옥고를 치르셨다니, 얼마나 고생이 심하셨습니까? 이렇게 살아 있으니 다시 만나게 되는군요."

두 사람은 서로의 처지를 너무나 잘 이해했다. 두 사람 모두 말할 수 없이 고단하고 외로우며 잠시도 정신의 끈을 놓을 수 없는 치열하고 처절한 삶을 살고 있었다. 서슬 퍼런 일제 아래에서도 한국인의 지식인이요, 양반으로서 기개를 잃지 않으며 당당하게 자신들의 몫을 잘 살아가는 고귀한 사람들이었다. 직접 겪고 부딪치며 국권 회복을 위해 온몸을 바치는, 역사의 현장 한가운데에 서 있는 사람들이었다.

김동삼은 박상진에게 경영하고 있는 백서농장의 어려움을 털어놓았다.

"고헌, 독립군영으로 세운 백서농장이 지금 경영에 몹시 어려움을 겪고 있소."

박상진은 그동안 신흥무관학교에 군자금을 보냈고, 부호들을 간도에 이주시켜 둔전을 위한 농지 구입도 권유했던 터였다. 장두환에게도 이민을 권유하고, 대동상점에서도 만주로 이주할 계획을 세우기도 했다.

"일송(김동삼), 백서농장 문제를 함께 논의해봅시다."

"신흥무관학교 졸업자들은 신흥학우단을 만들어 활동하는 것으로 만족할 수 없었소. 제1군영 합니하 신흥무관학교에 이어, 신흥학우단이 중심이 되어 심산에 제2군영을 만들었소. 정예부대를 양성하려고 특별 훈련대를 편성하였던 게요. 의욕은 있어서 세웠지만 우리가 겪는 고통은 이루 말할 수가 없소이다."

1917년 7월 27일, 아직 몸이 쇠약한 박상진은 김동삼을 따라나섰다.

두 사람은 김동삼이 장주로 있는 백서농장에 갔다. 백서농장은 깊은 골짜기에 은밀하게 숨어 있었다.

"이곳은 사람의 발자취가 닿지 않은 밀림 지대라 곰, 멧돼지, 오소리 같은 산짐승이 많이 있습니다."

김동삼을 도우려고 신흥무관학교의 젊은 교관이 이곳 백서농장에서 일하고 있었다. 박상진은 그 교관의 안내도 받았다.

"큰 뜻을 품은 동지들이 이곳에서 도원결의(桃園結義)의 굳은 맹세를 하고 실전에 강한 무관의 꿈을 키우고 있습니다. 그러나 너무나 열악한 상황입니다."

교재는 부족하고 교육 장비는 주변에서 구해다 써야 했기 때문에 보잘것이 없었다. 종이 한 장, 연필 한 자루, 옷 한 벌, 신발 한 켤레, 그 어느 것이라도 있으면 귀하게 쓰일 것 같았다.

여기까지 오는 일도 힘에 부치는 박상진은 그래도 김동삼에게 굳게 약속했다.

"우리 광복회는 일송을 계속해 지원할 것이오."

김동삼은 예를 다해 인사를 했다.

"고헌, 고맙습니다."

광복회의 이런 지원이 포함된 백서농장은 1915년 입영한 신흥무관학교의 졸업생들, 1917년부터 신흥무관학교 1회부터 4회까지의 졸업생 일부, 신흥학교 각 분교와 노동 강습소에서 훈련된 385명을 입영시키게 된다. 그러나 장주 김동삼의 굳은 결의에도 불구하고, 백서농장은 교통이 불편하고 물자가 부족한 관계로 영양실조와 각종 질병으로 한계상황에 시달리다가 1919년 3·1운동 후 한족회의 지시로 문을 닫는다. 이곳을 거친 사람들은 후일 상해임시정부의 관할 아래에 있는 서간도 지구 군사기관인 서로군정서로 확대 개편된다. 백서농장의 4년간에 걸친 고난은

훈련생들을 강철 같은 독립 전사로 단련시키는 과정이었다.

박상진은 9월 12일에 지친 몸으로 노루골로 돌아왔다.

아내 영백이 걱정스런 표정으로 말했다.

"여보, 며느리가 갑작스럽게 병을 얻어 자리에 누웠다고 합니다."

박상진은 어느새 맏이 경중을 장가보내고 시아버지가 되어 있었던 것이다. 그의 나이 34세였다. 박상진은 사돈댁이 있는 청도군 매전면 온막동으로 가서 며느리를 병문안했다. 사돈 이정희(李庭禧) 역시 광복회 회원이었다. 이정희는 석주 이상룡과 긴밀한 관계였고, 이상룡과 허위와의 관계로 박상진을 알게 되었다. 박상진과 이정희는 국권 회복을 위해 피로써 맹세했으며, 사돈지간으로 발전하게 되었던 것이다.

박상진은 이튿날인 9월 13일, 대구로 가서 변호사 김응섭을 만나 함께 상경해 민사재판에 참석했다.

김좌진의 전별연餞別宴

1917년 8월, 박상진은 서울 인사동에 있는 어재하의 집에서 김한종, 김좌진 등을 만났다. 만주로 떠나는 김좌진을 위한 자리였다. 의기(義妓) 어재하는 경주 출신의 24세 여성으로 광복회의 동지이기도 했다. 어재하의 집은 광복회 동지들이 서울에 들를 때 숙소로 자주 이용하는 곳이었고, 동지들과의 만남을 자주 주선하는 장소였다. 인사동에 위치한 데다 기생이라는 신분 때문에 누구든지 쉽게 접할 수 있어서, 어재하의 집은 왜놈들의 눈을 피할 수 있었다.

그날 어재하는 넉넉하지 않은 살림이지만 떠나는 김좌진을 위해 조촐한 음식상을 마련했다. 박상진은 이 회합의 의미를 말했다.

"만주 부사령 이진룡 동지께서 운산금광을 습격했으나 실패하여 체포되고 말았습니다. 그리하여 현재 비어 있는 만주 부사령에 김좌진 동지가 이어서 맡게 되었습니다. 오늘 이 자리는 광복회에서 김좌진 동지를 만주에 파견하는 자리입니다. 운산금광 습격으로 이진룡 부사령이 체포된 사실은 안타까운 일이 아닐 수 없습니다."

동지들은 울분을 토로했다.

"그렇습니다. 열강의 주된 침탈 대상이 금광에 집중되어 있고, 평안북도 영변에 금으로 유명한 운산 광산촌을 미국인 헌트가 경영하는데, 해마다 운산금광에서 200만 원 내지 500만 원이란 큰 수입을 올리지만 우리 조선인 노동자들은 산기슭에 움집을 지어 살며 형편없는 임금을 받고 있으니 어찌 통분할 노릇이 아니겠습니까?"

"그렇소. 운산금광의 경영진 40여 명은 모두 미국인이고, 조선인 노동자 1200여 명은 워낙 대우가 형편없다 보니 작업을 거부한 사태까지 갔소."

"지금은 일당 40센트로 올려줬다고 합디다."

"미국놈들 껌 값도 아니 되는 돈이오."

어재하는 동지들 앞에 조심스레 봉투를 내놓았다.

"이것 얼마 되지는 않지만 만주로 가서서 긴요하게 써주십시오."

그 자리가 숙연해졌다.

김한종이 천천히 시를 한 수 읊었다.

　금일송군도만행(今日送君渡滿行 : 오늘 그대 만주 가는 길 전송하리니)

　검두추수조심명(劍頭秋水照心明 : 시퍼런 칼끝에 그대 마음 훤히 비치네)

　중성합처능성업(衆誠合處能成業 : 뭇 정성 모인 곳이니 능히 대업 이루겠소)

　상극봉시필유성(相克逢時必有聲 : 서로 이겨 다시 만날 제 꼭 소리 높여 외쳐보세)

이어 박상진이 김좌진에게 일렀다.

"백야, 만주 지부 활동을 활성화시켜주기 바라네. 군자금 6만 원을 지원하도록 하겠네. 이 자금은 내가 어떻게 하든지 꼭 마련해서 그곳 간도로 보내겠네."

이 전별연에서 김좌진도 비장한 목소리로 말했다.

"저도 여러 가지 방법으로 동지들과 함께 꼭 군자금을 마련해서 신흥학교와 백서농장을 돕겠습니다. 그리고 광복회 만주 부사령관 의무에 충실히 수행할 것을 맹세합니다."

박상진은 그날의 전별연을 이렇게 한시로 마무리했다.

鴨江秋日送君行(압강추일송군행 : 가을 깃든 압록강 너머 그대를 보내며)

快許丹心誓約明(쾌허단심서약명 : 쾌히 내린 그대 단심이 우리들 서약 밝게 해주네)

匣裏龍泉光射斗(갑리용천광사두 : 칼집 속의 용천검 빛 북극성에 이를지니)

立功指日凱歌聲(입공지일개가성 : 이른 시일 내 공 세워 개선가 불러보세)

벌교, 서도현을 처단하다

　광복회 전라도 지부는 지부장 이병찬(李秉燦 또는 이병호)을 중심으로 전라남도 보성 지역의 벌교에 사는 친일 부호 서도현(徐道鉉)을 처단하려는 계획을 세웠다. 이 일에는 이병온(李秉溫) 및 유장렬(柳璋烈)·한훈(韓焄)·곽경렬 등이 함께했다.

　한훈은 충남 청양, 유장렬은 전북 고창, 곽경렬은 전북 김제 출신으로 모두 보성과는 연고가 없지만, 이병온은 전라도 지부장 이병찬과 일족이다. 보성 시천(詩川)은 광주 이씨(廣州 李氏) 양진재공파(養眞齋公派) 세거지로 이병찬과 일족 이병온은 이 지역을 잘 알고 있어 거사를 시행하기에 적합한 인물이었다.

　이에 앞서 광복회는 이병온 등을 포함한 다섯 명이 친일 부호 세력을 처단하는 데 쓸 총기를 구하려고 전북 순창군 나청리와 그 아랫마을 비석리에 있는 헌병 출장소를 습격했으나 목적을 달성치 못했다.

　그래도 광복회는 1916년 5월에 친일 부호 서도현을 처단했다. 하지만 정작 목적한 군자금은 얻지 못했다. 이 일로 이병온은 체포되어 무기징역을 선고받는다.

　그런데 서도현이 사망하자, 그의 가족들은 상금 1만 원을 걸어놓고 일

경과 협력해 범인을 찾고자 나섰다. 상속인 서용인(徐龍仁)이 아직 미성년인 까닭에 재종형 서인선(徐仁善)과 모친 김회선(金會善)이 재산을 처리하고 있었다.

이에 광복회는 다시 계획을 세워 이번에는 서도현의 조카 서인선으로부터 군자금을 거두기로 결의했다.

1917년 1월 1일 밤, 한훈·유장렬·고제신(高濟臣)·김태수(金泰守 또는 김재명)는 고읍리 소실 집에 있던 서인선을 납치해 4일에 전북 정읍군 칠보면 사적리에 있는 김봉술(金奉述)의 집에 감금했다. 한훈은 홍주의병 출신이고 유장렬은 풍기광복단·독립의군부 출신이었다.

유장렬·고제신·김태수·이병화(李秉華)는 감시하고, 한훈은 서인선으로 하여금 친척 김영보(金永輔)에게 군산에 있는 남일여관으로 10만 원을 가져오라는 내용의 편지를 쓰게 했다.

그러나 아무런 응답이 없자, 경성 남대문통으로 고쳐 쓴 편지를 서인선의 재종형 서정인(徐正仁)에게 보냈다. 그동안 한훈은 지정한 장소에 대기했으나 소득이 없었다.

그동안 보성을 방문해 분위기를 탐지하는 등 우여곡절 끝에 결국 대전역에서 서정인과 서정우 두 사람을 만난 한훈은 즉시 유장렬에게 전보를 보내 서인선을 이리역으로 이동시켰다.

황등역(黃登驛) 부근에 있는 산중에서 서로 만나 우선 9,700원을 받고 4만 원은 후일에 받기로 했다. 그리고 계약서 두 장을 받은 후에 인질 서인선을 풀어주었다. 그 이후에도 서인선에게 수차례 위협을 가한 끝에, 이듬해(1918년) 10월 11일경 전동리에서 서정인을 거쳐 4천 원을 추가로 받았다.

한편, 전라도 지부 군자금 모집에 최면식(崔勉植)도 활동하여 광복회 사건으로 1년형을 선고받기도 한다.

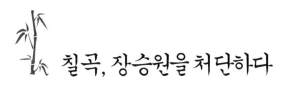
칠곡, 장승원을 처단하다

　광복회 경상도 지부에서도 사령관 박상진, 경상도 지부장 채기중을
중심으로 경상북도 칠곡 부호 장승원(張承遠)을 처단하려는 계획을 세
웠다. 장승원은 1884년 9월에 실시된 증광 문과에 급제하여 이후 경북관
찰사, 궁내부특진관을 지내고 고향 오태마을에서 살고 있었다.

　광복회가 추진한 주요 자금 모집은 의연금 모집이고, 대상은 전국의 친
일 부호들이었다. 친일 부호들은 식민 지배가 시작된 지 얼마 되지 않은
시점임에도 불구하고, 일제 식민지 체제에 적극적으로 안주하려는 성향
을 가지고 있었다. 그러므로 상당수 친일 부호들은 의연금 모집에 저항했
고, 광복회는 이를 응징함으로써 이들에게 경각심을 일깨워 나갔다. 광복
회는 전라도 지부에서 서도현을 처단한 데 이어, 경상도 지부에서는 장승
원, 충청도 지부에서는 박용하를 처단하려는 계획을 세우고 있었다.

　경상도 지부에서 장승원을 처단하려는 데는 여러 가지 이유가 있었다.

　박상진을 중심으로 장승원 처단에 대한 이야기가 오고 갔다. 동지들은
신중하게 조사한 장승원에 대한 사실적인 예를 말하기 시작했다.(이하는
〈황성신문〉, 황현의 『매천야록』과 일제 기밀 자료 등에 실린 내용을 중심으로 사
실에 바탕을 두고 기록한다.)

"광복회가 장승원을 처단해야 하는 이유는 무엇보다 그자가 청송군수를 지낼 때(1902년) 군민을 늑탈해 여러 가지 민상(民狀)에 올랐던 인물이기 때문이오. 그자의 아버지(장석룡 : 張錫龍)는 판서로 지낼 적에 악행을 좋아해서 가는 곳마다 장물을 탐했소. 그 부자(父子)는 지방 수령의 자리에 있으면서 탐학의 누거(樓居)를 쌓았던 자들이요."

"내가 알기로 장승원은 매관매직이 성행하는 대세를 타고 관직에 올랐다고 하오. 특히 경북관찰사를 샀던 것으로 알고 있소이다. 돌아가신 왕산(허위)께서 상주(上奏)하셔서 관찰사에 올랐소이다. 그때는 왕산께 은혜를 잊지 않고 꼭 보답하겠다며 굽신거렸지만, 왕산께서 거병하실 때(1908년) 군자금 1만 원을 요청하시자 배은망덕하게도 거절했소이다."

관찰사는 1896년에 종전의 13부를 폐지하고 13도로 변경하면서 각 도에 둔 지방 수령이다. 『황성신문』은 당시 매관 시세를 경주군수는 25만 냥, 울주군수는 15만 냥, 순안군수는 17만 냥이라고 보도했다.

의병 출신들인 광복회원들이 그런 사실을 모를 리 없었다. 그 누구보다 현 정세와 의병 세계를 잘 아는 사람들이다.

"그뿐인가요. 왕산의 중형이신 성산(허겸)께서 재차 1만 원을 요구하셨을 때, 여러분들도 아시다시피 얼마나 다급한 상황이었소? 그때도 장승원은 불응했소이다. 거기에다 왜놈한테 밀고까지 하는 바람에 성산께서 만주로 도피하실 수밖에 없었소이다."

"저런 고약한지고. 민단조합 사람인 이동하가 그자 집에 들어가 군자금을 얻고자 했을 때도 야경(夜警)을 세웠다고 하더이다. 야경이 방해하는 통에 40전에 불과한 돈만 얻었다고요. 그러니 군자금 요청에 응한 적이 없는 인물이외다."

"나는 요 근래에 이상한 소문을 들었소이다. 그자의 큰아들 장길상(張吉相)이라고 하는 자가 사람을 죽였다는 소문이 있더이다. 못 들었소이까?"

"남우세스런 일 말이오? 조선이 다 아는 사실이오이다. 그자도 진사시에 입격(1891년)하고 규장각직각에, 작년(1915년)에는 조선총독부 시정 5주년 기념 물산공진회 평의원이 된 모양이외다."

"친일을 썩 잘한 모양이오. 그렇소. 장길상 그자는 성격이 탐욕스럽고 잔혹하여 소작인을 괴롭히고 금전 문제에 관해서는 빠짐없이 소송을 일삼거나 분쟁으로 해결해서 관민들에게 신용을 잃었더이다. 소작인이 기한 내에 땅을 빌린 값을 내지 않으면 수확물 전부를 지주한테 인도한다든가, 지주가 수확물을 평가해서 땅값에 못 미칠 경우에는 소작인의 일체 소유 재산에 대해 추징을 하고, 땅값을 체납하거나 토지를 사용할 때 불합한 행위를 하면 보증인과 소작인이 연대하여 전부 의무를 부담하고 그 채무 및 손해는 지주에게 변상해야 한다든가, 토지세도 소작인 부담으로 한다고 하지요."

"저런 경을 칠 놈! 아예 소작인더러 굶어 죽으라고 말하지! 그런데 그 자가 살인은 왜 저질렀소?"

"김효련(金曉連)의 처 이성녀를 구타해 사망케 했다고 하더이다. 내 것도 내 것, 남의 것도 내 것이더니, 남의 처도 내 것으로 탐하다가 그 지경까지 되었으니 망신살이 뻗치긴 했소이다만, 그자가 알랑방귀를 뀌면 일제는 고무풍선 같은 법으로 그를 묵인한다고 하오."

"아무래도 광복회가 그 무도한 친일 집안을 꾸짖어야만 하겠소이다."

칠곡과 관련된 동지들은 박상진 · 채기중 · 김한종 · 임봉주(세규) · 유창순 · 신양춘 · 조재하 · 손기찬 · 윤창하 등이었다. 김한종은 충청도 지부장, 임봉주는 광복회 행형부원, 유창순은 홍주의병 · 풍기광복단 출신이고, 조재하는 영월중석광 침입 · 대동상점 동지이며, 윤창하는 경북 예천 출신이다.

그리하여 광복회에서는 장승원을 처단하려는 계획을 착실히 세워갔다.

1916년 음력 7월 1일(양력 7월 30일), 박상진·우재룡·권상석(백초) 등은 대구부 남성정에 있는 정운일의 집에 모였다.

박상진은 좌중을 둘러보며 공개적으로 의견을 내놓았다.

"평이 좋지 않은 인물을 암살하여 그 본을 천하에 보일 필요가 있습니다. 이에 적합한 인물이 그동안 거론된 전 경북관찰사 장승원이오. 그자는 지금 오태(吳太)에 살고 있소. 아시는 바와 같이 그는 경북 지역의 대표적인 악질 부호입니다. 워낙 거물급 인사라 이 일에는 동지들의 위험부담이 크게 따를 것입니다. 장승원을 처단하는 사람에게는 1인당 500원을 도피 자금으로 주겠소. 그리고 목적을 이루고 나면 가족 전부와 함께 서간도로 가십시오. 내가 생활의 안정을 꼭 책임지겠습니다."

박상진은 우재룡에게 권총 네 정을 주었다. 이 네 정의 권총 중에서 두 정은 우재룡이 서간도에서 구입한 니켈제 5연발이었는데, 그동안 영천의 정재목이 보관해왔다.

우재룡은 장두환에게도 한 정을 지급했다.

우재룡이 길림에서 손일민에게 부탁해 30원과 50원을 주고 구입한 두 정은 채기중에게 지급했다. 그동안 이 두 정의 권총은 한 정은 고령 운수면 김재열이 보관했고, 한 정은 대구 윤모(尹謀)가 보관했다.

또 대한제국 군인 출신으로 산남의진 의병장을 역임했던 우재룡이 만주에서 만난 이룡(李龍)에게서 구득한 두 정은 하양·경산 등지에서 산남의진 소모(召募)로 활동한 적이 있는 손기찬에게 보관시켰다.

"잘 보관하도록 하시오."

우재룡은 무기를 구입해 분산해서 보관해왔던 것이다.

그 다음 날인 음력 7월 2일(양력 7월 31일)에도 같은 장소인 정운일의 집에서 만나 회합을 가졌는데, 권상석은 헤어지면서 "저는 이 일을 반드시 실행하겠습니다. 오태에서 만납시다"라고 했다.

권상석은 장승원 처단 문제로 반년 동안 녹동에 유숙했고, 녹동에는 광복회 사람들이 많이 오고 갔다.

7월 3일(양력 8월 1일) 정오쯤, 조랑말을 탄 우재룡과 손기찬은 왜관(倭館)까지 동행하여 왜관 정거장 앞에 있는 숙소에서 권상석·임봉주(세규·병하)와 만났다. 손기찬은 가마니 속에 넣어둔 권총 네 정을 우재룡에게 건네주고 귀가했다.

남은 네 사람 우재룡·권상석·임봉주는 장승원의 집에 갔다. 집의 위치를 살핀 그들은 거사하는 데 형편이 좋지 않음을 알았다.

"집 앞쪽은 낙동강이고 뒤쪽은 큰 산이니 도주할 때 용이하지 않겠군. 좀 더 준비를 철저히 해야겠소."

우재룡의 말에 그들은 약목시장으로 돌아왔다.

같은 날 오후 8시경, 우재룡은 혼자서 조랑말을 타고 손기찬의 집으로 가서 가방을 손기찬에게 주었다.

"이 속에 권총 두 정이 있소. 이것을 오는 7월 8일(양력 8월 6일)에 약목시장으로 가지고 오시오."

음력 7월 8일, 손기찬은 약목시장 안에 있는 우재룡의 숙소로 권총을 전달하러 왔다. 그 자리에는 권상석·임봉주도 함께 있었다.

"오늘 밤에는 장승원의 집에 가서 돈을 받아 오겠소. 이 두루마기는 활동에 방해되니 손기찬 동지가 맡아주시오."

우재룡·권상석·임봉주는 모두 두루마기를 벗어 손기찬에게 주었고, 양산 두 개도 맡겼다. 우재룡은 손기찬에게 2원을 주며 말했다.

"오늘 밤 9시경에 돌아올 것이오. 손 동지는 칠곡군 석적면 중지동 저전도선장에서 나룻배를 준비해놓고 기다리시오."

나룻배를 대기시켜놓고 일이 끝난 다음 퇴로를 마련할 셈이었다.

손기찬은 우재룡의 명령대로 저전도선장에서 기다렸으나, 어쩐 일인지 권상석과 임봉주(세규)만 돌아왔다.

"백산(우재룡)과 임병하 동지는 좀 더 동태를 살피고 오겠다며 우리더러 먼저 가라고 하셨소."

그리고 5일 뒤인 음력 7월 13일(양력 8월 11일), 우재룡은 역전 약목시장에 있는 음식점으로 권상석·임봉주(세규)·손기찬을 불렀다.

"오늘 다시 장승원의 집으로 가서 돈을 요구할 것이오. 경우에 따라서 살해할지도 모르오."

이들은 지난번처럼 각자 두루마기를 벗어 손기찬에게 맡겼고, 늘 들고 다니는 양산도 맡겼다. 양산은 위급할 때에는 무기 대용으로도 쓰이고 얼굴을 가리기에도 안성맞춤인 물건이라 늘 소지하고 다녔다. 때는 여름 더위라 남자가 양산을 가지고 다녀도 아무도 의심하지 않았다. 우재룡은 손기찬에게 이번에도 단단히 일렀다. 우재룡은 1원을 손기찬에게 건네주었다.

"오늘밤 9시경에 도선장으로 갈 터이니 우리가 가거든 곧바로 강을 건널 수 있도록 배를 준비해두시오."

"네, 틀림없이 시행하겠습니다. 몸조심하십시오."

손기찬은 도선장에서 기다리고 있었으나 아무도 오지 않았다. 그날 우재룡 등은 장승원 집 부근까지 갔으나, 마을 사람들이 모여 있어서 목적을 달성할 수 없었다.

1917년, 박상진이 대구권총사건으로 감옥에 있다가 만기 출옥하자, 광복회는 지난해 두 번이나 장승원을 처단하려고 시도했다가 실패한 일을 보고했다.

박상진은 자신이 10개월 남짓 영어(囹圄)의 몸으로 있는 동안에 광복회 각 지부에서 임무를 수행하려고 부단히 노력한 것에 감사했다.

녹동에 모인 동지들을 둘러보며 박상진이 말했다.

"그동안 여러 동지가 수고가 많았습니다. 작년에는 장승원 처단에 비록 실패했지만, 올해에는 반드시 성공해야 합니다. 다시 계획하고 실행으로 이어지도록 해야겠습니다. 작년에 두 차례나 참여한 우재룡 동지와 권상석 동지 대신 이번에는 강순필 동지와 유창순 동지가 새롭게 가담해주시오. 소몽(채기중)의 생각은 어떠신지요?"

박상진은 두 번이나 장승원 처단에 실패하자, 매우 미온적인 태도를 보이던 채기중의 의중을 넌지시 물어보았다. 그런데 채기중은 뜻밖에도 적극적이었다.

"이왕 시작한 일, 끝까지 해보리다. 성공하려면 나 소몽이 끼어 있어야 하지 않겠습니까?"

채기중이 용단을 내리자, 좌중은 벌써부터 성공 예감에 가볍게 흥분했다.

그리하여 1917년 8월 6일(양력 9월 21일), 광복회는 장승원 처단을 다시 시도하게 된다.

우선 우재룡·권상석·채기중·임봉주가 참여했다. 그러나 장승원은 부재중이었다. 실패였다.

그로부터 5일 뒤인 8월 11일, 두 번째 시도였다. 이번에는 채기중·강순필(병수)·유창순·임봉주(세규)가 참여했다. 강순필은 이강년의진 출신이고, 유창순은 홍주의병에 가담한 적이 있었다. 그런데 이때는 장승원 집에 소작인들이 집결해 있었다. 역시 실패였다.

채기중은 두 번이나 장승원 처단에 실패하자, 또다시 이 일에 대해서 회의적인 태도를 보였다.

그러나 김한종은 강경한 태도를 보였다.

"장승원을 처단하지 않고는 안 됩니다. 만일 이 일을 성공하지 못한다면, 모든 계획이 수포로 돌아갈 것입니다. 장승원을 하루속히 처단해야 합니다."

광복회는 좀 더 치밀하게 집 안의 동정을 살피고 그를 처단하는 계획을 잠시 뒤로 미루기로 했다.

　채기중은 김한종으로부터 장승원을 처단하자는 독촉을 여러 번 받았다. 1917년 음력 9월 17일(양력 11월 1일), 김한종은 채기중에게 장승원을 처단하자는 독촉을 또 했다.

　"그럼 음력 9월 23일(양력 11월 7일) 약목시장에서 만나기로 합시다."

　채기중은 마음을 정하고 며칠 뒤 대구로 향했다.

　대구에서는 유창순·강순필·임봉주가 행동을 같이하며 채기중이 오기를 기다리고 있었다. 그들은 장승원 집 부근의 지리를 살펴보기도 하면서 주민들 사이에 그가 어떤 평을 듣는지 알아보았다.

　"역시 평이 좋지 않더군. 나쁜 일만 골라서 다 했더군."

　그들은 장승원이 심히 악인이라는 사실을 다시 확인하고 마음을 다잡았다.

　그날(23일), 채기중은 주막에서 유창순·강순필·임봉주 이 세 사람과 만났다. 채기중은 이들의 말을 듣고서 의견을 내놓았다.

　"이 일은 좀 더 신중을 기해야 하오. 만약 광복회에서 장승원을 살해하고 그냥 도주해버리면 마치 사사로운 원한으로 인해 살해한 것으로 오해할 것이오. 그건 마땅치 못하오. 우리가 사용하는 정식의 통고문은 아니더라도 우리의 뜻을 알리는 글을 간단하게 남겨둬야 이 일이 정의로운 일인 줄 세상 사람들이 알 것이오."

　그리하여 채기중은 주막에 앉아 반지(半紙)보다 약간 더 작은 종이에 한학에 익숙한 글솜씨로 경계하는 글을 써 내려갔다.

　曰維光復 天人是符 聲此大罪 戒我同胞

　(왈유광복 천인시부 성차대죄 계아동포 : 나라를 광복하려 함은 하늘과 사람의 뜻이니 이 큰 죄를 꾸짖어 우리 동포를 경계하노라.)

　聲戒人(성계인 : 꾸짖는 자) 光復會員(광복회원)

채기중은 똑같이 넉 장을 썼다. 그리고 유창순·강순필·임봉주에게 각각 한 장씩 나누어줬다.

"광복회가 그자를 정당하게 처단했다는 사실을 당당하게 밝혀야 하오."

이때 손기찬이 권총을 가지고 주막에 도착했다. 채기중·유창순·강순필이 각각 한 정씩 가졌다. 그리고 그들은 오태로 향했다. 그런데 그날도 거사에는 적합하지 않은 사정이 있어서 다시 돌아왔다.

25일, 채기중·유창순·강순필·임봉주 네 명은 선산군 칭성(秤城)에서 다시 만났다.

채기중이 임봉주에게 말했다.

"장승원 집으로 가시오. 그가 집에 있는지 없는지 확인한 뒤 부재 시에는 그 사연을 우리에게 알리시오. 만일 그자가 집에 있거든 그냥 기다리고 있거나 마음대로 하시오."

임봉주는 장승원의 집으로 향했다. 채기중·유창순·강순필 세 명은 임봉주를 기다렸으나 돌아오지 않자, 장승원이 집에 있다고 판단했다.

채기중이 자리에서 일어났다.

"이미 날이 어두워졌으니 상황을 분간하기 어렵소. 나 혼자 그자의 집으로 가리다. 지나가는 과객으로 가장해 그 집에서 자고 내일은 일을 성사시키도록 하겠소."

채기중은 혼자 장승원 집으로 갔고, 유창순과 강순필은 10리 밖에 있는 주막에서 잠을 자기로 했다.

한편, 채기중은 공모(孔謀)라는 과객으로 가장하고 장승원의 집으로 들어가 그곳에서 하룻밤을 잤다.

이튿날 아침 일찍 채기중은 장승원 방으로 가서 인사를 했다. 과객이 하룻밤을 청하면 거절하지 않는 것이 당시의 관습이었고, 또한 양반층 과

객은 주인과 서로 인사를 나누는 게 그때까지 풍습이었다.

채기중은 얼른 그 집에서 나와 주막에서 다시 세 사람을 만났다. 채기중이 역할을 맡겼다.

"오늘은 성공할 것이오. 나와 강순필 동지는 암살을 담당하고, 유창순 동지는 탈출이 쉽도록 불을 지르시오."

이들은 해가 지기를 기다려 장승원 집으로 향했다. 유창순은 석유병을 들었다. 마침내 장승원의 집에 도착했다.

채기중은 강순필과 함께 거실로 갔다. 장승원은 저녁 식사를 하고 있었다. 채기중은 권총으로 대여섯 발을 장승원을 향해 쏘았다. 강순필도 장승원을 향해 한두 발을 발사했다.

그때 유창순은 오른쪽에 있는 객실을 방화하려고 시도했으나 실패하고 말았다.

세 사람은 재빨리 그 집에서 나왔다.

채기중은 집을 나오면서 격문을 대문 오른쪽에 붙였다. 강순필은 마을 어귀에 있는 버드나무 다락에 격문을 붙였다.

결국 채기중·강순필(병수)·유창순·임봉주(세규)는 서로 도와가며 장승원을 처단했다. 양력으로는 1917년 11월 10일 칠곡군 오태마을 악덕 부호 장승원 집에서 벌어진 일이다.

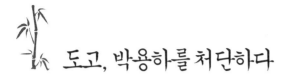

도고, 박용하를 처단하다

　광복회에서는 지부원들이 역할 분담을 해 통고문을 발송할 대상을 지역별로 상세하게 조사하여, 재산을 소유한 정도에 따라 차등을 두어 배당금을 정했다.

　자산가를 조사하고 통고문을 전달하는 과정에서 비밀을 유지하기 위한 방법도 치밀하게 시행했다. 백지에 진한 소금물로 자산가 명단을 적었다. 그것은 불에 쬐어야만 명단을 읽을 수 있도록 한 방안이었다. 또한 작성된 통고문은 종이 끈으로 꼬아 아무나 눈치채지 못하도록 전달했다.

　발송을 할 때에는 경고문을 받을 상대의 이름과 금액을 기입한 다음, "1개월 내지 2개월 내에 조달하라. 만일 응하지 않을 때는 율(律)에 따라 처단하겠다"라는 말도 덧붙였다.

　끝에는 '광복회 지령원 도초만'이라고 쓴 다음, 광복회 도장을 찍기도 했다.

　그러고는 가로 한 치, 세로 세 치 정도 되는 종이에 의연 금액을 기입한 뒤 번호를 붙이고, 의연금 납부자의 이름을 표시한 후 '제의안신'을 찍어 어음표를 작성했다. 이를 세로로 반을 잘라 한쪽을 경고문에 첨부하고, 나머지 반쪽을 수첩에 보관해두었다가, 뒷날 의연금을 받을 때 돈을 내놓을 사람에게 보여주어 그 수취자임을 증명하게 했다.

채기중과 김한종이 주도하여 대자산가에게 보낸「포고문」은 이러하다.

포고문(布告文)

슬프다, 우리 동포여! 지금은 어떠한 때인가. 4천 년 역사는 멸망하고, 우리 2천만 민족은 노예가 되어 나라의 치욕과 백성의 굴욕이 극에 달했다.

슬프다, 저 왜놈들은 오히려 이에 만족하지 못하고 나날이 식민 탄압을 더하여, 우리들의 생명과 재산을 멸망시키려고 기세등등하고 있다. 그러나 우리 동포는 아직도 이를 깨닫지 못하고 점진적으로 재앙이 오고 있음을 알지 못하며 근시안적인 방법만으로 대책하고 있다. 깨진 둥지에 어찌 완전한 계란이 있겠는가. 자자손손 남김없이 침략자의 희생이 되고, 수많은 재산과 보물 역시 타인의 창고로 들어가니, 이를 생각하면 피눈물이 쏟아진다.

우리 조국을 회복하고 세상의 원수에서 우리 동포를 구하려는 이유는, 역사적 사명을 가진 우리들이 하지 않으면 안 되는 이유이기 때문이다. 이러하므로 본 광복회는 성패와 이익을 돌보지 않고 죽음을 무릅쓰고 창립하여, 이미 십여 성상을 경과하였다. 그동안 겪은 수많은 어려움은 일일이 나열하기 어려우며, 국내외 동포도 이러한 우리의 거사에 많은 관심을 보였다. 그러나 아직도 본 광복회의 목적을 이루지 못한 것은 우리 민족이 일체감이 부족하여 관습대로 살아왔기 때문이다. 이에 큰소리로 꾸짖어 우리 동포에게 고하노니, 다행히 이를 경시하지 말고 마음을 기울여 한번 생각하기 바란다.

옛날에 한(漢)나라 임금인 무제(武帝)가 오랑캐인 흉노(匈奴)를 공격하여 자등(自登)이라는 사람의 치욕을 복수하려 할 때, 한나라 세력은 흉노의 열 배였다. 그러나 복식(卜式)이라는 사람은 오히려 "지식인이라도 변방에서 죽고 재력가는 마땅히 기부하라"고 하였다. 이것은 복식(卜式)이라는 사람이 한족(漢族)들에게 그 의무를 다하게 하려고 말한 것이다. 지금 우리 민족은 그렇지 않아 지략이 있는 사람이라도 그걸 개인의 능력으로만 간주하니, 이것이 헌납하는 것에 수긍하지 않는 이유이다. 우리 동포의 생각이 어찌 이다지도 모자라는가. 우리가 힘을 규합하면 그래도 성공할 가능성이 아직도 많다.

재력으로 도와주는 힘도 아직은 부족하지 않다. 단지 모자라는 것은 합치된 열정이다. 어찌 통곡하며 눈물을 흘릴 일이 아닌가. 원컨대 우리 동포는 복식처럼 조국을 위하는 마음을 가지고, 지혜로운 자는 서로 애국애족하며 단결해서, 본 광복회의 의로운 깃발이 제대로 발휘할 때를 기다려야 하며, 재력 있는 사람은 각기 의무를 다하기 위해 미리 돈을 마련하여 본 광복회의 요구에 응해야 하지 않겠는가. 나라는 되찾아야 할 것이고, 왜놈은 토벌되어야 하며, 공적은 세운 다음 기다려야 할 것이다. 그날은 어찌 즐겁고 장하지 않겠는가.

만약 흉적에 아부하여 기밀을 누설하고, 재앙을 동포에게 넘기거나, 또는 본 광복회의 규약을 준수하지 않고 기회를 그르치는 자들은 본회가 정한 규칙에 따라 처벌한다.

슬프다, 우리 동포는 뜨거운 마음과 피로써 이 기회를 통해 서로 돕고 각각 맡은 바 임무를 수행하기 바란다.

동(東)으로 향하여 눈물을 닦으니, 가슴이 먹먹하고 답답하노라.

광복회 창립 제13년 8월 15일
광복회 인

주의 사항

一. 본회원은 각 지방에 흩어져 각자의 행동을 사찰할 것이니 본회의 명령을 굳게 지키고 반드시 비밀을 지킬 것.

二. 본회에서 지정한 할당 금액은 반드시 음력 8월까지 준비해서 본회 청구에 응할 것.

三. 본회 특파원에 대해서는 지령의 암호를 올바르게 해독하여 사람들이 속는 일이 없도록 할 것.

四. 본회는 징계 규칙에 의하여 각각 행동에 따라 시행할 것이니 스스로 잘못을 범하는 일이 없도록 할 것.

특정배당금증(特定配當金證)

일금 _____원 정

위 금액은 본회의 임시 경비로서 귀하에게 할당하는 금액이니 올해 8월까지 준비하여 본회 특파원에 교부할 것.

개국 기원 4250년(1917년)
광복회 창립 제13년 정사 8월15일(光復會創立第十三年丁巳八月十五日)
광복회 재무부 인

소자산가에게는 고시문, 경고문, 지령장을 발송했다. 이중 「경고」는 경상도와 전라도 자산가에게 발송한 통고문이다. 채기중이 중심이 된 「경

고」에는 "민국(民國)을 조직하고"라는 내용이 나오며, 발송자는 양기탁이라는 사실로 미루어 신민회와 관련된 인물의 의도가 포함되었음을 알 수 있다. 즉, 광복회는 전제군주정치를 폐지하고 민주공화정치의 자주 독립국가 건설을 목표로 했던 것이다.

「고시」는 충청도 지부에서 소자산가들에게 보낸 통고문으로 장두환이 발송했으며, 총 161통에 배당금 총액은 170여만 원이었다. 원안자는 신채호로 알려지고 있으며, 임봉주(세규)가 죽장(竹杖) 속에 숨겨 온 것을 김한종이 받아 작성했고, 정태복은 자신이 근무하던 면사무소 등사기를 이용해 등사했다. 이 고시문에 '光復會指令印(광복회지령인)'·'光復會會計印(광복회회계인)'·'卞昌曦(변창희)'라는 도장을 날인하고, '주의 사항'을 첨부해 발송했다. 채기중·유창순·윤창하·정세여·정진화·조용필은 1917년 10월 10일부터 20일 사이 경고문을 작성해 경북 일대 소자산가들에게 발송했고, 채기중이 먼저 작성한 것을 정세여가 일부 수정을 하기도 했다. 또 광복회에서는 '島招萬(도초만)'·'濟義安信(제의안신)'·'光復會指令員監督章(광복회지령원감독장)'이라고 새긴 도장도 준비하여 사용했다.

전라도 지부에서는 지부장 이병호가 1918년 1월 명단을 작성했고, 이를 근거로 채기중과 이병호(병찬)는 목포의 현기남·광주의 임병용·보성군의 양신묵 등에게 우편물을 발송했다.

이병호는 다시 5월 2일(음력 4월 21일)부터 김용한과 함께 대전·이리·정읍 등지에서 보성군의 재산가 박남현(이병호의 고모부) 등 여섯 명에게 경고문을 발송했다. 6월 중순경에는 채기중·이병호가 보성군에서 경고문을 받은 사람들의 동태를 염탐했으나 경계가 몹시 심하므로 22일 광주로 이동해 권총을 가지고 온 최면식을 만나 세 사람이 함께 목포로 갔다가 7월 14일 체포되고 만다.

「지령장」은 포고문 수령자들에게 발송한 통고문이다. 배당금을 기재하고 비밀 엄수와 배당금 준비를 촉구한 내용을 담은 문서로 충청도 지역에서만 찾아볼 수 있는 충청도 지부의 특징이다. 18통을 작성해 보령군 춘라면 이석구(李錫九) 외 열일곱 명에게 발송했다.

지령장(指令狀)

앞서 발송한 포고문을 받았을 것이나 비밀을 엄수하고 배당금을 준비하여 본회원의 요구를 기다려 교부해야 한다. 본회의 군율(軍律)은 엄격하므로 생명 자기(生命自棄)의 폐단에 빠지지 않도록 유의하라.

한편, 황해도 지부에서 사용한 통고문 「배일파」는 군자금 모집과 회원 모집에도 사용했다. 다른 지부와는 달리 통고문을 발송하지 않고 자금 모집 때에 직접 제시했다. 그리고 배일파의 다른 특징 하나는 지부원으로 가입할 것을 권유하는 내용이 추가되어 있었다는 것이다. 단순히 가입 증서를 겸한 통고문으로 보는 견해가 있으나, 모집 대상이 경찰에 신고하지 못하도록 하는 목적도 있었다. 가입 증서에 서명한 것을 근거로 침묵을 강요함과 동시에 군자금 모집도 용이하게 하려는 기대를 담았다. 또한 '光復會(광복회)'·'新韓國珤(신한국보)'·'財務總長(재무총장)' 등 도장을 찍기도 했다.

위와 같이 광복회는 각 지부마다 특색 있는 모금 공문을 발송했다. 그러나 자금 모집은 의도한 만큼 만족스럽지 못했다. 통고문을 받은 자산가 대부분은 군자금 모집에 협조하지 않았을 뿐만 아니라, 통고문을 일제에 신고하기도 했다. 이에 광복회는 점차 강제성을 띨 수밖에 없었다. 그 결과 일어난 일이 장승원 처단 사건과 도고면장 처단 사건이라고 할 수 있다.

공식적으로 통고문을 발송하고 난 뒤 군자금을 수령한 경우는 여섯 명에게서 받은 679원이 전부였다. 경북 문경군 농암면 조시영(曺始榮) 70원, 충남 홍성군 광천면 정인교(鄭仁敎) 100원, 경북 안동군 와룡면 안승국(安承國) 100원, 경북 안동군 임동면 유승호(柳升鎬) 95원, 경북 안동군 권준흥(權準興) 300원, 충남 아산군 배방면 장용숙(張容淑) 14원 이었다.

그중에서 장용숙에게서 자금을 얻게 된 경위는 이러했다.

1917년 음력 10월 12일(양력 11월 26일) 밤 9시경, 배방면 중리에 있는 장용숙의 집으로 광복회원이 찾아갔다. 김재찬은 8연발 권총, 엄정섭은 5연발 권총을 소지했고, 김경태는 비무장이었다.

객실에 광복회 세 사람이 들어갔다. 그들은 젊은 장용숙의 허리띠를 풀어 손을 뒤로 묶었다.

"우리는 국가를 위해 일하는 사람들이니 돈을 내라. 경상북도에서 장래도(장승원)가 살해된 사실을 알고 있을 것이다. 만일 돈을 내지 않으면 너도 장래도처럼 된다."

"돈을 주겠소. 나를 풀어주면 내실에 있는 돈을 모두 드리겠소."

세 사람은 두말하지 않고 장용숙을 풀어주고 그를 따라 내실로 들어갔다. 하지만 장용숙이 내민 돈은 겨우 14원이었다. 사전에 입수한 정보와는 달리 보관금이 없어 실패한 사건이었다.

이를 계기로 충청도 지부장 김한종은 임무의 성격을 달리할 필요성을 느꼈다.

"우리 충청도 지부는 영향력 있는 인물을 본보기로 처단해야겠소. 그 이후에 군자금 모집이 보다 수월해지리라는 생각이 드오. 예산 지역에서 악명 높은 인물을 살펴보시오."

얼마 동안 예산 지역을 동지들과 함께 상세하게 살펴본 결과, 김한종은 이렇게 말했다.

"예산의 박용하(朴容夏) 도고면장이나 유 전 도장관(前道長官)은 악인이기 때문에, 두 사람 중 한 사람을 암살하면 예산 부근이 발칵 뒤집혀 우리에게 협조할 것입니다."

"박 면장이 악인인 증거는 면장으로서 면민에게 가혹한 취급을 한 데다, 부하 면서기의 사택을 몰수하고서는 자기 사택으로 취한 것이오. 게다가 부하 면서기가 사직한 후 다른 업을 하는 것마저도 못 하게 방해했소. 또한 전 면장이 공금을 소비한 것을 면민들에게 변상하라고 하는데도 사화(私和)하지 않고 교묘하게 꾸며서 면민을 억울하게 투옥한 데다 옥사케 한 것이오."

"고약한 자요! 그자는 우리 통고문을 헌병에게 건네주었을 뿐만 아니라, 지역사회에 많은 악행을 저지르고 있는 인물입니다."

"그렇소. 그자를 처단하는 이유는 딱히 의연금에 불응하기 때문만은 아니오. 지역 주민을 괴롭히는 친일 면장을 처단한다는 데 의미를 두고 싶소. 그는 광복회 취지를 전면에 나서서 반대하는 자요."

"우선 도고면장 박용하를 처단하지요."

도고와 관련된 광복회 동지는 박상진·채기중·김한종·임봉주·유창순·김경태·장두환·김재창(재덕)·김재철·강석주·이재덕·김상준·정태복·황학성·김재풍·조종철 등이었다. 이들 중 김재풍은 김한종의 삼촌이고, 김재창·황학성은 미곡상이며, 강석주와 이재덕은 인천 연락 거점을 맡았다. 정태복은 홍주의병 출신으로 고시문 제작에 참여했다.

김한종은 박용하를 처단하기로 결정했다.

어느 날 김한종이 경성에서 돌아오면서 홍주의병 출신인 성달영의 집에 들렀다.

"박용하 면장은 악한이니 의연금을 내든 안 내든 성 동지가 살해하시오."

그리고 김한종은 천안 읍내에 들러 장두환에게도 박용하 처단을 설명했다. 장두환은 이에 찬성했다. 장두환은 광복회에 가입한 후 권총 구입비로 자금을 제공할 정도로 충성스런 동지였다.

"그렇잖아도 저는 온양의 이기상(李起相)이 우리 통고문을 헌병에게 넘겨준 사실을 알고서 이기상을 사살하거나 군자금을 받아내려고 작정을 하고 실행하려고 했습니다만, 헌병들이 이기상의 집을 밤낮으로 지키고 있어서 포기한 차였습니다. 좋습니다. 박용하를 처단하겠습니다."

장두환은 우재룡이 건네준 권총 한 정을 지급받았다.

장두환은 구한국군 출신 김경태(영근)에게 실행을 지시했다.

1917년 음력 12월 11일(양력 1918년 1월 23일), 동지 강석주의 집에 김경태와 임봉주(세규)는 권총을 휴대하고 찾아왔다. 강석주는 인천의 거점에서도 활동하고 있었다. 임봉주는 강석주에게 "벼루를 빌려주시오"라고 했다. 그러고는 힘 있는 글씨체로 사형선고문(死刑宣告文)을 작성했다.

그 다음 날인 음력 12월 12일, 김경태와 임봉주는 도고면에 있는 성달영의 집으로 갔다. 그곳에서 면장 박용하의 이름을 사형선고문에 기입했다. 그리고 저녁 무렵 박용하의 집에 도착하여, 전혀 주저함 없이 거실에 있는 박용하 앞에 당당하게 섰다.

김경태가 박용하에게 물었다.

"전번에 보낸 편지는 보았는가?"

"보기는 보았으나, 돈을 마련할 수 없었소."

"알고 있는가, 지금 이 순간에도 우국지사들이 어떻게 살고 있는지? 우리에게 협조는 못 할망정 너는 오히려 밀정이 되어 우리를 신고하고 일신 영달만을 위해 세도를 누리려고 한다."

김경태는 임봉주가 가지고 있는 사형선고문을 박용하에게 보여주었다.

그걸 보고서 박용하는 사색이 되어 덜덜 떨었다.

"의연금을 내겠으니 연기해주시오."

김경태가 고개를 흔들며 임봉주에게 눈짓을 했다. 임봉주는 잘라 말했다.

"너의 돈은 필요 없다."

김경태는 바지 호주머니에서 권총을 꺼내 악덕 친일 면장 박용하의 가슴에 들이대고 한 발을 쏘았다. 임봉주도 권총을 꺼내 친일 면장의 오른쪽 눈밑을 명중시켰다.

그 두 사람은 사형선고문을 짚으로 뚫어 추녀 밑에 달아맸고, 유유히 사라졌다.

마지막 조직 개편, 그리고 체포

친일 악덕 부호들을 처단할 때마다 광복회란 이름을 당당히 밝혔기 때문에 일제는 간담이 서늘해졌다. 또한 지령장을 받은 친일 부호들은 자신들의 목숨이 경각에 달했음을 느끼고 서슴없이 일제에 밀고하여 일경이나 헌병의 도움을 요청했다. 전국적인 수사망이 깔려 있어서 어딜 가도 안전한 곳이 없을 정도로 삼엄한 수색이 전개되고 있었다.

광복회의 고시문, 지령장은 조선총독부에게 위협적인 문서였다. 광복회의 철저한 비밀 엄수와 대담성으로 조선총독부는 바짝 긴장하지 않을 수 없었고, 이 치밀한 조직은 그 활동성으로 미루어보아 구한말 의병 출신이거나 한국 군인 출신으로서 노련한 전술을 익힌 사람이 주축이 되어 있으리라는 사실도 환히 알 수 있었다.

"아직도 조선인은 살아 있다. 만약 일본이 이들을 깡그리, 그리고 철저히 죽이지 않는다면, 언제 우리의 목숨이 이토 히로부미처럼 한순간에 사라질지 알 수 없다. 모든 수사망을 총동원하여 철저하게 수색하고 광복회 회원은 모조리 체포하라!"

그동안 광복회를 추적해보려고 각처에서 날아든 우편물, 부호들에게 보낸 모금 통고문, 포고문 따위를 살펴보아도 전국 곳곳에서 발송된 우편물인 데다, 만주에서도 동시다발적으로 발송되어 감을 잡을 수 없었다. 포고문의 작성자가 만주에 있는 신채호, 양기탁 같은 인사인 줄 일제는 알 턱이 없었다. 광복회원을 붙잡으려고 다급해진 일경은 눈이 빨개졌다.

"광복회에서 보낸 통고문이 경북에서 20여 통, 경남에서 40여 통, 경성에서 4통이 발견되었다. 발송자도 여러 명, 보낸 장소도 단동·봉천·신의주·남시·안주·정주·평양 등 여러 곳이다. 어떤 단서도 소홀히 하지 말고 이 잡듯이 뒤져 반드시 불령선인(不逞鮮人)을 모조리 붙잡아라."

지휘장 우재룡이 국내외로 연락을 맡으며 다니다가 발송한 것들이 가장 많았다.

일제는 많은 회유와 협박을 하며 온갖 수단과 방법을 가리지 않고 광복회 회원을 추적하여 수사망을 좁혀나갔다. 그리고 의병 토벌 작전 때 써먹은 토끼몰이식 수법을 그대로 썼다.

"광복회와 회원들에 관한 정보를 제공하는 자에게는 포상을 지급한다."

"광복단원이 자수하면 과거나 현재 일을 불문하고 군청이나 면사무소 등지에 채용한다."

"광복회원을 재워준 부락은 모조리 불태운다."

"광복회원이 발각될 때는 본인뿐만 아니라 처자식, 형제자매까지 엄벌로 다스린다."

실제로 항일 투사들과 가족이 겪는 고통은 이루 말할 수 없는 지경이었다.

이런 공포 분위기 속에서 1917년 11월 11일(양력 12월 24일), 경성에 있는 남문여관으로 동지들이 속속 모여들었다.

박상진은 이곳에서 권영목·김노경·조재하·권영만을 만나 긴밀한 안건을 협의했다. 모두 대동상점을 거점으로 활동하는 동지들이었다.

"광복회는 장래를 위해 가족들을 데리고 만주 이주를 독려합니다. 나는 그동안 길림 독군 맹사원(孟思遠)의 허락을 얻어 교육기관을 세워 조선인 자제들을 교육하고 군사교육을 시키다가 적당한 시기에 국권회복운동을 개시하는 계획을 세워왔습니다. 그러니 이를 위해 우선 권영목 동지가 만주로 가주십시오."

"그러겠습니다."

권영목은 작년(1916년 3월) 이래 영주군 영주면에 거주하는 권상수(權相洙)와 송주찬(宋柱燦)을 시켜서 지방 자산가로부터 수차례에 걸쳐 1만 원을 받아내게 했다. 이를 영주 헌병분견소가 발견하고서 권영목을 추적하고 있던 중이어서 시급하게 그를 만주로 보내야만 했던 것이다. 권영목은 후일 1918년 3월에 보안법 위반 및 사기횡령 혐의로 송치되고, 1918년 6월 17일에 형량이 선고된다. 권영목과 박제선은 징역 8개월, 정응봉은 징역 4개월, 김노경은 징역 2개월이었다.

여하튼 그날(1917년 11월 11일) 남문 여관에서 박상진의 계획을 들은 동지들은 대동상점을 폐쇄할 계획을 세웠다.

"대동상점을 폐쇄하는 일은 안타깝지만 어쩔 수 없는 선택이오. 대동상점은 신식 교육을 받은 20대 젊은이들이로 구성되어 있어서 우리 광복회 조직 중에서도 가장 젊은 조직이었소. 그동안 대동상점을 통해 일한 이 젊은이들이 만주 이주 실행과 상업 조직을 통한 활동, 군자금 모집 때 보여준 진취적인 면은 길이 기억될 만하오. 어서 대동상점에 가서 금고에 보관한 돈을 모두 찾아 만주로 이주하도록 하시오."

이에 권영목이 대답했다.

"현재 이교득이 대동상점의 금고를 보관하고 있지만, 그가 보관금 전부를 제공하지 않을 것 같습니다. 실제 투자를 한 그의 아버지의 허락 없이는 불가능할 것입니다."

"그렇다면 이교득을 서울로 올라오게 한 다음, 유명수로 하여금 금고에 보관한 현금 700원을 가지고 오게 해 길림으로 총사령님과 권영목 동지가 함께 가는 게 좋지 않겠습니까?"

지휘장 권영만이 신중하게 말했다. 만약 총사령 박상진의 신병에 이상이 올 경우에는 광복회 자체가 무너질 수도 있다는 불안감이 들었던 것이다. 우선 박상진부터 만주로 도피시키는 게 좋겠다는 생각이었다.

그러나 박상진은 고개를 가로저었다.

"아니오. 나는 국내에 남아 지부들마다 위험에 노출되는 일이 없도록 당부하고, 또 되도록 빠른 시일 내에 가족들을 데리고 만주로 이주하길 독려하겠소."

동지들은 박상진의 결정에 따르기로 했다.

한편, 천안 분대에서는 그 이듬해(1918년) 1월 20일에서 22일 사이에 통고문을 발송했고, 한결같이 서울 시내 우편국 소인이 찍혀 있어 일제가 주목하고 있었다.

"이상하군. 수신자 이름에 전혀 착오가 없을뿐더러 배당금도 자산에 비례해 책정되어 있군. 그렇다면 이곳에 관련자가 산다는 증거야. 이곳 사정을 정밀하게 조사한 자가 통고문을 작성하는 사람과 한편인 게 틀림없어."

일경은 요주의 인물들을 일일이 방문하여 조사하기 시작했다.

"장두환이 요사이 경성과 인천을 내왕한 정황이 있군."

일경은 장두환을 천안 분대로 소환했다. 또한 그의 집을 수색하니 '배당금 부전지'가 나와 증거물로 채택했다.

뒤이어 충청도 지부장 김한종도 체포(음력 1917년 12월 16일, 양력 1918년 1월 28일)되었다.

단원들이 속속 검거됐다. 전국이 광복회 사건으로 들썩거렸고, 일경은 단원들 검거에 전국을 뒤져나갔다. 박상진은 만주로 탈출할 생각으로, 안동 토계 하계마을 이동흠(李東欽)의 집으로 피신했다. 이동흠의 할아버지

이만도(李晩燾)는 퇴계의 11대손이고 나라가 패망하자 25일간 단식하면서 일제에 항거하다 자진 순국했다. 이동흠의 아버지는 유림단의거(파리장서운동)에 참여한 기암 이중업(起巖 李中業)이다.

박상진은 쫓기는 몸이 되어 광복회원이기도 한 이동흠에게 밤이 이슥한 시간에 찾아갔다. 박상진보다 세 살이 위인 이동흠은 깜짝 놀라 그를 숨겨주었다.

"이곳에서 잠시 은신하다가 일경의 수색이 잠잠해지면 만주로 갈까 합니다."

"그러십시오. 이곳은 불편하기는 해도 안전할 것입니다."

박상진은 낮에는 토굴에 웅크리고 숨어 지내다가 밤이 되면 사랑채로 돌아와 고단한 몸을 잠시나마 뉘었다.

"힘드시지요? 칼국수를 끓였습니다. 드시고 기운을 내시지요."

밥맛조차 없어 거의 식사를 거르는 박상진에게 이만도의 며느리이자 이동흠의 어머니인 김락(金洛) 여사가 평소 박상진이 좋아하는 칼국수를 정성스레 끓여 왔다.

"고맙습니다."

박상진은 김락 여사가 정성을 다해 끓인 칼국수 앞에 목이 메었다.

김락 여사는 박상진의 증조모와 같은 고향인 천전리(내앞)에서 태어나 독립운동 가문을 지킨 여성 독립운동가이며, 그녀 또한 독립운동에 일생을 바치는 과정에서 모진 고문으로 두 눈을 잃고 11년 동안 고초를 겪다가 1929년 2월에 사망하게 된다.

이동흠은 몰래 사람을 보내 박상진의 집에 그가 이곳에 있다는 사실을 알렸다.

박상진이 이동흠의 집에서 은거한 지 며칠 후, 생모(여강 이씨 석태)가 위급하다는 전갈이 왔다.

"그래도 가면 안 됩니다. 총사령이 건재해야 광복회도 있고 구국도 있는 겁니다."

김락 여사도 이동흠도 동지들도 말렸지만, 박상진은 기어코 갈 차비를
차렸다.

"남의 자식으로 태어난 자, 그 할 도리는 다 해야 하지 않겠습니까?"

그러나 어머니는 아들 박상진을 보지도 못하고 가슴을 태우고 졸이기
만 했던 한 많은 생을 마감했다.

1918년 2월 1일, 그날은 어머니의 출상 전날이었다.

박상진은 체포될 줄 알면서도 태연히 노루골로 귀가했다. 순사 조만구
의 밀고로 출동한 수백 명의 경주 수비대는 그가 나타나길 기다리고 있
었다.

그해 6월, 해주에서는 친일파 조하동의 투서로 이관구 등이 체포되었
다. 그리하여 황해도 및 평안도 지부가 붕괴되기 시작했다.

7월 14일에는 이병호와 함께 전라도 지역에서 군자금 조달을 꾀하던
채기중이 위급함을 깨닫고 중국으로 탈출을 시도하다가 목포에서 체포되
었다.

한편, 우재룡은 비상망이 펼쳐진 서울을 간신히 빠져나와 충청도, 영
천, 울진, 원산을 지나 다시 서울로 잠입해 상황을 살피다가 만주로 탈출
했다.

권영만은 우여곡절 끝에 황해도 개성에 있는 황종하의 집에 숨어 지내
다가 만주로 탈출했다.

한훈도 만주로 탈출했다.

유장렬은 국내에서 신출귀몰하게 활동하다가 끝내 1919년 전주에서
체포되었다.

광복회는 1915년 음력 7월 15일(양력 8월 25일)에 결성한 이래 3년이 채
못 되어 와해되고 만다.

일제에 의해 최종심에서 확정된 광복회 회원의 형량은 이러하다.

사형 : 박상진 · 채기중 · 김한종 · 임봉주(세규) · 김경태 · 강순필
징역 10년 : 유창순
징역 7년 : 장두환 · 김재창(장두환은 고문 후유증으로 1921년 4월 28일 마포감옥에서 옥사했다.)
징역 2년 6월 : 조종철 · 김재철
징역 1년 : 강석주 · 이재덕 · 김상준 · 정태복 · 황학성 · 이병호 · 최면식 · 신양춘
징역 5월 : 조재하
태형 : 손기찬 · 윤창하 · 김재풍

황해도 지부에 대한 고등법원 판결문에서 형량은 이러하다.

징역 15년 : 오찬근
징역 7년 : 성낙규
징역 5년 : 박원동 · 이근영
징역 2년 : 이관구

광복회는 일제강점기 동안에 가장 많은 헌신과 희생을 한 항일 단체였다.
이때 체포되지 않은 단원들은 1919년 3 · 1만세운동 후 국내로 귀국하여 활동했다.
그 이듬해인 1920년, 우재룡과 권영만은 주비단(籌備團)을 결성했고, 한훈은 암살단에 합류했다.

1923년에는 이정희 · 양제안이 박상진의 동생 박호진과 박상진의 아들 박경중(응수)과 함께 조선독립운동후원의용단에서 활동하다가 체포되었다.

한편, 만주 부사령 김좌진과 손일민 · 황상규 등은 독립의군부에서 활동하며 무오독립선언에 참여했다. 김좌진은 북로군정서에 가담해 청산리 전투에서 불멸의 전공을 세웠으나, 1930년 박상실에 의해 암살당하고 말았다.

정순영 · 변동환 · 안창일 · 손일민과 평안도 지부장 조현균은 대한독립단에서 활동했다. 그중 조현균은 1922년 3월 체포되어 옥고를 겪었다.

황상규 · 이수택 · 배중세 · 권준 등은 의열단에서, 권영목 · 박제선 · 정응봉 등은 신간회 영주 지회에서 활동했다.

독립운동 사상 전무후무하게 무기징역을 두 번이나 받은 우재룡(이현)은 17년여를 감옥에서 보내고 1937년 54세에 출옥했다.

이들이 목숨을 바쳐가며 바랐던 광복!
우리는 이 모든 역사적인 사건을 통해
교훈을 얻어
우리를 되돌아보며
지금,
어떻게 살아야 할지
고민해야 한다.

고헌 박상진(固軒 朴尙鎭) 연보

1884년(1세) 음력 12월 6일(양력 1885년 1월 21일) 경상남도 울산군 농소면 송정리 밀양 박씨 승지 시규(朴時奎 : 1861~1928)의 장남으로 출생하다. 자(子)는 기백(璣伯)이며 호(號)는 고헌(固軒)이다. 10월에 있은 갑신정변은 3일 만에 실패하고, 주모자 김옥균·박영효 등은 일본으로 망명하다.

1885년(2세) 출생 100일 후 백부 시룡(朴時龍 : 1851~1930)에게 출계하다. 생부(生父) 시규 을유 문과 을과 제4인으로 급제하다.

1889년(6세) 4종형 규진(朴奎鎭 : 1855~1928)에게 한학을 배우기 시작하다.

1890년(7세) 별시(別試) 문과에 양부(養父) 시룡 을과 제3인에 급제하다.

1895년(12세) 조부 용복(朴容復 : 1824~1895) 사망하다. 3월에 동학군 주모자 전봉준 처형되고, 8월에 을미사변으로 명성황후 시해되다. 11월 15일 단발령 공포, 11월 17일 건양(建陽)으로 연호 개정, 양력을 사용하다. 1896년 1월 전국 각지에서 을미의병이 일어나다. 2월 11일 고종, 아관파천. 4월 〈독립신문〉 창간. 7월 서재필 등 독립협회 조직. 9월 전국 의병 해산되다.

1897년(14세) 허위(旺山 許蔿 : 1855~1908) 문하에 입문하다. 8월 연호를 광무(光武)로 고치고, 10월 대한제국 성립, 11월 명성황후 국장을 거행하다.

1898년(15세) 최현교의 장녀 월성 최씨 영백(崔永伯 : 1882~1964)과 결혼하다.

1901년(18세) 장남 경중(敬重·應洙) 출생(11. 23)하다.

1902년(19세) 상경하여 스승 왕산에게 정치·병학을 배우다.

1904년(21세) 장녀 창남(昌南) 출생하다. 노비를 면천하고 적서를 철폐하다. 2월 러일전쟁 발발하고, 한일의정서를 조인하다.

1905년(22세) 중국 외교관 번종례를 따라 중국 여행을 하다. 11월 17일 을사늑약이 체결됨에 따라, 11월 20일 장지연은 〈황성신문〉에 「시일야방성대곡」 발표, 민영환 등이 자결하다.

1906년(23세) 양정의숙 법률경제과에 입학하다.

1907년(24세) 태백산 호랑이 신돌석(申乭石 : 1878~1908)과 의형제를 맺다. 서울에서 백야 김좌진(白冶 金佐鎭 : 1889~1930)과 의형제를 맺다. 이준 검사·헐버트 목사 등 우국지사들과도 폭넓게 교유하다. 헤이그 밀사로 고종의 친서를 가지고 장도에 오르는 이준을 만나 격려하다. 의병장 스승에게 찾아가 자금을 제공하고, 신돌석에게도 자금을 대주다. 2월 대구에서부터 국채보상운동이 전개되고, 4월 안창호 등이 항일 비밀결사 신민회(新民會)를 조직하다. 이준·이상설·이위종이 헤이그 만국 평화회의에 고종의 밀사 3인으로 파견되다. 7월 한국군 해산 조직 발표, 8월 한국군이 해산되다. 이를 계기로 전국 의병 거의. 8월 고종이 물러나고 순종이 즉위하다. 9월 스승 허위는 강화의진을 구축하다.

1908년(25세) 교남교육회와 달성친목회에 가입하다. 6월 18일 스승 허위 체포되고, 9월 18일 경성감옥(서대문형무소)에서 순국하다. 이에 스승의 가족 대신 예를 다해 스승의 장례를 치르다. 의형 신돌석은 음력 11월 18일(양력 12월 11일), 현상금에 눈이 먼 친척에게 살해되다.

1909년(26년) 1월 융희 황제 순행에 맞춰 첫 번째 거사를 시도했으나 사전 준비 부족으로 실패하다. 양정의숙을 졸업하다. 비밀결사 신민회에 가입하여 활동하다. 10월 26일 안중근 의사가 하얼빈 역에서 이토 히로부미를 사살하다. 12월 일진회는 한일합방을 정부에 건의하고, 이재명 의사는 경성 종현에서 이완용을 습격하다.

1910년(27세) 판사 등용 시험에 합격하여 평양지원에 발령을 받았으나, 부임을 거절하고 울산으로 귀향하다. 3월 안중근 의사는 여순감옥에서 사형되다. 4월 이시영·이동녕·양기탁 등은 서간도 삼원보에 독립 기지를 마련하고 경학사와 신흥강습소를 설치하다. 8월 29일 한일합방조약 공포, 조선총독부 설치하다. 이만도 등 단식 자결하다. 12월 안명근이 군자금을 모집하다가 체포되다.

1911년(28세) 이른 봄에 국내 여행을 하다. 그동안 서울에서 형성된 인맥을 기반으로 전라도 · 황해도 · 평안도 등지를 다니며 우국지사들을 만나다. 늦은 봄에 다시 북쪽으로 여행을 하면서 두 군데 독립군 기지를 마련하다. 즉, 신의주와 단동현에 각각 안동여관을 설치하고, 신의주 안동여관은 손일민, 단동현 안동여관은 양제안이 경영하다. 가을에 다시 만주로 여행을 하다. 서간도 삼원보에 있는 독립군 기지 신흥강습소 등과 연해주 일대를 다니며 망명 인사들을 만나 독립군 자금과 만주 이민 사업을 약속하다. 스승의 가족과 재회하다. 귀국하여 양부 회갑연을 빌미로 지사들을 모으고, 보부상을 가장한 경천어동지회를 결성하여 만주 이민을 독려하다. 1월 안명근 검거로 민족주의자 총검거되다(안악사건). 5월 김좌진 등이 강도죄로 체포되다. 9월 조선총독부는 안악사건을 105인사건 혹은 신민회사건으로 조작하다. 10월 중국에서 신해혁명이 일어나다.

1912년(29세) 신해혁명을 참관하려고 상해를 여행하여, 그곳의 우국지사들과 무역을 결의하다. 귀국하여 대구 본정(本町)에 곡물 무역상 상덕태상회를 설립하다. 7월 일본 명치 천황(明治天皇) 사망, 대정(大正) 시대 개막하다. 9월 대사면(大赦免).

1913년(30세) 1월 경주 녹동으로 거처를 옮기다. 조선국권회복단에 가입하다. 7월에 중국 남경(南京)에서 손문(孫文 : 1866~1925) 총통을 만나 정표로 권총을 받다. 10월 원세개(袁世凱 : 1859~1916) 중국 북경 정부 초대 대총통에 취임하다.

1914년(31세) 이복우와 동행하여 만주를 여행하고 귀국하는 길에 양제안의 권유로 풍기광복단 채기중과 만나다. 대구에 포목 무역상을 개설하지만 6개월 만에 정리하다. 7월 제1차세계대전이 발발하다. 8월 일본이 독일에 선전포고하다.

1915년(32세) 대구 달성공원에서 광복회를 결성하고 총사령에 추대되다. 무기 구입과 방환신(防丸申 : 방탄복)을 실험하다. 경주 광명리 우편 마차에서 세금을 탈취하다. 길림광복회 결성하다. 2월 신민회사건으로 복역 중이던 양기탁 · 윤치호 등이 전원 가석방되다.

1916년(33세) 벌교 부호 서도현을 사살하다. 조선총독 암살 시도하지만 이루지 못하다. 9월 7일 귀국길에 서울에서 대구권총사건으로 체포되다.

1917년(34세) 7월 19일 만기 복역을 마치고 출옥하다. 정강이뼈가 허옇게 드러날 정도로 고문 후유증이 심해 대구에서 일주일간 병원 생활을 하다 녹동으로 돌아오다. 만주에서 백서농장 장주 김동삼이 찾아와, 쇠약한 몸인 채로 김동삼과 동행하여 만주로 갔다 돌아오다. 운산금광 습격 사건으로 만주 부사령 이진룡이 체포되자, 8월에 그 자리를 대신하여 서울에서 김좌진을 파송하다. 11월 10일 칠곡 부호 장승원을 처단하다. 11월 러시아에서 레닌이 소비에트 정부를 수립하다.

1918년(35세) 도고면장 박용하를 처단하다. 광복회 동지이자 안동 유림 이동흠의 집에서 은거하던 중 생모가 위독하다는 소식을 듣고서 귀향, 출상 하루 전날인 2월 1일 순사 조만구의 밀고로 일경에 체포되다. 11월 동삼성(東三省 : 길림성, 요령성, 흑룡강성) 독립운동가들이 「독립선언서」를 발표하다. 11월 11일 독일의 항복으로 제1차 세계대전이 종결되다.

1919년(36세) 공주지방법원 형사부는 박상진에게 사형을 선고하다. 채기중·김한종·김경태·임봉주(세규)·강순필에게도 사형을 선고하다. 1월 고종이 승하하다. 2월 8일 동경 유학생들이 조선청년독립단 이름으로 「독립선언서」 발표하다. 3·1만세운동이 전국에서 일어나다. 국내의 13도 대표 한성임시정부 조직, 만주 서로군정서 조직, 4월 상해에서 대한민국임시정부가 수립되다. 9월에는 임시정부 제1차 개헌, 대통령제로 개정하여 대통령 이승만, 국무총리 이동휘 등 초대 내각을 발표하다. 11월 김원봉은 만주 길림성에서 의열단을 조직하다.

1920년(37세) 고등법원(지금의 대법원) 형사부에서 사형을 확정하다. 1월 양모 창녕 조씨 동원 사망하다. 6월 권영만이 미즈노 정무총감 암살미수로 체포되다. 8월 임시정부 국내 연통제 조직이 발각되어 함경도·서울 지역 조직원이 체포되다. 10월 의형제 김좌진이 이끄는 독립군이 청산리전투에서 대승하다. 홍범도는 봉오동전투에서 승리하다.

1921년(38세) 8월 11일 대구형무소에서 김한종과 함께 사형 집행으로 순국하다. 8월 13일 경주 처가로 운구되다. 8월 20일 경주군 내남면 노곡리 백운산에 안장되다. 4월 장두환 옥사하다. 6월 우재룡 주비단사건으로 군산에서 체포되다. 8월 12일 채기중·김경태·임봉주(세규)·강순필 서대문형무소에서 순국하다.(해방 후 생존 단원들과 유족들이 편찬한 광복회 자료에 강순필은 사형 집행으로 표기되어 있으나, 법원 관계 자료에는 사형 집행이 확인되지 않는다. 참고로, 당시 일제 기록에 있는 동명이인 강순필은 강원도 사람으로 면소 방면되었다.)

1945년(순국 24주년) 10월 서울에서 생존 동지와 일가친척과 형제들까지 참여하여 광복회를 재건하다. 8월 15일 일본이 연합국에 항복하여 해방되다. 미군정 실시, 모스크바 3상회의 개최되다.

1946년(순국 25주년) 3월 수도경찰청(청장 장택상)에서 광복회를 해산시키다.

1960년(순국 39주년) 울산 학성공원에 '대한광복회 총사령 박상진 의사 추모비'를 건립하다.

1961년(순국40주년) 건국공로훈장 단장(독립장)이 추서되다.

1982년(순국 61주년) 울산청년회의소에서 울산 강변공원에 동상 '고헌 박상진 의사상'을 세우다.

1996년(순국 75주년) 8월 국가보훈처가 발표하는 '이달의 독립운동가'로 선정되다.

1998년(순국 77년) 울산광역시에서 강변공원에 있던 동상을 중구 북정공원으로 옮기고 추모비를 세우다.

2007년(순국 86주년) 울산광역시 북구 송정동 생가 복원되다.

인물 찾아보기

ㅅ

ㅇ